邓一光南方短小说
Deng Yiguang's
Southern Short Fictions

III

香蜜湖漏了

Where Xiangmi Lake Seeps Away

邓一光 著

南方传媒 | 花城出版社
中国·广州

图书在版编目(CIP)数据

香蜜湖漏了 / 邓一光著. -- 广州 : 花城出版社, 2025.6. -- (邓一光南方短小说). -- ISBN 978-7-5749-0514-6

Ⅰ.Ⅰ247.7

中国国家版本馆CIP数据核字第2025Z387C5号

香蜜湖漏了
XIANGMI HU LOU LE

邓一光/著

出 版 人	张 懿
责任编辑	林 菁 杨柳青 李 卉
技术编辑	凌春梅
装帧设计	韩湛宁+亚洲铜设计
肖像摄影	吴忠平
封面摄影	韩子墨
出版发行	花城出版社
经 销	全国新华书店
印 刷	深圳市福圣印刷有限公司
开 本	787毫米×1092毫米 32开
印 张	9.25
字 数	170,000字
版 次	2025年6月第1版 2025年6月第1次印刷
定 价	398.00元(全7册)

版权所有·侵权必究。如发现印装质量问题,请与出版社联系。

联系电话:020-37604658 37602954

I
第一爆

II
我们叫作家乡的地方

III
香蜜湖漏了

IV
你可以让百合生长

V
抱抱那些爱你的人

VI
带你们去看灯光秀

VII
我在红树林想到的事情

III

香蜜湖
漏了

Where Xiangmi Lake
Seeps Away

目录
contents

杨梅坑
001

深圳蓝
023

光明定律
105

宝安民谣
137

我现在可以带你走了
165

香蜜湖漏了
197

那块地
223

华强北往事
257

杨 梅 坑

上百条游艇大大小小，三五错落，矜持地停泊在游艇会码头上，看上去寂寞难忍，像一些夜里走失掉的娘儿们，被码头收容了。游艇会的员工告诉我们，干仓里还停着几十条。"时间长了，会落下一些灰尘。"那个被伶仃洋的阳光晒成焦炭色的员工快乐地说。游艇一律刷白色油漆，一艘艘比我老婆的身体还白。它们很漂亮，但我就是这么想的。

事情本来和我无关。我是在竹子林附近的银座酒店拉上这两位客人的。他们打黑龙江来，想去有游艇的地方看看。也许不是黑龙江，是别的什么地方。他们提出包我的车，虽然时间快到中午了，但他们就是那么说的。昨晚我和老婆闹了一场，她哭了一夜，拒绝给我泡茶，我也没睡，一直看电视，我觉得这是一笔不错的生意，来回跑一趟能赚不少。我谢过他们，当然是在心里，要是直接说出来，人家会觉得你太势利，相反伤害好人。

我向两位客人介绍了深圳的游艇会，能和沙特王室比气派的"七星湾"，乱糟糟像孟买棚户区的"深圳湾"，小家碧玉的"大梅沙"和老派的"浪骑"。我以为他们会选择"七星湾"，或者更近一些的"深圳湾"，没想到他们挑了离得最远而且暮气已重的"浪骑"。

两位乘客都是男性，七十来岁，一个花白发，脸膛很大，红光满面；一个黑头发，眼睑下吊着怒气冲天的眼袋，个头像拿破仑，如果这么说波拿巴皇帝本人不在意的话。

"花白发"主事，要看游艇和决定去"浪骑"就是他给我说的。"黑头发"一声不吭，脸僵硬得像硬邦邦没开瓢的南瓜，看上去满腹纠结，是个不好惹的主儿。这没什么，我开出租车13年，跑过黑牌，也跑过关外绿车，有一阵还跑过"文明号"。我能说两句英语，白话也凑合，伺候人换生活的事，我能应付。

"二位是头一回来深圳吧。"

上车以后他俩一直没有说话。没和我说，也没互相说，和别的乘客不一样。他俩坐在后座，我注意到他们没看窗外的景色。"花白发"拘泥地挤在后座一角，两只手不知道往哪儿放，相当礼貌地握在一起，就像其中一只是自己的，另一只是陌生人的，它们需要认识一下。黑发老头儿，就是那个个头像拿破仑，看上去不太好惹的，腿上放着一只漆皮脱落的老式公文包，在酒店门口和上车以后，他一直抱着它，就像一个责任心过强的美国总统，不放心身边的白宫军事局军官，非得自己抱着黑提箱一样。我觉得我有责任让他俩开心一点。车驶上罗芳立交桥后，我主动和他们说话。

"有什么想了解的，你们尽管问。不敢说我全知道，可我知道的事情，市长未必知道。"

他们没说话。我朝后视镜里看了一眼，他俩都正襟危坐，视线在我的后脑勺上；他俩一动不动地盯着那儿，好像我的后脑勺才是他们此行的目的地。我乐了。我天生对乘客有好感，我是说所有的乘客。他们是我的衣食父母，他们给我挣钱的机会，我靠他们养活老婆儿子。不好打交道的乘客我也见过很多。有一次我拉过三个吸毒的年轻人，下车的时候他们没付车费，还打坏了我一颗牙。还有一次一个年轻女人吐了我一车，坚持用她的身体付车费，她酒喝得太多了，可谁又没有一点窝心的事呢？这些事我没给我老婆说，她要操心的事情够多了，我可不想让她整天为我提心吊胆。

"我们正在过罗湖口岸。"我说，"在你们右手边。看见那道栅栏了？那是深圳河。河不宽，刘翔要是脚伤没犯，稍用点力气就能跳过去。"我一想到这个场面就乐，为自己私下安排了一把飞人的赛事忍俊不禁，"他最好别这样干，他腿长，要真跳，落下去人就到香港了。"

他俩仍没搭理我。看来有人惹了他们，或者他们惹了自己。这没什么。你要知道，一个人一生注定了要见很多人，但假如你不是他们本人，就不会知道他们的一生中到底发生了什么，你能做的就是尽量对他们好一点。但两个人都没有移开目光，视线仍然黏在我后脑勺上，这让我不免心里凉飕飕的。

有一阵，我没打扰他们，让他们自己安静。有时候，人就是想要安静一会儿。我希望他们天天开心，至少大多时候能这样。等红灯的时候，我灌了一气盛在大水杯里的凉茶。本来我想给自己涂点万金油，但我不能确定乘客是不是喜欢那种味道。我得让自己保持精力，把客人安全稳妥地送到他们想去的地方。

逢着周二，摊上了好时候，去东部的通道没有那么拥挤。要是回来得早，我会去公司问问积分入户的事儿。儿子贪玩，整天玩网游，书读得像泥头车一样不着调，昨晚我就是为这个和老婆干了一场。零八年经济危机以后，她越来越难找到一份稳定的工作，最近老犯胃病。我不该打她那两下，她是为这个伤心。可我们必须把儿子供出来，两年后他就高考了，我可不想让他回内地老家过鬼门关，妻子带他回去也不行，他非把她气死不可，那样的话，再过20年，就没有人给我熬药送到床头了。要是我能把入户的分攒够，儿子说不定就能念上个二本，起码也能读上专业技术学校。人只要不垂头丧气，总能够看到曙光。

出莲塘上盐坝高速公路，从葵涌下高速，我把车速定在80公里。要不是怕惊着二位老先生，车能快不少，但我不能自己图快，一旦客人上了车，这辆车就是他们的，你得盘算客人想跑多快，然后把车开得平平稳稳的，干我们这行的就得这样。

"游艇有个了一会儿，要是你们愿意，我可以带你们去杨梅坑，那儿不收景点门票。"三十来公里路，我基本没说话，除了路过某个重要景点时简单介绍两句。但我还是忍不住。总不能人家大老远跑一趟，掏二百来块车费，就当在自己家门口闭着眼来回数了一趟步子吧。

"谢谢，需要的话我们会告诉你。""花白发"开口说话，听口气有些拿捏不准，像是不好意思。我往后视镜里看了一眼，他的表情也是这样，看了一下身旁的"黑头发"。"黑头发"没看"花白发"，目光直直地挂在我后脑勺上，好像"花白发"那么做很正常，需要通过看他那一眼才能拿主意，并且和我说话。

"来一趟不容易，谁不想多玩几个地方，您说对吧？"有人搭话，我心里就满足了，证明他们是信任我的。我来了兴趣。"杨梅坑离浪骑游艇会不远，拐个弯就到，那儿有七娘山，山上有不少好景致。你们还可以在海边吃一顿海鲜烧烤。我带你们去一家四川人开的店，他家的海鲜是在大甲岛以外捞的，又新鲜又便宜。"

"开你的车，别和我们说话。""黑头发"说，话是从嘴里蹦出来的，"让我们清静一点。"

我笑了笑。他呛我，我倒没感到有什么委屈。我是觉得，他说话中气十足，深圳红钻队要用这种劲道射门，没准儿能回中超阵容。我多么怀念赫莱布啊，他就像一个浑身是活的街舞小子，在中场踢得欢快极了，要是他没去伯明翰队踢英超就好了。我只是在心里替"花白发"抱歉，我觉得他这个主事当的，真不怎么样，够难为他的。那以后我就闭了嘴，彻底不开口。不过，有一次我还是忍不住想开口，想给他们讲讲七娘山的传说。我们打那儿过，沿着山脚绕到南澳，满山的大叶龙眼和荔枝树茂盛到一座山堆不下，成片成片地往山脚下涌。那个故事很感人，有一次我给老婆说过，那天她哭得死去活来，说什么也不肯让我碰她。在那个故事中，七个姑娘又美又善良，如今去哪儿找？我忍住了没说，只是觉得他们应该知道，我没有告诉他们，是我亏欠了他们，心里有点难受。

车过了田园农庄后拐下主道，驶向桔钓沙滩，进入浪骑游艇会大门。门票是两位老先生自己买的。我把车泊在停车场，下车拉开客位门，照顾他俩下车，然后去洗手间方便。在洗手间我遇到一位游艇会的员工，就是我在开头提到的那位，他是个精力充沛的年轻人，穿一件黑白两色Ｔ恤，胸前印着威风凛凛的海盗骷髅头，凑在镜子前挤粉刺。他问我带谁来的。他告诉我，他兄弟在东莞理工学院读书，考分不够，托一个游艇主给办的。"他们人很好，待人平和，如果你不是老盯着游艇上的姑娘屁股看的话。"他冲我眨了眨眼。他的意思我明白。我觉得，能在这种地方和他聊上一会儿是一件不错的事情。

等我撒完一泡尿，"花白发"已经和游艇会前台客服联系好，租下一艘名叫"深圳风"的游艇。这我可没想到。我以为他们只是想看看游艇，就像你一直吃盐焗鸡，你想看看客家师傅是怎么不动刀铲就把一只田园鸡做出喷香的样子来，这种好奇心我们都有。我就是没想到，他们想自己当一次师傅，要对活蹦乱跳的田园鸡下手。但今天天气不错，也许他们觉得自己不会晕船，这就不能怪他们了。

游艇会的员工带着他俩沿着栈桥去泊艇位，就是我在洗手间里遇到的那个。我本来已经在心里把他叫作"黑白T恤"了，但后来我没那样做，改叫他"骷髅头"，我想这样才不会埋没他的帅气，他知道了一定会高兴。"骷髅头"带着"花白发"和"黑头发"沿栈桥走出一段路，停下来，熟人似的回头叫我，意思让我也上游艇。我那会儿正在台阶上冲"花白发"和"黑头发"招手，祝他俩玩得开心，我没想到会这样。"花白发"和"黑头发"没说话，看来他们并不反对。

"深圳风"二十来米长，有三层，"花白发"和"黑头发"一上船就去了顶层。游艇很快驶出防浪堤。我在下面的休息舱坐了一会儿，"骷髅头"告诉我，那叫沙龙，看上去就像一个气派的起居室。当然，上艇时，我们都按照要求脱了鞋，而且我也没打开厨房和卧室的门往里面看。沙龙里有两排坐上去又软又暄和的真皮沙发，电视开着，酒吧里摆着花花绿绿的洋酒和矿泉水。

我不大习惯一个人待着，总觉得说不定坐上一会儿，厨房或者卧室的门会打开，走出一个胸口上长毛的精壮中年人，或者穿得很少的年轻女人，他们会和我谈点什么我回答不了的话，那样就不好了，所以，等船驶离海岸，我也去了顶层。

"骷髅头"熟练地驾着游艇，不断冲追上来的鸥鸟吹口哨，要是那些鸟擦着他的头顶飞过去，他就张开嘴无声地乐。他戴一副镀银墨镜，你能看出他和那些黑白分明的鸥鸟是兄弟。见我上来，他朝我招手，让我坐到他身边的副驾座上去。我过去了。他张嘴要和我说什么。我连忙朝他摆手，示意他别打扰客人。

"花白发"和"黑头发"在顶层的后部，那里有两张T形座椅，他俩坐在上面，表情严肃地抓着扶手，鱼坠似的往游艇外够脑袋，盯着海面看。有时候他俩会小声交谈两句，"花白发"对"黑头发"说什么，"黑头发"没好气地呛他，内容听不大清，大致是评价海水是不是清澈吧。我想起来，在银座酒店，我给他俩介绍游艇会的时候，他俩在一张地图上撮着手指找地点，其间"黑头发"不满地把"花白发"戳来戳去的手指头推开，白了他一眼。我看出来了，"花白发"有点儿见风泪，他手里捏着一张纸巾，不断地揾去眼窝里渗出的泪水。我起身过去，把一包纸巾递给他。我总是带着纸巾，有的乘客晕车，会把呕吐物留在车上。"花白发"谢过我。我退回驾驶座边,把目光移开。干我们这行的,不能让客人觉得自己被人盯上了,这会让他们心里感到不安。

"深圳风"绕过大甲岛。我还是头一次这么近看大甲岛。我也是头一次乘游艇。"深圳风"是一艘漂亮的游艇,看得出来,它在一望无边的大海里待着一点儿也不慌张。

大甲岛背后的海上停着一艘游艇,一个男人站在飞桥上垂钓,他穿着白色悠闲长裤和黄色雨披,像一只崭新的黄白两色橡皮擦。一个没穿上衣的年轻女人趴在艇桥上晒太阳,她一动不动,看上去像刚出厂还没来得及包装好的塑胶人。"骷髅头"和游艇上的钓者打招呼,没停下,继续往前驶。除了大甲岛和远处几个小米粒似的绿色小岛,已经看不清陆地的样子了,只能看见陆地的方向有一片浑浊的氲气。

"老兄,进过深海吗?""骷髅头"问我。我抱歉地朝他摆手。他叫我老兄没错,他至少比我年轻十岁。他把声音压低,凑过身子安慰我说,"别担心,海的声音很大,他们听不见。"

"儿子小时候带他在大梅沙海滩上踩过两次水,福田的红树林去过很多次,和我老婆一起,那儿的海水很脏,"我也压低声音,把嘴尽量凑近他,估计他能听见,而后面两位听不见,"头一回进深海。坐游艇也是头一回。怎么,我们要进深海?要这样我可赶上了,谢谢老弟。"

"这算什么,"他满不在乎地咧了咧嘴,看出我不习惯阳光,把镀银墨镜摘下来递给我,"我早习惯了。可以说,生不如死。"

"嗬!"我说,推让了一下墨镜,接过来戴上,后悔没把车上的墨镜带下来。我那副不值几个钱,不比他的镀银镜,但也是墨镜。

"我没吓唬你,是真死过。"他说,"上个月我跟船主去澳大利亚参加澳帆赛,在途中遇到了九级浪,船被浪掀得横着走,船舷都埋进水里了,算是白捡了一条命。我们这儿,捡十条八条命的人多了。"

"嗬!"我又说,瞪大眼睛在镀银墨镜里看他。他的样子很威风,要是留上两撇翘胡子,脑门上再扎条花头巾,就是杰克船长了。

"你吃惊了,对不对?"他很得意。

他说得对,我是有点儿吃惊。干出租也不是没有危险,我遇到过两次打劫的事,但遇上坏人,好歹能对付一阵子,看着对付不过去,说几句软话,交钱交车,下车走人,要是运气不好撞了车什么的,十之八九也能留下条命。我能想象,在一望无际的大海上,比大楼还要高的九级浪,它们轰隆隆扑面而来,那是一种什么样的阵势,人会有多绝望。

"你在大海上谁也见不到,只能见到鸟儿。"他好像知道我在想什么,"有一次,我遇到一群海鸟,是黑脚信天翁和海雀,总有几万只吧,可能迷了路,飞不动了,累得成群成群往海里落。我站在那儿,看它们密密麻麻往海里扎,直想哭。"

"那你还干?你就别干了。"我有些替他担心,我觉得还是干我们出租的好。如果他想转行,我能给他帮忙,还能替他做担保。

"本来不想干了,换过两次工作,最后还是回来了。没办法,谁让我喜欢大海。"他朝后面看了一眼。他的肤色完全是焦炭色,很年轻,口气充满了阳光的味道。

我随着他的目光朝后面看了一眼。"花白发"和"黑头发"还盯着海看,专注得要命。其实那里除了荡漾的海水,什么也看不到,十几尺下的车片和瓜核,几十尺下的青箭和裙带,卧在海底的珠贝和海参,你要不下去,就别想看见它们。我也有点替他俩担心,要这样,他俩一会儿准得晕船。

"他们刚才说干什么了?"我问"骷髅头"。

"什么也没说,"他说,"就说租一艘艇进海里,深海,不用拖钓和上岛烧烤,也不玩潜水。"

"深海在哪儿?"

"海事局批准我们游艇会的游弋范围是 974 公里,在这个范围内,客人想去什么地方都行,听客人的。"

这样我就明白了。但其实我什么也不明白。听他的口气，到处都是深海，反倒是我们褊狭了，错过了不少可以去的地方。我知道今天不可能早回市里了，不过这也没什么，只要客人高兴，就算跑夜路也行。而且，真该谢谢他们，要不是他们包下我的车，我一辈子都别想乘上这么漂亮的游艇，而且是去深海，而且认识了"骷髅头"这个又帅气又好心的年轻人。想到这里，我在心里对二位老先生说了声谢谢，也有些嫉妒"骷髅头"。我把心里的想法告诉了他。

"干你们这行的真好，能去深海，没有红绿灯和斑马线，还不用被抄牌。"

"别不开心，老兄，"他用一种见过世面的口气对我说，"想想海里那些生命，学学它们，你什么都放开了。"

"它们怎么啦？"我有些吃惊。

"它们从来没有事业和成功，也不需要金钱和权力，存亡归顺自然。"他说，"看看海面上那片天空，看见那些努力飞着的鸟儿了？"

"看见了。"

"它们巴结谁了？还有那些跟随浪头涌进的海风，它们有什么功名？它们有计谋和谎言吗，有什么真理需要探索和验证？"

"嚯！"听上去他的口气像哲学家，我简直佩服死他了。

"你忘了，我刚才说九级浪的事，想想那些事，你什么都明白了。"他笑起来，吹了声口哨。他的黑白T恤被一阵海风鼓起来。我听出来了，他不是在吹口哨，是像鸥鸟那样叫。

"不是天天都能碰上九级浪吧？"我替他担心，"那你得小心。"

"你在大海上待几天就知道了，"他满不在乎地挥了挥手，"所有的经历都是一瞬间，都会过去，但一切都没有消失，它们还在，这就是海洋。"

"骷髅头"的话里带着骄傲，这个我听出来了。我也替他骄傲，就像替一个兄弟骄傲。也许这么说有点过分，但我觉得，要是他愿意，他可以把我看成一只黑白分明的鸥鸟。我就是这么想的。

"骷髅头"闲不住，他有时候会锁定自动舵，去下面甲板上干活，冲洗鸟粪什么的，留下我一个人守着驾驶台。我握住方向舵，想象"深圳风"号游艇是我开着的，它要去哪儿由我说了算，心里不免高兴。

一个小时后，周围已经看不见海岛了，连米粒都看不见了，黑压压一片汪洋。"深圳风"遇到点风浪，不大。我印象里，小时候妈妈下地，用一个花布兜把我吊在庄稼地旁的野枣树上，风一吹，我在布兜里摇晃，就是这种感觉。我家地旁有一片野茶树，有一头灰鼻子的狐狸经常在那儿出没。有一次，它带着两只小狐狸从地里过去，小狐狸走路歪歪扭扭，不敢看人。妈妈说，哦宝宝，哦宝宝。

想着那些事，舒坦的倦意往上涌，我睡着了，不知道睡了有多久，反正醒来的时候，游艇已经在深海里了。我一个劲地埋怨自己不争气，这算什么，这是在深海啊，我竟然睡着了，错过了和它打招呼的第一时间。

"骷髅头"不在驾驶座上，"花白发"和"黑头发"也不在，他们三个都在艇尾，那里有一个楠木小平台，"骷髅头"在帮助他俩做着什么事。我离开顶层，去了那儿。"骷髅头"抱着一只不大的乳白色小陶罐，看得出他很严肃，他冲我使了个眼色，示意我什么也别说。"花白发"和"黑头发"更严肃，两个人都站不大稳，腰里拴了一条白色的保险绳，绳子的一头用金属搭扣扣在舷梯旁的扶手上。他们从小陶罐里抓出一些灰色粉末，一把一把往海里撒。因为有风，你会觉得有一些活着的东西贴着海面成片地飞走，你会觉得"花白发"和"黑头发"不是在撒掉它们，而是在放开——他们抓不住它们，它们在陶罐里待的时间太久了，一旦离开陶罐就活了过来，从他俩的指缝里挣脱出来，开心地跑掉了。

我想起那只脱了漆皮的老式公文包，心里一紧，突然明白了那是什么。

"骷髅头"让我过去，他要去上面看舵。他离开以后，换成我抱着白色的小陶罐。"花白发"和"黑头发"对换人抱陶罐这件事没有表态，看来他们并不在乎。他们从我怀里的陶罐中抓出骨灰，一把一把往海里撒。他们没说话。我觉得这个时候海风最好能够小一点。我觉得这么大的事情，他俩应该说点什么。我觉得那只陶罐本来应该透着凉气，但不知为什么，它却是热乎乎的。一些小脑袋的军舰鸟飞过来，沿着游艇的两翼斜掠而过。陶罐很快空了，就剩下最后一点点。他俩争起来。我被挤到一边，贴在舷梯上，他俩都抓住陶罐，我只能松开手，并且多此一举地把两条保险绳抓在手里。我有些紧张，朝上面看了一眼，希望"骷髅头"能够出现。他俩气呼呼地盯着对方，头发被海风吹起来，乱糟糟贴在皱褶密布的额头上，样子凶极了。然后"黑头发"就倒下了。

"骷髅头"经验十足，他从驾驶台上滑下来，抱起"黑头发"，把他安置进沙龙里。"花白发"很惊慌，挤倒了酒吧，打碎了一件漂亮瓷器。"骷髅头"让我把"花白发"带到飞桥上去，给他一杯矿泉水，要是他能控制住自己，再给他一块"象牌"巧克力。"骷髅头"自己则在沙龙里照顾"黑头发"。很快他从沙龙里出来，告诉我们没事儿了。"黑头发"没犯脑疝，也不是脑梗，就是有点儿虚脱，他已经把他像婴儿似的裹在一条舒适的毛毯里，并且给他服用了镇静剂。

"一小杯加冰威士忌，会有效果的。""骷髅头"很有把握地说。

"深圳风"掉头往回驶。"骷髅头"让我帮忙看着舵，他去清洗甲板。完事后他回到驾驶舵前，那以后他一直没有离开过那里，也没有对鸥鸟吹口哨。

"花白发"怀里抱着陶罐，孤独地坐在艇尾的平台上。我心里过意不去，觉得事情都是我惹出来的，要是他俩争起来的时候，我把陶罐抱走，抱去别的地方，让他俩不那么激动就好了。要是在银座酒店我欺骗他俩，告诉他们深圳没有游艇，一条游艇也没有，那样也许会更好。我还想"骷髅头"刚才对我说的那个巧克力牌子，它叫"象牌"，等到晚上交车以后，我去家乐福问问，如果有，我就买三块，两块给老婆，一块给儿子，让他们也尝尝。

我去了艇尾平台，在"花白发"身边站了一会儿。

"对不起，"我说，"我没想发生这样的事情。"

"花白发"抬头看我。他的脸膛很大，本来红扑扑的，海风把那儿吹得更红了。他空出一只手，拍了拍身边的楠木平台，示意我坐下。我在他身边坐下，我们一起看艇尾跳跃变幻的浪花。我在想他俩刚刚放走的那些东西，它们是不是活了，变成了浪花，知道游艇要返回了，跟过来和人告别。然后他开口说话。

"她是一个大美人儿。"

我想那还用说。我知道他在说什么。我知道那种情况，而且我觉得，世界上所有的人都应该支持他的看法,让他知道他是对的。

"年轻人,你想象不到,我再没见过像她那么美丽的女人。"他说。

我能想象他此刻的心情。他是那么的真诚,连海风都阻止不住。我点了点头。其实他并没有看我,但我就是想点头。我想到"骷髅头",他才是真正的年轻人,还有我儿子,他更年轻,但"花白发"这么叫我也没错。

"我们谁都没有娶她。"他说。

我想我明白他的话。但我还是不明白。我扭头看他。我想问,怎么会那样?那,谁又娶了她?他没娶,他也没娶,难道让别人娶了?难道让海风娶了?不过我忍住了,没有问他。干我们这行的,得有分寸,事情就是这样。

"很长一段时间,我不知所措。实际上,失去她之后我一直不知道该做什么。"他说,"你知道吗,是过分警惕和没有耐心这两样毁了我,毁了我们。"

他说得对。生活没那么容易,我们必须小心一点,再小心一点,就像你在深海中,你要小心海浪,它们看上去是那么的活跃,在海面跳动的时候像是在威胁谁,你不想被它们缠住,更不想被它们拖下去,这就是人们通常的想法。但人们就是这样,让自己远远地离开了深海,从来不知道它是什么样子的,从来没见过真正的它。

"我不应该和他争。"他说,"我不想承认,可那是事实,他比我更爱她。我应该把最后那点'她'留给他。"

他的口气中充满了深深的抱歉,红扑扑的大脸膛满是抱歉。那以后他再没有说话。我也没说。我就坐在那儿陪着他,这就够了。

"深圳风"向浑浊的大陆驶去。我们很快看到了游艇码头。也许没有那么快,但黄昏到来之前,"深圳风"驶进了防浪堤。从那里可以远远地看见杨梅坑,一些半裸的男女像野人似的拿着铲子和桶在岩礁中捡蚝和帽贝,我真想告诉他们,如果他们往更远的地方走,走进潟湖,还能在那儿捡到海胆和竹蛏。

这个时候,"黑头发"走出了沙龙。他自己出来的,没人搀扶,他也没在身上继续裹着那条毛毯,把自己弄得像个婴儿。"花白发"殷勤地过去。"黑头发"从"花白发"怀里夺下乳白色的小陶罐,不满地横了他一眼,一个人去了艇尾的降层平台。

游艇靠了岸,泊进上百条漆成雪白的游艇中。"骷髅头"熟练地下锚系缆,跳下游艇,接住"花白发"和"黑头发",我在后面小心地看护着。我们穿回了自己的鞋。"花白发"和"黑头发"沿着栈桥朝客服楼走去,和来的时候一样,陶罐抱在"黑头发"怀里,不同的是,现在它已经空了,什么也没剩下。

在离开游艇的时候，我问了"骷髅头"最后一件事。

"问句不该问的话。"

"问吧。"

"你说，那些富翁，他们怎么吃饭和睡觉？"我觉得我这话问得有些愚蠢。我得承认，我羡慕那些漂亮游艇的主人，他们住大房子，开好车，就算在无人居住的大海深处，他们也能凭借游艇撒欢，而且他们肯定不会担心儿子考不上学校这样的事情。"我只是好奇罢了，没别的意思。"

"我们没管他们叫富翁，通称他们会员。"他一点儿也没有瞧不起我的样子，十分认真地回答我，"也许就是这么回事儿，照我看，他们大体上和我们一样，也吃饭，也睡觉，钱多出不少，烦恼也多出不少。不然你觉得还能怎么样？"

我笑了起来。这真是个好回答。我越来越佩服"骷髅头"了。我觉得焦炭的颜色非常迷人。我希望以后还有客人想来"浪骑"看游艇，这样的话，我又能和他见面了。

最终我没有带客人去杨梅坑。我认为他们应该去。他们要是觉得不值那段路的油费，我宁愿白贴。他们在那里可以看到乳白色的雾霭沿着野溪从七娘山上往下涌，一些可爱的红背蛤蜊和梭子蟹在滩涂上快速爬动，他们要是去了一定不会后悔。但我对这个想法并不那么肯定。也许他们是对的,他们有过一个又美丽又善良的姑娘了,还需要什么呢?

2013年1月27日

于深圳梅林数叶轩

深 圳 蓝

台风"贝碧嘉"经过深圳那天晚上,戴有高做了一个梦,他梦见自己和一群脑控机器人打电玩。那些家伙衣着鲜亮,发型时髦,口哨吹得够炫。他技输群雄,被灭得厉害,觉得特别自卑,一时没有控制住,弄来一把菜刀悲愤地把自己给劈了。那帮家伙茫然地看着倒在血泊中的他,叽里咕噜一阵商量,然后纷纷上前撕开同伴的硅胶假体,掐下芯片,相继倒地而绝,现场一片血腥。

早上醒来,戴有高在宿舍里走来走去,回忆梦中的自戕过程。他不大相信自己——或者说人类——能够靠榜样的力量诱使机器人大面积崩溃。问题还不在这里,戴有高弄不懂,他已经把自己劈成了两爿,照说魂飞魄散了,怎么会看到机器人互相残杀的场面?戴有高认为这一段梦境非常不真实,但他不愿意掐去它,不然他连一点再做梦的自信心都没有了。

台风过后,负氧离子充沛,空气湿答答的,伸手便能抓到细小的水珠。那些水珠是活的,如果戴有高不走来走去,安静地站着或者坐着,他就能听见水珠们在房间的各个角落里对他窃窃的嘲笑声。回南天结束之后,戴有高一直在等待台风。这半年他的运气有点衰,干什么都掉瓷,接连做砸了两单活,业绩出现下滑趋势,这让他对自己很不满意。他本来打算和将要连续到来的热带风暴玩上几把,把身上的霉气冲洗掉,然后再重新披挂上阵，没想到，第一个台风到来的时候他就被脑控机器人缠住，错过了"贝碧嘉"。

戴有高在一家线上奢侈品公司工作，负责商品打样和采购管理。作为奢侈品电商，公司推出的商品是否能在本土市场落地是关键，戴有高整天和市场部筛选顾问们沟通，分析国内市场莫测的品牌变化，研究顾客变态的组合诉求，然后向分布在世界各地的职业买手们发布采购报告。四大时装周期间，他还得飞往欧洲现场看样，向买手们下达商品调整单。有一年圣诞节，公司搞派对，老板喝多了酒，当着员工们说，你们中间有几个人决定着公司的生死存亡。老板没有说出那几个员工的名字，但大家都心照不宣，戴有高是其中之一。不过，戴有高从不夸大自己在公司里的作用，他理智地认为，他这样的商品赏金猎人不过是人力资源部门配制中的一枚棋子，在技术时代里不难复制，只是公司和他彼此找到了合适的对方而已。

这个周末，戴有高刚从欧洲回来，他发现整座宿舍楼里人都走光了。之前公司抢春季档抢得硝烟弥漫，连续八周没有休假，这一周才放员工们休了两天，同部门的老丁和小佟昨天一下班就走了，连宿舍都没有回。戴有高在宿舍里走来走去，然后站下来朝镜子里看。镜子里的他头发蓬松，脸颊深陷，颧骨上有一抹可疑的红晕，看上去像19世纪彼得堡那些患上了痨病的诗人。

在国外奔波了四十多天,难得遇上一个周末,可以休息也可以杀人,戴有高却像一只实验鼠似的在宿舍里走来走去,这是一件不正常的事情。他决定干点什么。他决定去看看李爱,顺便看望一下他的房子。

戴有高有四个多月没有见到李爱了。李爱是戴有高的前妻,房子是他的房子。李爱26岁,比戴有高小7岁,他俩有过三年混沌的同居生活,两年茫然的婚姻生活,最终以分手结束这段关系。戴有高是客家土著,父母是西涌人,深圳建市时家里押地成了地主,以后父亲忙着盖房收租子,母亲当上了公务员,父母俩联手打拼,日子过得红红火火。戴有高和很多土著家庭的孩子一样,从生下来到长大基本上都守在这座城市里,深圳大学毕业后就留在深圳工作。李爱不同,李爱是湖南人,在一家私募基金做投资分析员,她来深圳时间晚,政府的廉租房排不上号,以她的收入在深圳根本供不起房,他俩共同生活时,一直住在戴有高的房子里。戴有高的房子在华侨城,是戴有高的婚前财产,他父母出国前留给他的;房子不大,两室带双露台,靠近著名的天鹅湖湿地,环境优美,住着相当舒服,它证明戴有高的父母不爱他们的出生国,但还是爱戴有高的。两人分手的时候李爱没处可去,提出暂时借住一段时间,等找到房子再搬走。这是一个相当合理的要求。戴有高在公司是高级员工,有一间带厨卫的专用宿舍,如果不满意，凭借不菲的薪酬他能支付一线区域内任何一套两居室的首付，就为这个他也应该答应前妻的请求。一想到离婚后能前嫌尽释照料前妻，就像照顾一只无家可归的流浪狗，戴有高就有一种特别的慰藉，对这个结果感到满意。

戴有高回到华侨城，用钥匙开了门，他和李爱都吓了一跳。李爱基本上光着身子，香汗淋漓地倒插在一张瑜伽毯上练蚂蚱式，埋怨戴有高不该不摁门铃就往屋里闯，问戴有高来干什么。戴有高不喜欢李爱警惕的表情和口气，好像她忘了这是他的房子，他有权随时回来，她光着身子并不能改变他对私产随时监管的事实。再说他俩虽然离了婚，但他的东西全在这里，他和它们没离，至少他可以回来拿几条换洗底裤吧。

李爱有点不高兴地从瑜伽毯上爬起来，一边脱下练功服去盥洗室冲凉，一边毫不客气地要戴有高走之前把钥匙留下来。

戴有高没有和李爱计较。他困惑地站在客厅里朝四下看，那个样子就像他在找一张床，他打算现在睡上去，到明年这个时候再醒过来。但他不是在找床，而是在打量屋子。这是他的房子，法律上是，借给前妻李爱住，但他怎么都觉得自己走进了一个完全陌生的地方。

李爱性格上大大咧咧，不喜欢做家务，他俩一块过的时候家里乱糟糟的，到处堆放着等待处理的垃圾，这对讲究品质生活的戴有高简直就是毁灭性的折磨，他俩没少为这个吵架。现在不一样了，屋子收拾得很干净，整洁得像天使的住处，和戴有高半年前搬去公司宿舍时完全两样，好像在他离开以后，李爱立刻变成了一个田螺姑娘，她就是为这个才和他离婚的。

这也就罢了，最让戴有高不能接受的是屋里的家具全都换了，原来那套自己喜欢的苏格兰湿地风不见了，取而代之的是一套小清新的"宜家"。戴有高是奢侈品营销人，但并非品牌崇拜者，他个人的生活持简约主义，有那么一点点理性控制下的轻奢。他不反对时尚主张下的心理干预，比如李爱因为治疗情殇需要经历一次浪子回头的洗礼，但他决不接受刻意的生活置换——有时候凤凰浴火后不但没能脱俗，反而越发显得平庸，就像他现在看到的情景。

戴有高对自己的发现有点不舒服，这个发现有点刺痛了他，让他觉得自己的房子被人轻薄了，自尊心受到伤害。

"请家佣了？"戴有高大声问。

李爱关上喷头，隔着盥洗室的门问戴有高说什么。戴有高重复了一遍刚才的话。

"没有啊，怎么啦？"李爱反问，从盥洗室里露出湿漉漉的脑袋，让戴有高去卧室为她取衣裳。

戴有高照办，走进卧室以后才发现那不是一个明智的行为。梳妆凳上放着一件蓬松的毛球衫，一条带蕾丝边的底裤，这个发现让他妒火中烧。他俩在一起的最后那段时光，双方都尽量保持着彼此生疏和如何不让生疏蔓延，以至于最终讨厌对方和自己的那种边界重合关系，两个人选择的都是性别差异基本被模糊掉的内衣，他希望李爱和自己一样，离婚之后继续保持利兹睡袍和CD补水套装，即便那样对各自的孤独毫无补偿，至少表示生活仍在可控的暗线上延续。现在他发现自己错了，李爱不光把床和床上用品换了，连内衣的款式都换了，保守的利兹换成了活泼的香奈儿款式，梳妆台上的CD也换成了雅诗兰黛套装。看上去在离开他之后，她正快速地绝尘而去，并且对这一切相当满意。

戴有高憋着一股气，两根指头捏着毛球衫和蕾丝底裤从卧室里出来，推门进了盥洗室。李爱正用一条大浴巾擦拭身上的水，身子缩住往外推戴有高，说你干吗呀。戴有高挤开李爱，抹去她扑在他脸上的水珠，在搁衣凳上坐下，问她原来那套家具去哪儿了。李爱把浴巾递给他，让他替她擦拭后背上的水，回答说家具卖了，卖家具的钱买了现在这套，等于是置换。戴有高心里疼了一下，那套苏格兰原木二十几万，能换三套"宜家"，李爱不该一声不吭就给卖了，他心里就有些不高兴，没有接她递过来的浴巾。

"打算什么时候搬走？你没打算和我未婚妻一块住

吧？要是她住进来，你俩不会夜里讨论驻颜术，把我赶进书房里睡吧？"

"这么快就有人了？"

李爱停下来，用手捂住一只眼睛，另一只瞪得大大的，有点吃惊地看戴有高。

李爱这人有点神经大条，看人喜欢用手捂住一只眼睛，然后换另一只眼睛。她这样吓到过不少人，比如她的前婆婆。戴有高的妈妈被李爱捂着一只眼睛看过两次，怀疑李爱是反贪局的卧底，来侦察戴家的巨额不明资产情况的，不然她那个样子可够怪的。戴有高知道李爱不是反贪局的人，要这样，她牺牲五年的色相来做卧底成本也太大。戴有高知道李爱只是想试试，捂住眼睛看和不捂着眼睛看，那些人有什么区别，除此之外没有别的意思；他为这个在母亲面前替李爱抱不平，因此严重影响了他在母亲心中的信赖度，也直接导致了父母携带巨额资产移民国外时，只给他留下了一套小户型产权房的恶劣结果，为这件事他感到十分痛心。

"这个可以有。可以有吧？"戴有高清楚自己这样是对李爱焕然一新举动的报复，心里有一丝小小的满足，"你就说什么时候搬走吧。你不能老赖在这儿，迟早我得带一个女人回来，也许是另一个。我不能把人带到宿舍去，公司会杀了我。"

"在我买房之前你不会赶我走。"李爱停下往头上套衣裳,胳膊支在一对十分出色的乳房旁,样子就像一个因为硕果累累而神情笃定的农妇,"要是你支持我一大笔钱,我现在就去买房。"

"那是你自己的事,我……"

"我知道,你没义务赞助我,我也不打算让你包养。"李爱打开戴有高替她往腰下拉浴袍的手,套好衣裳,抓过一条干毛巾裹住湿发,毛巾角绾一圈掖在脑后,"没关系,我会慢慢攒。其实我不在乎买房,我在假日广场看中两双鞋,它们太漂亮了,我超想买,攒了三个月也没能攒出钱。我能肯定那笔钱它们根本不存在。"

李爱的意思戴有高明白,她根本没有能力买房,说不定一辈子都没有能力买,她不打算很快搬走,这正中戴有高下怀。戴有高有一份不错的收入,社保缴纳记录和银行信用都没有问题,懂得自持,有幽默感,会享受生活,有几个边界清晰关系稳定的朋友,算得上安全感较高的那一类男人。心仪他的女性不少,离婚后也有过两次和人短暂擦出火花的事情,但李爱仍是他唯一拥有过的女人。戴有高有职业病,不喜欢浑身光泽的女人,李爱没有城府,大眼睛,奶子像梦露的奶子,货真价实,有一种落寞的明星范儿,不需要什么东西来装饰。和李爱共同生活的这五年,戴有高有一种中毒似的感觉,他觉得自己和李爱还是有破镜重圆的可能的,要是那样,对他俩都好。

李爱很快收拾好，这样两个人就可以坐到客厅里去说话了。李爱光着两条腿在戴有高面前走来走去地拿茶罐和杯子，问戴有高最近怎么样，有没有一点晋升部门主管的苗头。戴有高叫李爱别寒碜他，他最近运气糗，身后连蚊蝇都不跟，更别说晋升需要的人气。

戴有高说的是实话，这半年他的情况变得很糟糕，离婚综合征影响着他，他的时尚判断能力在大步衰退，执行力也出现了问题，公司里的人看他的眼神有点不对劲，部门主管也开始对他有了微词，甚至传出公司在考虑换人的说法。老丁和小佟和戴有高同在采购部，是他的部下，平时三个人关系不错，他俩一个怂恿戴有高去香港大学医院开点便秘药，彻底排排毒，另一个建议他去领养一条狗，接受宠物心理治疗。戴有高觉得老丁和小佟有点心态不正，但他不能因为这个去"京基100"上演纵身一跃的狗血秀。戴有高对自己状况不满意，弄不懂怎么就在生活中走岔了道，开始有了讨厌人的感觉，一想到他讨厌的那个家伙不是别人，而是他本人，他就想抽自己。但这些话戴有高没有告诉李爱，免得她得意。

"我每周都在拼命工作，"戴有高喝着烫嘴的绿茶，考虑怎么说才能博得李爱的同情，"还好，只不过拼命干上七天，结果失败七天。"他告诉李爱一件事，这件事让他十分困惑，"我最近老做同一个梦，梦里我认识了一个人,那个人就是我,我怂恿自己干了好多坏事。"

"你干什么了?"李爱吓一跳,差点没把茶杯碰倒。

"我说的是做梦,干什么碍不着谁。"戴有高不耐烦地解释,"我不是为这个愧疚,你说,我在梦中认识的那个人是我,那我是谁?"戴有高说了这次去欧洲发生的几件事,大多是工作上的,总之全是不顺的事情:"一想到每天撅着屁股忙,和大伙儿一块为养活政府和建设公共福利体系纳税,到了夜里别人有老婆搂,我只能搂枕头,就觉得活着特别没有意义。"

"你不是找人了吗?找人了你拿枕头出气,让活人闲着。"李爱看戴有高,"戴有高,你堕落了,不是有点,是非常,这样你会越来越堕落。你得把枕头丢掉,换成女朋友。"

戴有高发现自己失算了,不该拿没有的事情来炫耀,连忙把话往回引,承认他是有点堕落倾向。但她比他也好不了多少,至少她不应该光着身子到处走,而且冲凉的时候她需要一个男人替她递递衣裳,冲完凉替她把身上的水擦拭干净。现在一切都乱糟糟的,看上去事情严重失控,她要还是他的老婆,他不会让她这样糟糕。

李爱不同意戴有高的观点,她认为戴有高的问题和她不同,他有一个靠押地起家,转而考上公务员,最终成功地洗劫了国有财产逃之夭夭的女强人妈,这一生注定了哺乳期完不成，要是没有个成熟奶头叼着就变不回人，他应该找一个平胸女人过日子，这样就能找到解决之道。

"我们已经离婚一年了，你完全可以重新开始。"李爱说。

"六个月零十二天。"戴有高提醒李爱。

"我说一年是客气的说法，加上分被窝的时间，我俩分居时间超过一年半，等于啥时结的啥时离的。"

李爱坚持她的观点，去冰箱里拿来一小篮洗过的车厘子，意思这样他俩就能吃车厘子，不用打嘴巴官司。但她还是尽前妻之道，像小妈似的倾过身子蹲在戴有高面前，拍着他的手诚恳地说：

"戴有高，咱俩婚姻失败不是你摊上了我，没摊上母子恋的错。我乳房大点你有安全感，你新女友要是平胸你也没有那么累。重要的是你得去找一个人来爱，像男人一样承担她，这样你的问题就能迎刃而解。你得让我放心，不然我觉得欠了你什么。我不欠你的，你不该让我有这种负疚感对吧？"

戴有高不喜欢李爱那么说，那等于把他撇开了。他希望李爱对他的生活不放心，希望她欠他的，欠到没法偿还的地步。而且事情并非全然如李爱说的那样，他俩走到一起，李爱的乳房的确起了很大的作用，但他也遗憾她年龄比他小，不那么成熟，无法让他充分满足。况且他真正需要的并非丰满的乳房，而是一些没法遇见的东西，那些东西让他去哪儿找？

"丹顶鹤，火星，百慕大，UFO，远方，"戴有高愤愤不平地数下去，"你不会让我去找它们吧，能找到吗？"他的意思是，台风"贝碧嘉"刚过去，天气不错，也许他们可以谈点别的，也许他可以搬回来住。"反正有两间房，你住一间，我住一间，要是非讲环保不可，我俩共住一间，省下一间也行，随便。"

"然后呢？"李爱警惕地盯着戴有高，"我俩做连体运动？"

"连体，不运动。"戴有高耍赖，"你了解我，我没那么贪婪，夜里有个人搂着就行，困劲上来了我回自己被窝睡，不打扰你。你有没有发现，你脸上没长痘，一颗也没长——如果不算你胸口上那两颗的话。最近我也没长，是不是说明我俩在离了这半年后有了某种默契？"

李爱看了戴有高一阵，把他推到沙发上靠着，自己坐回烈焰状的概念沙发里，人陷进去，重新捧回茶杯。

"我死之前门都没有，你还是去找你的幼齿女友随便吧。"

李爱说的幼齿女友是戴有高公司的同事，叫吕冬冬，年纪小戴有高一轮还多，是个精灵古怪的女孩。公司里的人都知道吕冬冬和戴有高走得很近，这事李爱也知道。李爱把话说到那个份儿上，戴有高无话可说。接下来的路子就乱了，两个人说不到一个点上。李爱惦记着去"义工联"领工作，赶戴有高离开。她在"义工联"临终关怀小组里做潜伏，借此发展那些不打算把财产带进坟墓的濒危老人为客户，没有时间和戴有高斗嘴皮子。

从李爱那儿出来，已经到了中饭时候。戴有高回到香蜜湖，在公司附近的"仓桥家"要了两份寿司和一份味噌汤，把自己撑得半死，觉得那以后顺理成章就该思淫欲了，结果不尽如人意。回到宿舍后他进了卫生间，却一点没有浮想联翩的感觉，从华侨城带回来的邪念一直躲在临界点后不出来。那以后他放弃了，在网上看了马克·福斯特的《僵尸世界大战》，看完再玩《模拟人生》。这是他玩了两年的一个老版游戏，和李爱婚后第二个月他就开始玩了，他在《模拟人生》中给自己建立了一个家庭，娶了"妻子"佐恩，生了"女儿"卡蜜儿，这份生活他坚持了两年没丢掉。

那天晚上戴有高"家庭生活"过得不顺，他和佐恩为烤松饼的事发生了争执，他没有控制住，发了脾气，佐恩赌气要离开他。卡蜜儿也不省心，在一旁大哭，他的幽默分和信赖分瞬间大跌。他费尽心机安抚母女俩，使尽浑身解数给佐恩买礼物，讲笑话，趁机和她亲热了一番，幽默分和感情分有所回涨。安排好妻子他再转头对付女儿，带卡蜜儿去游泳池嬉水，借机塑造自己的形体。回到家,他给母女俩做了一顿完美的烧烤,魅力分和感情分达到当天的最高值,他也累得精疲力竭,望着水漉漉的天花板发了好长时间的呆。

夜里十点来钟,戴有高拨通了李爱的电话。电话响了一阵,李爱在那头接了。她刚回来,报怨今天运气不好,走掉的两个老人都是空仓户,她一份业绩也没做下。戴有高心不在焉地安慰了李爱两句,告诉她从华侨城回来的时候他没坐地铁,走了一个小时,为了磨鞋。那双鞋他已经烦透了,可它没穿破,他不能好好的鞋就抛弃它,这他过不去。

"对你也一样,我不能你还没破就把你丢了。"他诚恳地对电话那头的人说。

"我知道你还没有放下,"李爱沉默了一会儿说,"但我已经放下了。我没法接受我俩的婚姻关系,没有任何人会接受这样的婚姻关系。"

李爱很快挂了电话。戴有高也挂了电话。电话刚挂断就叮当一声响,是吕冬冬的微信,问戴有高在干什么。戴有高告诉吕冬冬自己无所事事。吕冬冬说她也无所事事,而且比他多了一样灰心丧气。他问她怎么了。她说周末没回父母家,本来想留在宿舍里好好表现一下,做两样说得过去的菜孝敬一下自己,最后放弃了。

"一想到每天把自己打扮得那么精致,"吕冬冬说,"最后还得把精致的包装剥掉,露出不堪入目的本来面目,就觉得什么意思也没有。"

戴有高懂吕冬冬的意思,她被招进公司不到一年,属于公司最低一级员工,收入远没有大多数顾客高,让她这种月薪四五千的员工整天指导和帮助月入五六万的顾客如何穿衣打扮,怎么都有点人前装,挺累的。吕冬冬说反正明天休息,能睡懒觉,今晚不想宅在宿舍里,问戴有高愿不愿意给她当一晚死嗑,面对面那种。反正也没有什么值得过的事,戴有高就说过来吧。

吕冬冬是什么时候调进公司的,戴有高完全不知道,他俩不在一个部门,吕冬冬在设计部,戴有高猜他俩不止一次在公司大楼里擦肩而过,但他从来没有注意过她。直到有一次,戴有高去财务科了解一笔回单情况,看见一个个子不高,人有点消瘦,长相是那种看上去怯怯的,让人觉着特别饿的女孩,那女孩站在财务科里号啕大哭,财务科几个大姐愣在那儿不敢上前劝。戴有高不知道出了什么事,站在门口不敢动。

"谁有一块钱,请你们大方地走过来给我吧,"女孩哭够了,掏出面纸狠狠擤鼻子,抽搭着大声说,"我会还你们两块,我说话算话。"

她那句话说得很认真,逗得所有人都笑了,戴有高也笑了。

戴有高后来才知道,女孩来财务科报销,人有点马大哈,算错了账,差一块钱。本来不是什么大不了的事，财务科的人说算了，她们替她补上，以后注意点就行了，没想到就这句话，她哇的一声就哭了。

戴有高把女孩从财务科带走。她不能在那儿闹下去，要是让上面的人看见，她工作都得丢掉，说不定还会连累别人。戴有高把女孩带到茶水间，去旁边的办公室给她弄了一团卷纸。她需要把脸上好好收拾一下，以便人类能够认出她。戴有高说不就一块钱吗，干吗那么较真。女孩表示一块钱她不在意，就是不能接受别人主动关心她这个事实。戴有高问如何区分主动和被动。女孩举例，譬如她失足从桥上掉下来，有人伸手接，接住了叫主动；没人伸手接，她刚好砸在谁身上，那叫被动，她只接受砸在谁身上这种事。

"我还头一回听说，主动搭手反倒成了过失，"戴有高哭笑不得，"你怎么跟别人的想法不一样，脑子没问题吧？"

"你看出来啦？"女孩很惊讶，兴奋地抹一把脸上的泪花，"我老在想，我要是死了，肉烂光，我的骷髅它长什么样，有没有现在的我好看，越想越上瘾，就想找把刀来把自己捅死。可又一想，要是死了我就看不见自己的骷髅了，我就不愿死了，特纠结。"

女孩一点开玩笑的意思也没有，那副口气把戴有高吓了一跳。戴有高想到他也做过死了的梦，在梦中他能清楚地看到死了的他，原来有这种念头的人不止他一个,为这个发现戴有高差点没让自己的口水给呛着。

几天之后,戴有高又碰见那个女孩,是在公司楼顶的天台上。政府发布戒烟令后,公司禁止员工在大楼内抽烟,戴有高仗着是公司的骨干,手里捏着公司0.2%的企业股,大小是个股东,偷了一把会议室淘汰的靠背椅,在天台上给自己建了个露天吸烟区。那天戴有高上天台抽烟,女孩恰好也在那儿,她像刚溺过水,爬上岸吓坏了,拉开架势歪着脑袋单脚蹦跳着控耳朵里的水,样子极怪异。

"我脑子里全是豆浆,控控先。"看见戴有高女孩脸红了,挺不好意思,急急忙忙解释。

"你脑子怎么啦?"戴有高吓一跳。

"我觉得我脑子出了毛病,"女孩朝两边看了看,把戴有高拉到一旁,躲着谁似的,其实天台上除了他俩一个人也没有,"躺着的时候还好,一站起来坏念头就一个劲地往外冒。刚才我忍不住往部门QQ群里发了一组惊悚照片,没想到我们部长上去了,人吓得不轻,吐了自己一身。"

"那你还在这儿跳什么,还不赶紧回去把案底删掉,"戴有高给出主意,"查IP跑不了你,起码避免次生灾难发生,你们部长别再次受伤。"

"我知道错了,图片也删了,"女孩乖巧地瞪着一双羚羊眼,"可手还痒,想再发一组更恶心的上去,怎么劝都劝不住自己，就来这儿修理一下脑子。"

戴有高闷骚地咧嘴乐，在椅子上坐下点上烟。台风过后天高地远，从大楼的天台上能看到深圳湾对面的新界自然保护区，戴有高想，也不知道那些红隼和蓝喉歌鸲是否在台风中遭了难。也许是两个人都做过死了的自己关注活着的自己的梦，戴有高对搞怪女孩有几分天然亲近，问她是哪个部门的，叫什么，不然下次她哭的时候他没法替她找纸卷，她搞破坏他也没法替她出主意。女孩心神恍惚地看着他问，是不是一定得自我介绍，如果是，她叫吕冬冬，19岁，大龄空虚寂寞女青年一枚，在设计部做助理分析员。

那以后戴有高和吕冬冬就熟悉了。吕冬冬职校毕业，在设计部给设计师做助手。她人很聪明，对品牌设计缺陷十分敏感，能看出设计师的遗珠之憾；同时在商品组合创意上眼光过人，能把不同品牌的单品搭配出风格独特的套件，是同一批招进的专业员工中最出色的，设计师们都争着抢她。但她手快却又爱捅娄子，只需要一半时间就能做得比别人好，另一半时间也没闲着，用来把做好的事情再砸掉，以至于把她抢到手的设计师用她不到三天，就会把她踢给别的设计师。她性格怪僻，除了自己的造型师，基本不理其他人，别人认为她傲娇，戴有高看出来，她只是太过好奇而又胆小，有交际恐惧症。

吕冬冬很快过来了。她的宿舍就在戴有高楼上，因为资历浅，住的是六人员工宿舍。她是深二代，父母是一代来深务工者，经过30年打拼，条件已不似当年，家里有两套住房，地铁用不着转乘就能到家。可她平时不爱回家，用她的话说那样每天少睡两小时。

"昨晚我梦见你了，"吕冬冬进门就喜滋滋对戴有高说，"你对我太好了，给我买了好多吃的。"

"后来梦醒了？"戴有高头也没抬操作着电玩。今天佐恩和卡蜜儿的情况让他警觉，他打算连夜改善家居条件，换一套够炫的音响，增加一组漂亮的水族箱，从源头上正面引导卡蜜儿的人格塑造，也为佐恩的良好情绪制造环境，不然这个家就得毁掉。

"梦醒了还可以继续做，说不定有一天就能梦想成真。"

吕冬冬说着两腿一盘在地板上坐下，够过身子眼睛往戴有高脸上睃，这样戴有高就不得不抬头看她。她穿一件粉红色伊佐衫，海蓝色七分牛仔裤，特雷托恩帆布球鞋，凯蒂猫绒线帽下一张红扑扑的脸蛋，一副可爱萌打扮，却是空着手来的，这一点保持了90后孩子的做派。戴有高不得不放下平板去冰箱里给她翻零食。

"我没吃饭。"吕冬冬朝戴有高搬来的那堆零食看了一眼，不满意地蹙了蹙鼻头，"我不接受人不正经地把我打发掉。"

"凑合着填几嘴吧,又没做成一单大生意,轮不上你吃大餐。"戴有高回到沙发上继续打电玩。

"×,给我买只鸡腿包又不会让你折翼。"吕冬冬生气,朝戴有高脚上的两只袜子看一眼,怪声怪气地说,"能不能袜商就生产一种颜色的袜子啊,老弄得一只意外身亡另一只就得被逼当屌丝,还不如殉情呢,一点袜道也没有。"

戴有高顺着吕冬冬的目光往脚上看,发现自己袜子又调包了。他没有理会。她说话没谱,小他一轮多还在他面前冒充大龄空虚寂寞女青年,这也罢了,居然管他袜子穿错衣纽扣错的事,把他这个整天和美鞋美包配饰控顾客打交道的奢侈品杀手不当一回事,这让他不高兴。

吕冬冬也不计较,从地板上爬起来把戴有高往一边挤,人上了沙发,一大堆零食堆在腿弯里,强暴犯似的恶狠狠撕开一包燕麦巧克力架包装,一眨眼工夫吃掉好几条,然后推戴有高。

"我原谅你了。说说你的事。"

"没见我忙着。乖,自己玩,我得把佐恩和卡蜜儿安顿好,不然真得找一个完美的自杀计划把自己了结掉了。"

"别摆谱,我也忙,光收拾自己捅下的娄子就够我忙活一阵的了。"

"又捅娄子了?"

"这周控制得不错,抽风好点,只有七八件烂事没收拾完,周一再解决。"吕冬冬往嘴里填了一块巧克力,拿手堵住往下落的巧克力渣,嘴里唔唔地不停,伸手去夺戴有高手里的平板,"说好了今晚你归我,不许耍赖,给我说说你今天的烂事。"

戴有高不得不收掉电玩,把去李爱那儿的事说给吕冬冬听了。

"哇噻,你老婆真贱真想抽丫。"吕冬冬听完大惊小怪地嚷嚷。

"是前妻。"戴有高纠正她。

"一样,反正你俩按法律程序正规睡过。"吕冬冬脸上露出由衷的神情,"我挺羡慕前妻的,她们都欺负过一个活生生的男人,有的还欺负过两个,爽呆了。"接下来她开始埋怨戴有高:"你是缺钙货中的极品,都赎回身子了,为什么不把前妻赶走,难不成还让她在你的国家成立殖民地政府?"

戴有高就说了自己的不甘。他不想离,但没办法,李爱坚持离;他对李爱难以割舍,总觉得她是他身上的一块肉,被离婚这把手术刀给切掉了,而房子相当于手术台,他不能把手术台撤掉,那样他连再做个缝合术的可能都没有了。

"明白了,你是你爸从垃圾堆里捡来的,没喝过亲妈的奶，真的缺钙。"吕冬冬蔑视戴有高，然后兴致勃勃地支招，指导他如何骗取前妻的关注，让她重新爱上他。方法就是在微博上关注她，再取消她，把她拉黑，再取消拉黑关注她，每天这么抽筋十次，前妻非被他弄得神魂颠倒，戴有高就有机会赢得梅开二度。"但也有可能她会被你弄疯。"她警告说。

戴有高觉得头疼，要照吕冬冬说的，他先就把自己拉黑了，省得李爱真的疯了，他也好不了，害人害己。吕冬冬承认事情是有点风险，但既然戴有高还在打前妻的主意，这方法就值得一试。她对他分析，他和李爱目前的状况属于既有历史已经翻过这一页，现实又没有脱掉干系，很像1898年时候的大清帝国和大英帝国，但又不完全像。大英帝国只是盘算着找SB中国皇帝弄点银子，没敢想吞并大清帝国的事；戴有高不同，他想卖身给李爱，李爱嫌弃不要，属于软弱无能那种。不过毕竟主权在他，不如学1997年的中央政府，向李爱下达领土收复令，李爱属于寄居蟹，她得考虑去留问题大，还是继续给戴有高当陪床保姆代价大，就算一咬牙走人，至少戴有高能够收复领土，不会一点眉目都没有。

戴有高脑子快不过吕冬冬，嘴也不如她，明知占不了先的事情，没兴趣谈前妻的话题，叫吕冬冬老老实实吃燕麦巧克力架，小破孩儿别装经验丰富。

"谁说我没经验，"吕冬冬不高兴，"我谈恋爱的一大爱好就是问男朋友能不能让我杀了他,他要说能,我就放弃杀他的权利改为宠他,这样他就不可能抛弃我去爱别的女孩了。"她一说起自己的事就傻呵呵地乐:"我还有一个爱好,就是老叫我男朋友把嘴张开让我钻进去,这样我就能看清他的五脏六腑,知道他到底爱不爱我了。我这样是不是有点犯贱?"她思路跳跃得厉害,说完不用戴有高吐槽,立刻不好意思地自黑一通:"我这货吧特装,喜欢的男孩子不愿上去说话,得他主动找我,等他找我了我又烦他,他要不找我我就委屈,哎呀妈呀贱死了。"

"你到底几个男朋友?不是养了个宠物吗,还要去喜欢谁?"戴有高有点犯疑惑,警惕地问。

"你管,又不是我妈。"吕冬冬瞪戴有高一眼。她的眼睛大到令人吃惊,就像从卡通玩具商店里买来的,瞪人时有一股冲击波,电得戴有高麻酥酥的,"就算妈也没用,我从不告诉她我和男孩子睡觉的事。都是前世欠的债,小时候我问我妈我是打哪儿来的,问到第五遍我妈发了脾气,要我去问我爸。她就不能好好告诉我,我是她没能忍住的产物,非得在我心中落下阴影,害得我现在一和男朋友上床就紧张,光着身子到处找避孕套。"

"能不能嘴不那么利索,审审再往外蹦词,一个女孩子,多少得有点矜持。"戴有高皱着眉头训斥吕冬冬,心想还真不能轻视了现在的孩子,再想想自己的情况,有几个年头没见过避孕套的模样了,不免心里生起一股小醋意,"你不会告诉我你和很多男孩子上过床吧?"

"那倒没有。"吕冬冬打了个嗝,不好意思用手捂住嘴,动静很大地从戴有高身上爬过去,够过一瓶可乐,拧开盖咕嘟咕嘟灌了一气,长叹息一声,剩下半瓶塞到戴有高手里,让他替她拿着,"我不集邮,总和一个男生保持肉搏关系。"

接下来吕冬冬说了她和那个男生的故事,内容很常规,没有什么新鲜的——他约她去他家玩,表示他俩可以玩自己的,她玩电玩,他玩她,各不妨碍。她没同意。他很郁闷。他是射手座的,可打高小遗精起他的精子就没在正经的地方出现过,基本上撞手纸自杀了。她问他是不是觉得自己给射手座丢脸了,他说是。他说完那句话就哭了。

"你就因为这个和他睡了?"戴有高张大了嘴,有点不相信。

"嗯。我使劲憋也憋不出别人那种崇高。你想啊,我和很多人头一回见心里就犯嘀咕,会不会和他好上?只要是帅哥我都这么想。你是不是觉得我有点像人尽可夫的贱女?"

吕冬冬看戴有高。戴有高沉吟着没有回答。吕冬冬看出戴有高担不住这个话题,耸耸肩膀,换了个话题。

"对了,你为什么要和李爱离婚?"

戴有高还是回答不了。其实他是不想和小女生谈自己的事，谈不了。以后他就不怎么理睬吕冬冬，顺过平板继续玩电玩。吕冬冬坐在那儿没人理，挺无聊，两条腿抱在怀里玩自己的磕膝头。

"一看见这对圆润的膝盖骨我心里就发痒，你说，要是我把它们磨成水晶球会怎么样？"她下颏枕着膝盖呆呆地问。

那天晚上戴有高惦记着支出力问题，心思不在吕冬冬身上，他打算安排佐恩和卡蜜儿母女俩去听歌剧，自己留在家里阅读和学习专业技能，以便换取更多的工资，佐恩喜欢那条昂贵的波斯地毯，他会把它买下来，然后他会尽快赚钱换一套带花园的别墅，让家人过上美好的生活。吕冬冬被冷落在一旁，看出戴有高不打算再理她，玩了一阵磕膝头，刷了一会儿屏，打过第三个哈欠，从沙发上爬起来走了。人已经摇摇晃晃出了门，又探进脑袋问：

"老大，你不带把菜刀进被窝？"

"没人杀我。"戴有高头也没抬，手上机械地操作着。

"你心情不好，说不定会自己杀自己，意外身亡呢。"

吕冬冬笑嘻嘻说完就缩回脑袋不见了人影，然后是脚步咚咚上楼的声音，能想到她闲得无聊，闭着眼睛两手伸向前方，学盲人摸索着上楼的样子。一会儿戴有高的手机叮当一响，是她的微信。

"鼓奶。"

"？"

"睡个好觉，表达美好祝愿的意思。"

戴有高看了看时间，半夜两点。他决定再打五小时电玩，把支出力补足，早上泡麦片，吃完去华侨城。他放不下李爱，没法放下。他觉得要是自己不抓住李爱的麻花辫，总有一天华侨城那套房子也会嫌弃他，自己做主找个新主人，那个时候他就真的无家可归了。

第二天一大早，戴有高就赶到华侨城。这次他学乖了，没用钥匙开门，摁了门铃。李爱开门的时候也没有光着身子，穿了一条简洁的及地长裙，是那种神秘的非洲花纹，大胆的色彩和图案有极强的节奏感，一头长发梳成粗粗的麻花辫吊在脑后。这让她像附着了一种魔咒，魅惑无穷大，戴有高不得不用胳膊肘儿撑住门，才没让自己顺着门框滑下去。

"别表演慈善事业那一套，"李爱看一眼戴有高怀里大大小小的纸盒，一脸警惕，"记得吗，结婚以后你就给我买过一支冰棍，自己还吃了一多半，那是你最慷慨的一次。"

"不是连人都给你了吗，贪那点外财。"戴有高把拦住门的李爱挤到一旁，抱着纸盒往屋里走。

屋子收拾得和昨天一样整洁，戴有高尽量不去观察干净整洁的屋子和那套看上去庸俗不堪的小清新家具。他不能给自己找不愉快。他希望今天的情况有所改变，他和李爱能在洁净的房子里坐下来好好谈谈，谈完李爱高高兴兴系上围裙去厨房给他做两样小菜，他俩好好吃一顿饭。戴有高有充分的理由相信，房子是一个奇迹，它会在培育出田螺姑娘之后产生更多的惊喜，包括突然拥有的了不起的厨艺、幡然醒悟后破镜重圆的家庭生活，以及佳人扑怀而入的感激涕零。

"等等。"李爱跟进客厅，拦住往下卸大大小小纸包的戴有高，"我不需要你把公司里的积压货往我这儿搬，我不需要你讨好我。"

"谁讨好你了？没看出我这是在意你吗？"

李爱把胳膊抱在胸前，看戴有高，看得很认真。戴有高不得不恋恋不舍地把目光从她手臂后面那一大片地方上移开，看她的脸。

"怎么啦？"

"当一个人不断告诉你他在意你的时候，你觉得他是在提醒你别忘了他的在意呢，还是他没有那个把握，是在提醒自己别忘记了那个在意？"

如果事情只是这样还算不上糟糕，戴有高完全可以劝说李爱放弃当一个哲学家的打算，两个人回到温馨体贴的交谈、卡通图案的围裙和可口的小菜上，可事情却出现了一些失控。这个时候，从屋里走出一个人，准确地说，是从戴有高和李爱曾经睡过5年，戴有高昨天还光顾过的卧室里走出一个男人。那个男人约莫40岁，大块头，大脑袋，头发厚而密，就跟戴了一顶乱糟糟的帽子似的。他穿着一件皱巴巴的睡袍，好像刚睡醒，眼睛被洋葱冲了似的眯眯着，看模样不像是家佣，也不是管道修理工。戴有高一下子就傻了，不相信自己的房子里除了李爱还会藏着个穿睡袍的男人，就跟每天都刷牙，有一天突然从毛刷缝里冒出一只天蚕蛾，戴有高当时就有一种崩溃的感觉。

"他是谁？"戴有高问李爱。

"认识一下，"李爱介绍，"这位是戴有高，我前夫。这位是蔡张望，我男友。"

戴有高的脑袋轰的一声大了。男友？李爱怎么会有男友？而那个大块头的蠢货肯定没听明白李爱在说什么，竟然咧开厚厚的嘴唇笑，抢上来和戴有高握手，说你好你好，早听李爱说过你，今天终于见面了。好像他这辈子活着没有什么事，就等着见戴有高似的。

"见我干吗，想杀了我？"戴有高脑子一片混乱，他不知道对方是干什么的，但确信对方家里没有一栋百年以上的老宅子，中堂的墙上一排挂着十几个用炭条画的戴瓜皮帽穿黄马褂面无表情的老人画像。戴有高一把推开大块头，扭头冲李爱喊："你不能这样，我俩的事情用不着别人掺和！"

"我俩什么事也没有。你忘了，我俩已经分开了。"

李爱镇定地说。

"那是个愚蠢的决定,"戴有高控制不住地朝李爱喊,"我建议我俩立即纠正这个愚蠢的行为,你让这个蠢货马上离开!"

戴有高的话伤害了那个叫蔡张望的男人,他眨巴了几下眼睛,生气地看戴有高,再看李爱,一副无辜的样子。

"我不会再回到过去,"李爱没有去接蔡张望的眼神,她深深地吸气,盯着戴有高。戴有高突然有一种预感,她会为她的蠢货男友报仇。她果然那么做了。"知道吗,每一次见到你,我就觉得这辈子实在活够了。"

戴有高张着嘴站在那里,他就像一个白来这世上走了一趟,同时还走错了地方的人,不知所措地看着他面前的李爱,不知道接下去该做什么。接下来的事情是李爱处理的,她让蔡张望离开客厅,找个地方待着。那个大块头的家伙真是听话,很快从客厅中消失掉。戴有高觉得自己好像做了一场梦,茫然地朝四下看看,一屁股坐到"宜家"出品的烈焰状概念沙发上。李爱站了一会儿,过来蹲在他面前。

"记得吗,我俩是去年冬天前去市民中心换的证,证换好后你开玩笑,说你一点也不喜欢冬天,但你不反对在冬天获得自由。可你知道,我怕冷,非常怕,这个冬天太漫长了,我熬不住,得找个人来御寒,所以咱俩分开不久，我就和他交往了。"

"御寒为什么不找我？"戴有高愤怒地朝李爱喊，"我才是你的老棉鞋，冬天都是我搂着你睡！"

"有高，有高你要讲道理，"李爱尽可能保持住平静，"你知道我不顾一切地爱过你，那个时候我非常害怕，不知道什么时候失去你，不知道能不能和你同一天死去，我甚至考虑要怎么才能有效地损害自己的健康，在你死去的那一天我的生命刚好结束。"

"我也这么想，但我没敢说出来，"戴有高觉得自己的话非常无力，好像话不是从自己嘴里说出来的，"我比你大7岁，会比你早死，那对你不公平。"

"你也知道不公平了，"李爱笑得凄婉而迷人，但戴有高知道她在笑什么，"你应该说说对我的不公平，为什么你不说？你说你搂着我睡，那不过是你害怕黑暗，你需要确定灯熄灭以后有人待在你身边，一旦睡意上来你就会缩回你的被窝里，丝毫不管我是什么感受。"她凄凉地笑了一下，"和你在一起，我都不知道我是不是有G点。这真是太可怕了，我怎么就成了一个没有G点的女人？"

戴有高知道事情会是这个结果，他一直都知道。他觉得自己真是找抽，他到底是怎么想的？但他还是像是被人打了一个耳光，心情堕落进万丈深渊。他认为李爱没有说出事实的全部，他们有过性。那一年他带她去惠州海边度假，他们在海滩上喝冻梅子酒，吃烤海鲳，吵架，在海滩上做爱，彼此搂抱着在珊瑚沙上睡去。子夜过后，涨汐将他俩淹没，他从海水中捞起尖笑着的她，两个人拼命游上岸，水淋淋地攀上一块礁石，在礁石上忙不迭地剥去对方湿透的衣裳。"我俩是一对淫荡的狗男女。"李爱气喘吁吁地说。也许婚前3年的纠缠让他们耗尽了所有激情，也许她比他小，他一直有所不甘。伊甸园的快乐很短暂，不光他，李爱也一样，他俩开始有意无意躲避对方。有一段时间他俩都感到茫然，他不知道希望她成为什么样子，她也一样，他们有着同样的恐慌。在正式分手前，他们甚至试图找到一种不那么决绝的方式，比如彼此不占有对方身体的爱，像亲人一样地活下去，可惜没有成功。"我找不到自己，无法证明自己还有欢愉能力，我没法肯定自己是值得被爱的，告诉我，我还是一个女人吗？"李爱歇斯底里地哭着向戴有高喊叫。戴有高能说什么？他没有同性之爱，也反对建立多边情感关系，这个李爱全都知道，但即使在单一的情感关系中，他也没有做到她希望的一切，现在他落到这个地步，唯一的想法就是能不能慎重地哭一次。

后来又发生了什么，他是怎么从那团撩人的火焰中站起来，离开自己那套婚前财产房，满脑子空白地回到公司的，戴有高一点也记不起来了。

戴有高是在离公司一条街的地方看见吕冬冬的。他俩隔着一条烟火气极浓的街道，来往的路人遮挡着，吕冬冬没有发现他。她鬼鬼祟祟躲在一大丛灿烂的三角梅后面，朝一个小区的大门里探头探脑，然后蹑手蹑脚过去，快速抱起一只小狗，把小狗胡乱塞进一个大挂包里，连人带狗窜过马路消失在人群中。看上去她身手敏捷，但真不适合干小偷的职业——她完全把自己打扮成了摩纳哥公主的样子，印花短裤，军绿色亮片装，帅气的捆绑式比基尼抹胸，套了一件垮到屁股下的秋冬季人头衫，这样的她在人群中非常抢眼，隔着三条街都会被人认出。

戴有高出现在公司大楼天台上的时候，吕冬冬正和那只被劫持的小狗玩得起劲。那是一只两三个月大的雌性贵宾，她俩争一只皮球，人和狗追逐着皮球在地上打滚，一直滚到戴有高脚下。吕冬冬吓了一跳，张着大嘴眨巴着眼睛躺在地上看戴有高，小狗趁机把皮球抢走。

"你看见我偷娜美啦？"

"谁是娜美？"

"它呗。我给它取的名字，没偷之前就取了。你没看过《海贼王》？"

"不光我看了，小区门口的监视器也看了。"戴有高情绪不高，找了处没风的山墙靠着，没精打采地在兜里掏香烟。

吕冬冬从地上爬起来，抱着娜美过来靠在戴有高身旁。"你得先刷牙,不然我不会亲你。"她不让娜美舔她的脸,伸出一只指头警告丑巴巴的小家伙,抬头快速看了戴有高一眼,"我不是故意要偷的,主要是特别希望找个人来保护,可找来找去没人需要我,只好找它。"

戴有高被烟呛了一下,差点没笑死。世上苍生济济,他想不出来还有谁比吕冬冬更需要人保护。

"别不信,"吕冬冬生气地朝戴有高瞪眼睛,"我真这么想,和好几个人说过,他们都笑我,我就灰心了。本来都放弃了,我打那儿过,它啪的一声出现在面前,让我小欣喜了一下,这说明上帝同意我的愿望,派它来归我保护。"

戴有高扭头瞅那小家伙。它躲在吕冬冬怀里,探出半张脸来看他,看上去它很满意和新主人的关系,这让戴有高有点相信吕冬冬关于上帝的话。他让吕冬冬放心,他不会检举她偷窃的事情,虽然这样做他就有了知情不报的嫌疑。

"我让娜美叫你大舅。"吕冬冬开心,让娜美给戴有高作揖。这回她俩亲上了,唔唔地互相乱啄了几嘴。

深圳湾方向有一些乱云在快速聚集,它们像一大群栗褐色的枯叶蝶、彩虹色的琉璃小灰蝶和大陆红的粉翅蝶,在海湾潮湿的气流中盘旋,一会儿聚敛一会儿又散开,形成一簇不断变化的巨大树冠。这是深圳初夏最好的景色,这样的景色让人伤感。戴有高很快说起之前发生的事，他和李爱，以及李爱的男朋友蔡张望。

有一阵吕冬冬没有说话，撅着屁股趴在地上给娜美掏耳聍，没有看戴有高，过了一会儿她有些发呆地开口：

"我特别希望我和男朋友见第一面的时候，他在楼梯上，我在楼梯下，他俯视我，我仰视他，这样他看起来就好了不起，我会一下子爱上他。"

"你不是有男朋友了吗，光着身子摸黑找套那个，还和谁楼上楼下地乱看？你不会说你是多边关系主义者吧？要这样你离我远点，我讨厌这号的，娜美你也给人家还回去，身上七八种男人味，它会嗅觉紊乱。"

"你真信啦？"吕冬冬惊喜地问，又晃脑袋又跺脚，开心得要命，"就是说，我还是有骗人的天分，耶！"开心了一阵她很快沮丧起来："算我不要脸，那是骗你。我没男朋友，一个也没有，只是不想让人瞧不起，也不想自己瞧不起，才编了个故事。每次跟人说我男朋友特别在意我，我男朋友什么什么的时候我都想哭。我觉得自己太猥琐了。"

戴有高不明白地看吕冬冬，他觉得这件事够荒唐：吕冬冬没有男朋友却冒充有，编一大套热闹故事，弄得跟真的似的；他有妻子却把妻子弄丢了，妻子变成了前妻，他俩都是蠢货，都猥琐。这么一想，戴有高伤感万端，极力摆脱强烈的挫败感，把烟头摁进凉茶罐里。

"没有也罢，至少用不着摧残自己，别像我，辛辛苦苦经营了五年，好容易把婚姻经营起来，女人经营得像老婆了，现在却被别人享用着，心理特别不平衡。知道吗，最糟糕的感觉莫过于仇人就在眼前，你却不能揍他，想起来就泪奔。"

吕冬冬这回没有幸灾乐祸，把娜美抱在怀里，抱得紧紧的，不怀好意地看戴有高。

"看什么，你当我有道德洁癖？你妹才有。他块头大，我担心揍不过他，自取其辱。我现在特别怀念精子时代，那个时候我有无数的好兄弟，他们会和我同仇敌忾收拾那个异族家伙。"戴有高屈辱地猛踢一块脱落掉的水泥尸体，"靠，×，Shit！"

"还能再恶心一点吗？你有没有我他妈真欠揍怎么没有人来揍我一顿这种犯贱的感觉？"吕冬冬小脸涨得通红，朝地上恶恶地吐了一口唾沫，夸张地在胸口画了个十字，"主啊，请让这个人从我眼前消失吧，我发誓一辈子都不说你的坏话。"

戴有高接不住吕冬冬的话，一时沉默。吕冬冬看他一眼，突然蹦出一句：

"你是一个傻×。"骂罢立刻换了一张讨好的脸加上一句，"来，换你骂我了。"

戴有高不解地看吕冬冬。

"犯贱是不是？这样我俩都赢了一次。"吕冬冬认真地解释，"你需要过溢性疼痛疗法，忘掉让你耻辱的前妻。我需要强制性忏悔，这样我就不会因为偷人家的小狗睡不着觉了。"

戴有高情绪坏到顶点，他觉得吕冬冬把事情弄岔了道，他不想和一个小姑娘玩互相掴掌的自虐游戏。他只想收拾那个抢他前妻的人，一想起蔡张望那颗巨大的脑袋他就面瘫，恨不能找根一次性筷子戳死那家伙。戴有高这么一想，就起身朝天台入口走去，没走几步就被吕冬冬追上来拦住。

"现在看出来了，你真的是贱民。"吕冬冬把娜美放在地上，站到戴有高面前连比带画，演动画片似的跳来跳去，"知道什么是贱民？你上街去，拦住一超级大块头，冲他喊，鳖孙，有本事揍我，不揍你是小妈养的！小子来呀！噼，哦，啪，哦。"她东倒西歪，抱着脑袋痛苦地躲闪着，捂住小腹跟跄着，嘴里嘶嘶地喘着气。娜美不知道发生了什么事，兴奋地攥着她的脚转圈子。"噼，哦，啪，哦，小子别光拳头，动脚，你踹我一脚，对，往这儿踹，踹心窝子，对，还有腰眼，对，再来两脚，尼玛有点力气好不好？脚抬高点好不好？直接你踹我脑袋会不会？再添点力气，哦谢特，太爽了太感谢你了！"

表演完毕，吕冬冬气喘吁吁，额头上冒着小汗，回到戴有高身边，伸手拽过戴有高的胳膊用他的衣袖揩了一把汗涔涔的脸蛋。

深圳湾那边的蝶阵突然散开了,有一种风起云涌的架势,看来晚上会有一场让人感到欢畅的暴雨。戴有高突然觉得自己好多了,眼圈没来由地发潮。

"谢谢你,我没事了。"

"你没事了我有。"吕冬冬快速躲过戴有高伸过来摸她脑袋的手,"我这人吧特贱,伤心的时候怎么都无法摆脱伤心,非得找一件更伤心的事情做才能从前一个伤心中挣扎出来。"她把摇晃着尾巴跑向她的娜美抱进怀里,真诚地看着戴有高,"你刚才让我伤心了,你得让我宰你一顿,请我吃顿好吃的。信我,这样我会好起来。"

戴有高觉得这是一个不错的主意,他把吕冬冬拉到身边,学她的样子捏住袖子为她擦去脸上的一道汗泥。他估计那是娜美的屎汤。

他们去了滨海大道的"蓬巴度"。那是一个精致的西班牙餐厅,大厨的名字叫迭戈,脾气很大,食材供货商都很怕他,但他的菜烧得非常地道,在熟客中很有名气。坐下后,吕冬冬十分兴奋,装模作样看了一会儿菜单,气馁地把菜单丢给戴有高。戴有高乐了,叫过点餐员,为吕冬冬点了金枪鱼腩配白芦笋,一杯三得利樱桃酒,他自己要了香煎白芦笋,一杯马天尼白。点菜员离开后吕冬冬殷勤地露出两排白牙冲戴有高讨好地乐。戴有高问她乐什么。

"看到我眼睛放光没？"她把两只胳膊支在桌子上，接吻似的朝他凑过来，样子神秘兮兮。她的眼睛真的在放光，就像月光撩拨海面，海面上掠过无数条发火鳗。"一看这个你就知道我是个吃货。"她得意扬扬地缩回身去，"每次看到好吃的我都警告自己收嘴，告诉自己那里面放了毒药，但一想到毒药我就兴奋，想看看自己横尸街头的样子。一想到好多警察帅哥围着我的尸体转我就抓狂。"她叹了一口气，"要是我能嫁给一个做烧鹅的顺德师傅就好了，这样我一辈子都有鹅头啃。"她甜蜜地眯缝眼冲他笑了一下，摇晃身子发嗲地加了一句，"我真是不要脸，对不对？"

两个人坐在那儿等菜上来。吕冬冬闲不住，老是转过身去看隔壁桌上人家的菜盘子。戴有高脸臊，觉得自己带出来的女孩怎么就这么没志气，也是有点好奇，把她的脸从别人桌上拧回来，问她，她看上去没什么大毛病，挺可爱一个人，怎么就一个男孩子没缠上，非得把自己弄到编谎话的地步。

吕冬冬脸拉下来，先不肯说，后来说了，她没法和男孩子待在一起，那样她会忍不住数他们脸上的痘痘，一数就泄气。不过最近事情有进展，她看上一个，上世纪40年代的制服男，魅力无法抗拒。"我特别想强行跟漂亮衣裳和鞋发生关系，"她由衷地说，"一旦得手我就立刻艳光四射，特别能驾驭，同样的愿望也适合用在他身上。"

"那还等什么,扑啊?"

"扑什么,我得有点尊严,等他来扑我。"

"他扑了?"

"整理仪容、调正领带、捋顺衣领褶皱、用暧昧的目光凝视、装出不在意的样子上来搭讪,男人示爱就那么几步程序,对吧?我在他面前的时候他从来不发给我上述信息。"

戴有高乐了,心想这孩子刚开蒙,嘴上热闹,不过是看上了某个男生,关系没搭上,连主动示爱都不敢,只能拉着他这个路人甲当陪聊,相当于嘴硬的为心软的疗伤。又一想,这样的吕冬冬其实挺悲摧,不应该,就有点儿替她难过,收了笑。

"说吧,小屁孩是谁,我把他拎到你面前,你抽他,抽完再让他好好和你搭讪,剩下的事你自己处理。"

"你谁呀,"吕冬冬不高兴,"自己的事都处理不好,管人家的事儿。"想想又咨询戴有高,"你说我要是考上公务员他会不会注意我?要行我就辞职考丫的。"说完她又烦,一个劲地抓狂,"我艾特他了吗他不要脸地往上凑,老往我梦里钻,被子卷成筒也不管用,哎呀烦死了,怎么也没个警察大叔来管一管。"以后还没完,再加上一句恶毒的点评,"我这人怎么这么龌龊呀,只配吃麦当劳,你就不该请我来这儿吃大餐。"

闹腾了一阵，菜上来了。金枪鱼经过适度的烙制，激发出鱼肉的油脂香味，白芦笋完全白灼，配上淋过黑橄榄油的田园沙拉、牛油果、阳光下自然晒干的番茄干，色彩斑斓，闻着就能昏厥过去。吕冬冬立刻忘掉了刚才的烦躁，刀叉并用，吃得直哼哼，两条腿还不老实地在桌下乱晃。她穿一双方头厚底皮鞋，踢得戴有高直抽气。戴有高没工夫生气，他自己的那道菜也挺不错。那顿饭他俩吃得都很开心，吕冬冬尤甚，把俩人的四片蒜蓉面包全塞进嘴里，让戴有高大惊失色，弄不懂这家伙这种吃法，怎么人就能瘦成这样。吕冬冬没觉得自己廉耻，声称这辈子最大的愿望就是吃遍人世间凡能入口的东西，然后含笑九泉。为此她申请来一瓶正式的酒，最好是黑坛芋烧，而不是黏糊糊的甜酒。戴有高觉得这个提议不错，他觉得他俩这样的情场悲摧者都需要安慰。

那天晚上两个人都喝多了，从"蓬巴度"出来，戴有高拽着吕冬冬的衣领，吕冬冬牵着戴有高的衣摆，俩人像两条尾鳍不稳的钉尾鱼在人群中洄游碰撞，步履蹒跚地穿过海风阑珊的大街。一回到宿舍戴有高就吐了，像吃了药鱼的狗一样，撅着腚抱着马桶翻江倒海地吐。吕冬冬也想吐，但觉得吐掉太可惜，忍着没吐，伺候戴有高换下脏衣裳，把他弄到床上躺下，再从自来水管里接了一杯水让他漱口，然后消失掉。一会儿她又出现在宿舍里，一手搂着娜美，一手捏着两只橘子，人东一下西一下站不稳，慵懒地躺在地板上睁着迷蒙的眼睛，断片似的哼着混搭不清的流行歌，娜美在她和橘子当中跳来跳去，把唾沫涂了她一脸。那是戴有高彻底醉过去之前最后的印象，以后的事他就不记得了。

第二天早上戴有高醒来时天还没亮，窗玻璃上趴着一层欲进无门的乳白色熹微，他看见了吕冬冬。她腰板挺直地盘坐在窗前的沙发上，怀里抱着酣睡的娜美，眼睛盯着窗外空荡荡的大街发呆。戴有高被吕冬冬纹丝不动的专注姿势打动了。他猜她就那么坐了一夜。他还猜，她是在看那些趁夜在大街上散步的鬼魂，而且他们肯定被她的专注样子吓坏了，在黎明到来之前作鸟兽散，所以除了她之外，没有任何人类看见过他们。

"你在床上的姿势难看极了。"戴有高从床上滚下地的声音惊动了吕冬冬，她回过头来看了他一眼，人少见的安静，没有平时的作怪，目光亮如启明星，也是平静的。"我趴床的姿势就特别好看，不幸的是那是趴我自己的床，没骗你。每天晚上我都会强迫自己早点睡，而且睡觉的时候总是把姿势保持得端庄大方，这样万一我死了，第二天早上别人就会说，哦，这是一个公主。"

戴有高昏沉沉的，头疼欲裂，捂着脑袋坐在床头呆呆地看吕冬冬，他觉得那是他听过的最好的"早安"。然后他去盥洗室撒了一泡尿，往牙刷上挤了平时两倍的牙膏，用力刷牙，从盥洗室里探出头来问吕冬冬是不是一夜没睡。

"算你欠我一次，以后加倍还。"吕冬冬把娜美抱起来，人从沙发上起来，娜美放回沙发，让小家伙继续拉着小呼酣睡，"再说睡也没什么意思，好多事情都会在你睡着之后溜走，后悔都来不及。"

戴有高想到大街上那些幽灵，哑然一笑，差点没咽下一口牙膏沫。

"要我睡也行，"吕冬冬打开微波炉热牛奶，"我也没别的奢望，就想谁趁我睡着的时候塞根红线在我手里，我醒了就顺着红线找到他把他吃掉，别让他没事儿到处跑。"

"我也是，我对绳子着迷，就想找根绳子把李爱拴上，别让她跑掉。"戴有高往池子里吐漱口水，他在想他和李爱的5年，这5年就像手机短信，一个字一个字地写，伤眼耗神，挺不容易，到头来一摁键全给删除了，5年的生命就这么夭折掉，"我俩太像了，要不你也别找制服男了，你跟我过吧。"

吕冬冬背对着戴有高，手在微波炉按键上停下，接着又摸索了一阵。"你说真的？"她的声音有点不对劲。

"别吓着，就一句比喻。"

戴有高把泡沫吐进水池里，开始洗脸。他就是不能接受李爱有了人这个事实，他决定找到弄丢的线头，把李爱拽回来，把丢失的5年找回来，不能说删就删掉。他那么想的时候，吕冬冬把热好的牛奶从微波炉里取出来，插吸管时没当心，牛奶溢出来洒了一地，人站在那儿看着地上的牛奶发呆。

接下来的日子戴有高心如杂草，没心情干活，好几次外出工作时坐过了站，一到晚上就失眠，睡不着，玩《模拟人生》玩到凌晨，困劲儿来了也没法入睡。有两次他去盥洗室对着镜子打飞机，打完把自己洗漱一遍，上床安静地发呆，等着天一点一点亮开。戴有高不想让自己老陷在坏情绪中，给自己找了一件事情做，去献血站扎了一针，抽掉200cc。可献过血以后情况还那样，纠结没戒掉，夜里依旧失眠。他一咬牙又去扎了一针，这回加了码，让护士为自己抽掉300cc，可情况仍然没有好转。他完全绝望了。

有时候戴有高和吕冬冬会在天台碰上。吕冬冬上班的时候偷偷把娜美藏在那里，下班后再装进大包带回宿舍，这样小家伙整个白天都能在蓝天白云下撒欢，不会被宿舍的管理员捉走。戴有高去天台上抽烟，好几次看见吕冬冬和娜美争抢台湾烤肠，她要抢赢了就得意，抢输了就吼娜美，心眼儿小得要命。戴有高觉得吕冬冬这样挺无聊的，不如正经找个人玩，制服男不上套，换个别的品种也比和娜美厮混强，那样谁欺负谁都合理。吕冬冬先绷着脸不回答戴有高的问题，后来忍不住说了，制服男放弃了，现在换了个幽灵男，但还是没成功。

"一般情况下，和他起腻是缓解压力的好办法，我是说如果能够和他起腻的话。"吕冬冬打不起精神来地说。

"他白天宅在幽灵屋里不出来，没给你起腻的机会，还是夜里你害怕，没敢去幽灵屋找他起腻？"戴有高嘲讽地问，问过以后立刻明白那是怎么回一事。还是老问题，吕冬冬有交际障碍，揣着一份意淫自己折腾自己，根本就没和人家幽灵男纠缠上。

"不是怕献丑，我在他面前用力表演，结果他一点也不喜欢我这号小丑。有时候真想掴自己嘴，我要再想他就把自己倒进抽水马桶里自行了断。"吕冬冬烦躁地冲戴有高瞪眼睛，"看什么，我知道我有问题，但是我能称呼自己寡人，你行吗，还有个前妻，想当寡人都当不上。"

戴有高心想她说对了，自己做不了寡人，不愿意做，没法做，但不光他有问题，吕冬冬也有，整个世界都出了岔子，该开始的开始不了，开始了的中途翻车，怎么就会这样？这么想着，情绪不高地把烟头塞进凉茶的空罐里，起身离开天台。

"如果你喜欢我，"吕冬冬在后面大声喊，"明早叫我起来的时候给我打包牛肉面外加两罐脉动，不过你要是假装不喜欢也没关系。"

戴有高没有回头，他有新的决定，他不能像吕冬冬那样坐以待毙，最终把自己荒芜掉。他得打起精神做最后一次努力，不行就收回房子，把李爱和那个大脑袋的男人撵到街上，让她随便去。

星期六一大早，戴有高再度出现在华侨城。他进门的时候，大脑袋的蔡张望系着一条图案夸张的围腰，手里捏着块清洁棉在收拾碗筷。李爱不满意地问戴有高这次又来干什么。戴有高本想理直气壮地告诉她，自己来取东西，顺便查查自己的物品是否被随便什么人翻动过，有没有贵重物品不翼而飞，但他看了看桌上的残汤剩羹，没说那话。

"你俩谁下厨？"戴有高问蔡张望。

"李爱。我做饭她不爱吃。"蔡张望眨巴了一下眼睛，朝李爱看了一眼。

戴有高发现两个贱人的小日子过得比他嗨多了。李爱显然已经学会了广东人调精养气的一套，煮了鱼骨菜粒粥，蒸了牛肉球和紫薯，这份贴心巴肝的早餐他惦记了5年没惦记上，现在让大脑袋的蔡张望享有了，这让他火冒三丈。戴有高扭头看李爱。李爱知道戴有高看什么，有点窘，支吾着让蔡张望去凉台收衣裳，蔡张望一离开她就气汹汹问戴有高想干什么。

"我就想要怎么做你才能重新归我。"戴有高说。

李爱崩溃极了，这回没捂眼睛，而是捂住脑门在客厅里转了个圈,像一只找不到自己尾巴的猫。

"知道吗戴有高,我不想你打我的主意,那让我有一种被人偷了的感觉,我还是想完整地睡在自己床上。"

"这我能保证,但你得跟我睡在床上,而不是跟别的什么蠢货。"

戴有高咬住了,他知道这是关键时刻,自己必须咬住,说完他把李爱撇在客厅里,带着一把椅子去了晾台。

蔡张望在晾台上收拾衣裳,怀里红红绿绿抱了一大堆。戴有高坐到洗衣槽上,钩钩手指示意蔡张望过来,坐在他搬来的那把椅子上。蔡张望狐疑地看了看戴有高,抱着衣裳神色凝重地过来了。戴有高想,也不知道暴打这小子一顿会不会让他高兴起来。

"介绍一下,我叫戴有高,李爱的男人。"戴有高说。

"上次介绍过了,我知道你是谁,"蔡张望狡猾地眨了眨眼睛,"你说李爱男人那是从前,现在换人了,换了我。"

"我明白你的意思。"戴有高拍了拍蔡张望宽厚的肩膀,示意他别自作聪明地抢话。他猜自己是想试试对方的力道,要是对方没那么壮,而且不反抗的话,他会上手掐住对方的喉咙,然后在那张大脸上狠狠地来上一记:"你是说,我上辈子是一堆狗屎,你也是,我们隔着一条街，没有机会见面，但臭味相同，这辈子都惦记上了李爱。"

"你想说什么？"蔡张望警惕地看戴有高。

"我的意思是，咱俩做兄弟肯定不合适，挺虚伪的，但咱俩是男人，和李爱前后脚离着不远，至少能交交心。顺便说一句，你未经许可使用了本人私权法保护下的便池，侵犯了本人的权利，这话没冤枉你吧？"

"我不是故意要用的。如果你想听实话，你的审美趣味糟透了，你这儿没有一样东西能满足我的审美需求，包括便池。"蔡张望竖起一只手指阻止住戴有高，"听我把话说完。小区里没有公厕，开头两天我不敢喝水，每次来这儿前我恨不能用榨果机把自己榨两遍。可我肾不好，一口水不喝皮肤都能自动吸水，的确出于无奈，闭着眼借用了一下便池，这个请你原谅。"

"便池的事先放一边，"戴有高发现对方表面不失礼节，其实挺硬的，不是一个容易拿住的家伙，不便转移话题，"我问你，你打算拿李爱怎么办，是玩一下就下线呢，还是拿她当《海贼王》，打算陪她几十年如一日地熬下去？"

"你认为我是个无赖？"蔡张望有点不高兴。

"或者更糟，你确实是无赖。"戴有高一点不客气，不让自己的目光从蔡张望脸上移开。

"放心，我已经向李爱求婚了，她说考虑考虑再回答我。"蔡张望说。

"你脑子没问题吧?你又不是兀鹫,非得吃人家丢掉的腐肉!"戴有高有些急。

"我就好这一口。肉太新鲜我蛋白质过敏。"蔡张望一点也不脸红。

"知道了,"戴有高看了蔡张望一会儿,"你是我见到的最蠢的奇葩,就你这种智商,还说让人放心的话。别急着上火。你面前坐着个和李爱结过婚的人,他俩在一张床上满怀激情地滚了5年,到头来还是离了,你当决心一下就能消化她?"

"这样啊,"蔡张望笑了,很快收住,慎重地说,"我和前妻一起生活了7年,加上拍拖,一共11年,资历不浅。我看重有经历的女人。"

戴有高愤怒地盯着蔡张望,亏了他的眼睛不能发射子弹,要是能,他保证自己会扣住扳机不松手,一口气打空弹匣里所有的子弹,让大脑袋贱男当场尸横晾台。那一刻他突然想起吕冬冬的口气——我是杀了他,杀了他以及杀了他,还是杀了我自己?但他光那么想了,没来得及行动,因为蔡张望开始反击了。

蔡张望把一堆衣裳堆到戴有高怀里,拿戴有高的怀抱当了衣篮,拿过一件娴熟地叠着,他接下来的话把戴有高牢牢地钉在那儿动弹不得。

"先申明,话不是冲你说的,冲咱俩。你想过没有,咱俩其实挺无聊的,虚情假意说了半天,有一句替李爱想的吗?她奔三十了,老大不小,往前一步叫中年,你没见她最近总穿反年龄款式的衣裳,蕾丝亮片全上了?那叫角色焦虑。你把自己换成她想一想,皮肤不再光滑了,乳房往下耷拉,走路身子向后坐,心不催人,岁月逼人,再往下问题会更多,她撤不下来,得抗争对不对?可她又不是那么好侍候的主子,同性亲密做不到,性爱社区不愿进,你让她拿什么去抗争?"

蔡张望将叠好的衣裳放在一边,长长叹息一声。

"她只剩下一条路,抓住情欲能量守恒定律,对抗中年危机的全面到来,这个,你自己琢磨琢磨行不行。你总不能让她长年累月在自己的男人身边守寡吧?那样你会被我笑死。"

戴有高呆呆地看蔡张望,脸上红一阵白一阵。现在他看出来了,对方不光脑袋大,胸怀也大,大到能装下岁月这种东西,连同着把李爱妥妥地装进去。这样的胸怀他没有,也做不到。戴有高一时泄了劲,知道他和蔡张望之间的交手已经结束了,蔫头耷脑地坐了一会儿,怀里的衣裳堆回蔡张望手上,起身离开晾台,穿过客厅,拉开门进了电梯间。

有两周时间戴有高没有再去骚扰李爱,不是不想骚扰,是在和蔡张望交过手之后,他中了意志瓦解弹,勇气尽失。那两周他的情绪不好,心里充满恨意,每次看到路上驶过油罐车他就激动,像是见到前来增援的战友。戴有高告诉自己别犯傻,李爱跟自己五年,够苦了,如今她有了一个能够容纳无尽岁月的大脑袋和有希望的新生活,他应该祝福她脑体双赢,从她身边消失掉,别再不依不饶地缠斗下去了。

那两周戴有高也没有见到吕冬冬,晚上她也没给他发微信要他陪聊。有时候戴有高会想起她,一想到这个神经大条的消瘦女孩,他总是会心地一笑,觉得自己也不是世上最软弱的,软弱者大有人在。可吕冬冬什么消息也没有,好像人消失了,要不是有一天小佟和戴有高提起她,戴有高甚至都记不起他俩有啥关系。

那天一下班,小佟就拉住戴有高,说要请他吃饭。戴有高心烦,不想去,小佟说了实话,吃饭是假,请戴哥做晏婴是真。原来小佟看上了吕冬冬,追她有些日子,女孩一直不搭理,小佟知道她和戴哥走得近,求戴哥替自己在吕冬冬面前美言几句。戴有高先盯住小佟的脸看,没看出脸上长痘痘,又问小佟有没有制服癖,问完乐了,不说乐什么,答应小佟这事交给他办,他找吕冬冬说去。但小佟也别闲着,抽空恶补几部幽灵片,做好心理准备。虽说吕冬冬早到了发情期,是最好的上马情歌下马草窝的调情对象,可这孩子情绪多变,小佟得做好受虐准备。小佟高兴坏了,表示不用看幽灵片,今晚他就抱床被子溜进西丽公墓去当幽灵,练好了灵现吕冬冬爱怎么虐待他都陪着。

说什么撞上什么,第二天戴有高就在天台上遇见了吕冬冬。他去那儿抽烟,她在那儿,人趴在墙头呆呆往远处看,娜美在一边气汹汹咬胶骨她也不去抢,看上去有点打不起精神。

"吓我一跳,"戴有高走近时吕冬冬惊了一下,夹起胳膊护住胸口,"我还以为一摊屎掉下来了。"

"看什么?"戴有高朝吕冬冬看的方向看了一眼,"是不是约了外星人,飞船在路上遇到了什么麻烦,误点了?"

"没心情约人,就想伤心死算了。"吕冬冬打不起精神地说,"不光我,巧克力也很伤心,它漂亮可人们还是会吃掉它;鞋子也很伤心,它能走路可没人问它想去哪儿。"

戴有高看吕冬冬,她脸色不太好,样子有点魔怔,戴有高就自责,他俩在一起的时候老是聊他的事,聊一个扑过咬过然后又被撵出巢穴的过气老男人的不堪生活史,从来没有认真涉及过她的事情,他怎么会这样?戴有高那么一想就觉得自己挺不地道。

"这星期没看惊悚片,抑郁症犯了?为什么不告诉我,我带你疯去。"

"警告你,对我坏一点,别那么爱我,"吕冬冬显然不喜欢听这话,回头冲戴有高扮出一副随时可能发作的脸,"总有一天我会发现你不那么爱我了,我会杀了你,然后大哭一场,这对我们两个都不好。"

有一阵他俩谁都没有说话,看戴有高来之前吕冬冬看的那个方向。初夏快要结束了,凤凰木和木棉树的芬芳早已飘零尽,天气预报说6号台风"温比亚"已经形成,就要来了,那个以马来西亚棕榈树命名的家伙躲藏在一览无余的晴空后面,看上去来者不善。然后戴有高提到了小佟。小佟是好小伙,南京大学硕士生,二级运动健将,准男神级别,这些优点公司的人全知道。

"别提他,"吕冬冬像吃了一颗没渍好的话梅,咧开嘴抽气,"每次看到他我都面瘫,他怎么不去扶贫?"

"别说假话,他配碧昂丝难度大点儿,配你算你撞上了绩优股。"

"能不能再恶心点?都26岁了,整天抱本《美少女战士》看,武内直子知道了牙都得笑掉,凭什么要我给他当御姐?"吕冬冬支起两只瘦弱的胳膊,钳猩猩似的捂住耳朵,看上去他俩不是一个星球的,她是奥尔德兰行星的丽亚公主,他是银河帝国死星的执行官黑勋爵,俩人不共戴天,"顺便说一下,只有一次我想当御姐,不是报纸上讨论好多男人在家里都挨老婆耳光的那次,是电视里说有个美国娘儿们开坦克上班的那次。"

"犯贱是不是?"戴有高不高兴,怎么说小佟是他手下的人,他不愿小佟被糟蹋。

"特别不好意思告诉别人,我就犯贱。"吕冬冬冲戴有高翻白眼,"我是这样的人,谁愿意打我一顿,让我嗨到翻,我就一辈子对他好,觍着脸往上凑的免谈。"

他俩僵住了,谈不下去。戴有高觉得自己在这方面特别无能。他觉得所有的男人在撮合漂亮女孩搞对象这方面都天生无能。他提醒自己耐心点儿,就当活到33岁,忽然在大街上捡到个老爸在外面偷偷生下的妹妹,得把这个妹妹打发掉,不能带回家去争遗产。戴有高破例没有坐在他的吸烟专用椅上,同时破例吸了第二支烟。

"你多大,19岁了吧?给你普及点法律常识,就你这样的,要活在孝惠皇帝那会儿,4年前就罚你600钱,私田没收掉了;要活在宋仁宗手下,6年前你就得嫁人生孩子,不然没你活的资格;改活在明太祖手下,你这种还单着的主,东厂的大棒子早打死你5年了。这会儿你还捂着不脱光,你那是不道德,天理难容。"

"我不想那么麻烦,"吕冬冬不爱听这套,大大咧咧地说,"我就想这辈子能包养谁,证明我有这个经济实力,但又想那只能证明经济实力,别的什么也证明不了,那又何必包养,改约炮还能证明泡哥手段。"

戴有高双眉倒竖,夹烟的手伸向吕冬冬,指住她的嘴。吕冬冬立刻咬住嘴唇,惊恐万状地用手捂住,然后松开手。

"别说我,说你的事。又去见前妻了?好玩吗?"

戴有高伸出去的手指还没收回来,一时收不回来,愤怒地盯着吕冬冬,心想她过分了。吕冬冬感觉到自己的失态,人愣了一会儿,突然发飙。

"我×,只为一个人活着这种事根本就不靠谱,说明这个人得和世界一样了不起,太不科学。"她烦躁地抱起娜美就走,看上去要不那样她会立刻哭出声来,"尼玛现在我算知道了,心情不好的时候躲着不见人的姑娘都是好姑娘!"

天台的门在一人一狗身后关上。戴有高呆站了一会儿,告诉自己潮气重,别在天台上待太久,待下去他会很快变成一个发霉的人。他这么想过,掏出烟盒点上了第三支烟。

当天晚上戴有高就病了,病得莫名其妙,没头没脑地就烧到39摄氏度多。那天正好是周末,老丁一下班就没了影,小佟问过吕冬冬那边暂时没有进展,悻悻地表示自己有耐心,能等,也消失了。戴有高在宿舍里糊里糊涂睡了一夜,中间起来灌了两罐水,接着又睡。

第二天早上醒来的时候,戴有高看见娜美兴致勃勃地在床边拱着一大堆零食袋,吕冬冬木偶似的坐在地板上,不断地支着腮帮子打哈欠,看样子困得要命。看到戴有高醒了,吕冬冬立刻开心起来,问戴有高渴不渴,要不要喝脉动、宝矿力、佳得乐或者尖叫;饿不饿,要不要吃薯片、巧克力、果冻或者一口鲜。她怕他挑食，各种品牌买了一大堆，保证必有一款适合他。戴有高想了一会儿，没想明白，昨晚没约陪聊，吕冬冬是怎么进来的？

"昨晚做了个噩梦，吓得不敢睡，就下来了。"吕冬冬老实交代，"打算踹你门，门就没关，还以为你招了妓，想见识见识那姑娘先。我特别佩服那些能把自己大把换成钱来花的女生，我就没她们勇敢。"

"羡慕什么不好羡慕高危职业，你当那份钱好挣？"戴有高迷糊着爬下床，感到骨头散得归不拢，身上凡有缝的地方都钻风似的隐隐作痛，"梦见什么了要踹人家门？"

"梦到我爸了。"吕冬冬过来把戴有高按趴下，跪在床上给他捏腰眼儿，"他抱怨说骨灰盒子里太憋闷，问我能不能带他出来散散步。"

戴有高愣一下。吕冬冬过去老爸老妈的嘴上说得挺热闹，他没想到是这样。

"那，你妈呢？"

"在别人床上。她自己的家，床是那男人买的，那男人说他不想睡别人的床，这样我妈就得在自己家里睡别人的床。"吕冬冬偏过头快速看了戴有高一眼，显得特别烦，"你能不能不这么八卦，我这么说我妈特卑鄙。快去刷你的马牙吧，我肚子饿了。"

戴有高愣一会儿，想到吕冬冬父母是创一代，艰辛打拼了30年，杀出一条生活的血路，最终把自己杀没了，家杀没了。又想到吕冬冬住宿舍的原因，不是她说的能多睡两小时，那么一想，心里就戚戚焉，起身往盥洗间去。

戴有高很快收拾妥当，从盥洗间出来。吕冬冬已经撕开包装，食物全倒出来，盛在好几个盘子里，兴趣盎然地摆满一桌，俩人在晨曦初映的窗前吃早餐。

"能不能吃什么开什么，"有了刚才那一出，戴有高心里涌动着没来由的疼惜，埋怨吕冬冬，"都撕了吃不了全得潮。"

"我爱潮，"吕冬冬不买戴有高的账，白他一眼，"我拿我的钱买的，等于我的孩子，我愿宠它愿掐死它是我的事，碍你什么了？"

戴有高知道没法争，就不争了。他咬着巧克力夹心饼，看吕冬冬，她今天穿了一件粉嫩的冰激凌色连衣裙，外面套一件极简风格的藕色皮革甲胄，难得地贴近本色，不矫情。

"你是不是觉得我今天打扮得特别炫，祸害大街上那些帅哥超有资本？"吕冬冬笑嘻嘻地把一块士力架塞进戴有高嘴里，顺手抹掉沾在他嘴角上的巧克力渣，"我也感觉出来了，早上去24小时店里买东西时看见那些帅哥的眼神吧，就觉得他们犯了选择困难症。我这种人真该被整死，不然留着害人。"

戴有高笑了一下，突然不笑了，觉得事情有些不对。他看吕冬冬，她也在看他，眼神就没从他脸上挪开。他有些犯愣，联想到他对她提起小佟的那件事，还有过去她和他聊的那些话，脑子里不由得冒出一个念头，这孩子不会是在和自己套磁吧，这么一想就认真了。

"冬冬，我们谈件正经事，"戴有高把吕冬冬的手从自己脸上拿开，正色道，"为什么不考虑小佟，他人哪儿不好？"

"提他干吗？"

"别回避，就说这个。"

"凡是温情脉脉给我让路的男人都是好人，老实说，他算一个。可你没见他往脸上抹兰芝护肤霜的样子，很难判断他在往脸上糊屎还是糊像屎一样的东西，我没法接受这个型号的，还不如跪求坏人勾搭。"

"直截了当，你是不是喜欢上了我？"

吕冬冬愣住，看戴有高。戴有高看她直愣愣的眼神，心里咯噔一下，想还真是啊，就觉得事情有些荒唐，怎么会这样。没容戴有高往下想，吕冬冬演默片似的无声龇了一下嘴，然后狂笑起来。

"都让前妻消费成这样了，你也真敢想。"吕冬冬笑得撑不住，人往地板上倒，看出戴有高反应不过来，连忙抬手抹一把笑出来的眼泪，爬起来解释，"我没打击你的意思啊，就是一个比喻。谁不知道啊要你教，千万别缠大叔，防大叔和防妖孽同等重要，他们的严肃脸装×眉讥讽口气非常危险，他们的深邃眼神啊啊啊啊我就不说了。"她想了想又补充："不过你这么说也对，一个正常女生一生中总要迷恋一个闺密、一个随便什么样的动植物、一个正太和一个大叔，要不，我考虑考虑拿你当个人选？"

"别闹，算我脑子烧出毛病了，没事瞎琢磨，一会儿能动弹了请你去吃大餐。"戴有高闹了个大红脸，觉得自己没意思，连忙找话撇清往外撤。

"这个我同意。"吕冬冬笑嘻嘻推开戴有高，翻过他窝进沙发中，"其实大叔也挺好，生气的时候可以扑进叔怀里，舔，蹭，起腻。小男生脸皮薄，一般经不住，而且身上光是骨头，蹭起来不舒服。"

"要这样干吗不蹭猪肉去？"戴有高掩饰着去抓可乐瓶，仰头灌一气，被水呛了一下，"免费提供一个忠告，那种清清爽爽肥瘦相宜的大叔都是电影里编出来的，世上真没有，你得去找小佟那款的，明白吗？"

"你是不是觉得我要闲着了你会害牙疼？"吕冬冬看戴有高一眼，认真了，收拾起嬉笑，"每次付完钱取回冰激凌，我都会把冰激凌交到另一只手里，对自己说，给。每次迈脚下台阶，我都会告诉后面一只脚，跟上。

我什么时候向你卖孤独了？"

"行行，算我没说，你爱孤独不孤独。"戴有高打算撤退，起身去盥洗室。

"别走，我话还没说完。你说你喜欢我，"吕冬冬急急忙忙解释，"这是有可能的。我刚才说正常的女生一生中会爱上四种男人，正常的男人也一样。不过男人挺物质，不会爱上动物和植物，他们会爱上一个女神，一个女神经，一个御姐和一个萝莉。你前妻是女神，还是御姐，占了两样；我呢，又神经又萝莉，也占了两样，这样我就不得不成为你的下一个目标了。"

戴有高站在那儿，思路一时乱了，人有点控制不住，回头看一眼盥洗室，再看吕冬冬，火气往上蹿。

"想和我玩是不是？咱俩玩碎尸，你干吗？"

"吼我干什么，我该你嚣张气焰啊？"

吕冬冬被戴有高吓住，愣一下也发作，冲戴有高大喊。喊过以后两人都不说话。屋里很静，能听见晨曦快速从屋外通过时擦拭玻璃窗的声音。吕冬冬突然垮了，丢下手里的食物，身子缩下去，再缩下去，脑袋埋进双膝间，扳住脚趾不让戴有高看她的眼睛。

"我觉得自己特没出息。我不是故意要恨你的。好吧我就是故意要恨你，我以为这样你就会来杀我，你没杀我就说明你爱上了我，可这种好事一直没发生。我叨叨叨，叨叨叨，只不过想让你知道我想和你说话，我宁愿遇到一百次找厕所无门的事也不想你不理我。我知道你讨厌我，嫌我话多，没一句有用，可我想说地球总有一天会爆炸，我们要及时行乐你听得进去吗？"

堤坝轰的一声垮了，戴有高被冲得身子往后仰，脑子发懵，有点失去控制。他努力平衡住自己，心想怎么会这样，这事是怎么发生的，怎么处处他都在场，处处他都聚不住焦。一塘泥鳅，他是塘里的泥，条条泥鳅都和他有关系，哪条他能抓上手？

"人犯贱要有个底线，明知不该做的事千万别做，"戴有高语无伦次地说，"别的东西能理赔，人要受损了理赔不了。"

"我愿意损，"吕冬冬犟在那儿不肯后撤，"损了我活该。"

"我真想把指头磨磨好好搅搅你的脑浆，"戴有高咬牙切齿，"你刚才都说了，我是个废人，你说对了，我不会对你负责，我连自己的责都负不了，能替谁负？"

"我对我的手机也这么说，"吕冬冬固执地把脸埋在腿弯里，不看戴有高，"每次买新手机我都会告诉它们，我不会对它们负责。"

"你有毛病？"戴有高拉下脸，"你当萝莉是 iPhone 5s，人人都排队抢购？恶心死了。我就惦记御姐，我就守李爱，你就当我和她正练分居课好了。"

"那好，那我和她就成了情敌。"吕冬冬一听这话就从腿弯里把头拔出来，毒舌地冲戴有高说，"再说她已经有了人，她已经不要你了，有些事情一旦错过就无法挽回，就像融化掉的雪糕，你得另买一支填进嘴里。你可以买我。"

"你的意思你想撸一把？"戴有高无路可退，回头朝没来得及整理的床上看了一眼，"咱俩上床玩Sadomasochism？"

"别了，怪累的。"吕冬冬吓一跳，下意识地往后缩，带着桌上的食物泥石流一般往地板上掉。戴有高以为把她吓住了，松一口气，没想到她随即发作起来，冲他尖叫："傻×谁让帅哥一出来一堆，难道他们不知道好姑娘都有选择困难症吗！"

戴有高愣一下，他知道吕冬冬在说谁，她在说小佟。那是她的菜，她明白这个，一点也不糊涂，她本来应该种到他身边去，他俩共同浇下一瓢大粪，再浇上一瓢大粪，然后彼此纠缠着可劲儿地生长，但她管不住自己，上瘾地要从泥地里往外拔，非要找棵歪脖树把自己祸害掉。戴有高那么一想，突然明白自己和吕冬冬一样，他们都是Masochism患者，都在成长期长错了地方，悬在青黄不接的枝头不上不下了。

"知道吗，就你这种找虐的，快递公司要有业务我就直接打包把你邮寄给随便什么人，他爱收不收。"戴有高烦躁极了，踢开一地的薯片过去拉开宿舍的门，"滚回楼上去，我吃东西困难，不想吃进去再吐出来。"

"我不走，别赶我走。"吕冬冬知道事情闹大了，央求着不肯离开。

"回你宿舍去。"戴有高指门外，眼睛瞪得溜圆。

"至于那么厉害，就陪你一会儿，会死吗？"吕冬冬小脸发白，嘴唇哆嗦。

戴有高过去拽吕冬冬，把她从沙发上拽起来，拎着胳膊往门口搡。吕冬冬拼命反抗，低头狠咬戴有高手腕，戴有高疼得倒抽一口冷气。娜美过来帮忙，咬住戴有高的拖鞋，他差点没踩死它。

"你才找虐，你真觉得你有前妻很酷，受虐受出了气场？"吕冬冬死死扒住门口不让戴有高关上门，"问问娜美它怎么想，它会笑死！"

戴有高把吕冬冬推出门，娜美也吱哇乱叫地丢出门，回手把门插上，看一眼被咬出牙痕的手腕，回到床上拉过被子蒙住头。吕冬冬在外面踹了好半天门，以后就没动静了。

戴有高昏昏沉沉睡到下午，直到一个电话把他叫醒。

打死戴有高他也不相信，电话那头的人竟然是蔡张望。他吞吞吐吐地约戴有高见一面。"我们谈谈，"他殷勤地说，"李爱去龙华给客户送生日蛋糕了，你来家里吧。"他说"你来家里吧"，没说那是谁的家，口气暧昧得让戴有高想骂人。戴有高烧没退下去，让吕冬冬一闹，热度又上来了，人打不起精神，第一个反应是不去。但他却像让鬼撵着了，从床上爬起来穿衣裳，穿好抽自己一耳光，摇摇晃晃地出了门。

蔡张望为戴有高开了门，从鞋柜里拿出鞋套递给戴有高，让他套上鞋套进门，告诉他自己做证券投资，在家里穿着拖鞋就能把钱赚了。蔡张望的确穿一双暧昧的双色人字拖，但戴有高不喜欢他说家里的话，鞋套丢在鞋柜上，脱了鞋穿着袜子进了门。

以后他俩就坐下来谈事，蔡张望上来就说了找戴有高的原因。李爱最近变得很烦躁，每天都像要来大姨妈似的，脾气很大，让人费琢磨。蔡张望不想事态恶化，决定冒险屈尊找戴有高，从他这个前夫嘴里弄点有用的情报，看看怎么才能把李爱伺候住。

"我和李爱年纪都不小了，不打算耗下去，要能成过了夏天就把事办了，"蔡张望诚恳地说，"知道找你是下策，但实在没有上策可用。"

"你不是能量守恒研究得不错吗，也没着落了？"戴有高不太适应蔡张望的直率，努力调整着，"如果你刚好想来一盘凉拼人心，我又刚好打算把心废掉，这事儿就凑到一块了，你觉得在李爱的事情上咱俩能凑到一块？"

"能。"蔡张望厚颜无耻地说，"别怨我说话直，你应付李爱能力差点，但心里放不下她，会替她考虑，李爱杀你你不干,李爱要你一根手指你会想一晚上,然后咬牙剁给她,这事我看出来了,不然我不会找你。"

戴有高被蔡张望胸有成竹的口气震住。他问蔡张望为什么不跳马桶自杀。蔡张望不含糊,回问戴有高为什么不憋气自尽。戴有高后来想了想,自己输了。

"好吧,"戴有高没有发火,相反冷静了,"我对你的忠告是,喜欢就喜欢一下,你带李爱去买哈根达斯双球,你给她买俩,花你的钱,再让她给你买俩,花她的钱,然后你俩各自回家。我的意思是,你回你自己的家。你有家吧?不会蹭女人的便宜吧?"

"我有三套房,一套五年前就供到手了,两套做投资,我不会赖在你这儿。"蔡张望平静地说,"我说过我不喜欢你的风格,是李爱不同意搬去我那儿,她说缺乏安全感。"

"你看,这说明她不信任你。"戴有高没来由地乐,"人都有故乡情结,所以身在曹营心在汉的事不光我能摊上,你也能摊上。"

"不说三国的事。"蔡张望底盘很稳,不受打击,"李爱嫌弃你,这个我不说你也知道,重续前缘你没希望,也管不了李爱和我过,不如顺水推舟送个人情给我,顺便把李爱安顿了,里外你都不吃亏。"

戴有高看蔡张望,他虎背熊腰端坐在那儿,人很真诚,没有半点开玩笑的意思。戴有高再低头往脚上看,他坐在自己的房子里，脚上穿一双搭配可疑的袜子，样子非常滑稽。他明白事情已经走到了尽头，李爱对蔡张望的犹豫不决正是打他这儿带下的，自己真的要放下了，不然自己没希望，李爱也没希望。戴有高沉默了一会儿，开始向蔡张望分析李爱——他俩差着年龄，没同过学，家庭背景也不一样，不是门当户对，但两人是一路货色，上幼儿园时他就掀过女同学的裙子，她也应邀看过男同学的小JJ，打小就是一对淫娃，两人在一起那会儿老拿小时候的糗事当笑话。

"你说，世界上到哪儿找我和李爱这样浪漫的一对？"一说起这个戴有高就特别兴奋，眼里不禁有了一丝温暖的潮湿，"这些事她从没给你说过？怕你吃醋？我就不明白了，她干吗把自己弄得像个僧人。就算僧人，你说那些斋饭是什么意思，豆腐就豆腐吧，又不丢脸，干吗偏要伪装成大肉？"

"说李爱，别说你，也别说大肉。"蔡张望脸不变色地拦住戴有高，手指朝戴有高胸前戳了戳，意思让他抓住主题，把自己和大肉摘掉，"你忘了，我也是打懵懂过来的，也有过前妻，说这些你伤害不了我。而且，你说的都是小时候的事，往大了说你就得伤害自己。"

"那你要我怎么伤害你？"戴有高愤怒，"你别以为我什么用也没有，我还真伤害过人，伤害过她！"

"伤害她什么？"蔡张望眼睛一亮，来劲了，"就说这个。你把她怎么了？她是不是有什么后遗症，这会儿工夫犯了？"

"你能不能不那么八卦，"戴有高特别烦，"给弄口水先，我要还在这儿做主，不会让客人干坐着。"

"不好意思，你看我把这事忘了，"蔡张望连忙起身去弄水，回头指示戴有高，"别停下，继续说，说李爱。"很快他就笑嘻嘻地回来了，一手绿茶一手轩尼诗VSOP，指间夹两只酒杯，指尖一挑，两只酒杯竖在茶几上，动作十分娴熟："我有个习惯，凡遇大盘整理我就会来上一杯，清茶佐饮，不急着下咽，酒含温了，慢慢顺下去，过半分钟来一口绿茶，一会儿工夫就能进入境界，以后偶尔解决一些想不明白的事情也用这个办法，挺管用。和李爱好上以后，我还照这样，眼闭上，脑子里就会浮现出一个女人的形象，面目不清，变化莫测，但味道够劲。"

"你玩迷幻？"戴有高抓住，"李爱知不知道你玩这个？"

"玩什么？自己的女人，等于就是她。"蔡张望给两只酒杯各斟了少许酒液，取自己的那杯摇晃几下，等酒液徐徐落回杯底，抿上一小口，指导戴有高，"试试，要不习惯白兰地我这儿还有威士忌和雪利，朗姆和黑坛芋烧也有。你当主人那会儿家里没有这个吧？我一进门就看出来了，这家清汤寡水，不败才怪。我给经营出来了，算是填补空白吧。"他感慨万端地把一碟巴西开口松子推到戴有高面前，"你吧，应该向我学，总结一下为什么失守。我指的不是李爱，李爱现在和你没关系，但你需要总结，不然往后你还得失守。"

"说那么有把握的话干什么，你不也离了吗，就没有前车之鉴的阴影？"戴有高觉得蔡张望其实不像之前认为的那么糟糕。他端起酒杯，小心地呷了一口，闭眼数秒，等酒液顺下去后好用茶培养境界。

"我对我前妻那块总结过了，总结了整整3年，时间不短，过程繁复，可以说满腹经验。"蔡张望给戴有高杯子里添了少许酒，酒液像流动的琥珀，在玻璃杯里晃荡一下沉下去，"不是气你，你要拿经验当核心技术我自己也能摸索，多绕点路而已，就怕路绕远了李爱吃亏。没办法，人这辈子干得最多的事就是从头学，但婚姻的事有个规律，一个女人一个世界，学你得换个女人学，不能在同一条河流上再溺一次，对吧？"

"要学我还找李爱，溺死也干，换别人我不习惯。"戴有高说，心里已经没有了底气，自己也知道是气话。

"饭上没点稀屎就不是饭，吃不下去，非得盖浇一下？依赖性怎么这么强？"蔡张望皱眉头，然后吩咐戴有高，"行了，顺口茶，别说话，细心体会茶汤往下走的感觉。"

戴有高被蔡张望的话逗乐了，他觉得对方挺幽默的，这一点不比自己差。他还想，该松手了，再纠缠下去别说境界，连茶根子都没有了。戴有高慎重地呷了一口茶，闭上眼慢慢下咽。有一阵，他感觉有点魂不附体，飘飘忽忽不知身在何处，接下来他像中了邪似的，一股仙气在脑子里转悠，人很快兴奋起来。

不知道是不是这个原因，戴有高开始帮助蔡张望分析李爱，从大姨妈来之前爱哭的乖舛脾气到减肥是家庭经营的首要原则，事无巨细一一道来，殷勤得连他自己都不明白发生了什么事。蔡张望听得津津有味，不断地点头，特别是戴有高揭露李爱一些不为人知的小秘密时，他就咯咯咯的，屡笑不爽，戴有高实在不明白那些话笑点在哪儿。

"你没被外星人抓去过吧？他们给你置换了笑神经？"戴有高不满意地瞥蔡张望，指了指茶杯让他给自己兑上茶。

李爱回来的时候，两个人已经喝了不少，不光白兰地，朗姆和日本烧也上了，基本就像一场品酒恳谈会。蔡张望非常有修养，每给戴有高斟一次酒都会加上一句"不好意思"，两人基友似的在沙发上凑成一堆，看上去就像两片没来得及黏合上的韭菜合子。

"不可思议，陨石就没砸着你？"

李爱看见戴有高愣一下，然后向两人面前井架似的酒瓶子看一眼，有点不相信。她去卧室里换衣裳的时候两个人还聊着，她换好衣裳从卧室里出来，动静很大地在两人面前来来回回走了几圈，两个人还是没理她。她没忍住，把戴有高从沙发上拎起来，人拽进厨房，问他究竟在玩什么把戏，警告他别对蔡张望下手。

"你当他是你能拜把子的兄弟，拜完你俩往死里捅？告诉你，他在武警干过两年，你不是他的对手。"

"心疼了？怕我吃他的亏？"

戴有高嘻嘻地痞笑，惦记着蔡张望，想回到客厅去，李爱拦着不让。后面蔡张望脚下踩着云朵似的进了厨房，抓住手腕把戴有高带回客厅，两人继续聊。李爱管不住，去了浴室，做完护理后到客厅，想掺和进两人的聊天，却一点也插不上话，只好回卧室睡了。中途见他俩还谈得热烈，怀疑地起来看了好几次，头一回的表情是心里没数，第二回换成心事重重，第三回成了心浮气躁，再以后就心烦意乱了。

"你俩到底在聊什么？"

"男人聊天，没你什么事，回去睡你的。"戴有高不耐烦地冲李爱挥手，回头示意蔡张望再给自己来点够劲的琥珀液体，也不管李爱还站在那儿捂住一只眼睛看他，掏心掏肝地对蔡张望说，"女人一到欧巴桑年龄就惨不忍睹，要是她们还长了一副欧巴桑心肠，你就恨不能找根鸡毛掸子狠狠抽她们一顿。别点头，你不一定要附和我的观点，不然就不会出现有的人把老婆弄丢了，有的人把别人的老婆弄到手这种事情。"

"老兄,你说得太对了。本来吧,一个人挺老实,用不着说瞎话,可一旦想要成双配对,瞎话就自然生长。一个男人加一个女人就是一个谎言制造厂,没有所以。"

"知道什么叫前夫了?女人形形色色,各有垂死挣扎的秘密武器,非三年五载伴卧不能掌握其秘籍,但凡前夫都留着一手。不过别泄气,只要需要,我立马向你提供必杀技。"

"这你得让我怎么感谢你?要不你也跟我学操盘,我保准你能挣不少。"

"讨好我是不是?觉得我神经不正常,拿自己不当一回事是不是?我从来没在专注、衷情、不贰、一根筋中捞到稻草,凭什么不可以博爱、互情、群扑、光芒四射?可是你知道吗,我就是做不到。"戴有高目光发呆,眼眶湿润,双颊发潮,充满了羞愧,"我坐在这儿,这是我的房子,但我不在我的房子里,就跟我的衣裳穿在别人身上一样。我光着身子到处找衣裳里的我,怎么也找不到,我想啊想啊,就想我出了什么差错,怎么衣裳还在,人却回不到衣裳里去了?但是你知道吗哥,结果就是我把自己想出脑水肿了,身子和衣裳还互相躲着,它俩越离越远,这就是一个回不了自己房子的男人的悲摧经历。"

"我知道,我知道。"蔡张望鼻子发红,眼里有了泪花，朝戴有高移过来，想拍拍戴有高的肩头安慰他，身子有点不稳，拍了两次没拍上，只好叹息着把手落在自己腿上。

天快亮的时候，戴有高离开了华侨城。蔡张望没有送出门，他已经歪在沙发上打起了呼噜。戴有高临走的时候在玄关边站了一会儿，从兜里掏出钥匙，把钥匙留在了橱柜上。

戴有高沿着深南大道摇摇晃晃往福田方向走，身后跟上来一辆亮着顶灯的出租车，然后是第二辆，第三辆。戴有高想，那是一个奇怪的场面，远处的地平线有一道诡谲的光环，台风"温比亚"很快就会到来，那之后会是一连串好天气，天空中将出现人们喜欢的蓝天白云，人们热爱它，管它叫深圳蓝，这是一个听上去让人感到慰藉的名字。而这个时候，一个离开了自己房子的男人，他带着一长溜放空的出租车在深圳最著名的大道上走着，他是一个走着的人，那是一幅多么奇怪的画面啊。

两个小时以后戴有高回到公司，他在隔着公司一条街的地方看见了吕冬冬。天刚亮，路上没有什么行人，吕冬冬没有看见他，她抱着娜美匆匆走到小区门口，在那里把娜美放下。

"回去吧，替我给爸爸妈妈说声对不起。"她伤感地对那只发懵的小狗说，然后扭头就走。小家伙猹猹叫着，撵上去叼住她的裙摆，拖带着在地上打了几个滚。

她站下来朝它跺脚发狠。"别理我,我就九个粉丝,不配人理。"她说,然后低着头快速走掉。小家伙难过地站住,这回没再追。

一进办公室戴有高就被小佟揍了。论打架小佟不是戴有高的对手,况且戴有高是小佟的顶头上司,小佟一定是疯了,低头朝戴有高冲来,一头撞在戴有高的肚子上,接着又是一下。戴有高没有提防,人被撞得仰天倒下,后背重重硌在文件柜的棱角上,将文件柜带倒。

"看看你把她害成什么样,"小佟像一头红了眼的土狼,咻咻地盯着倒在地上喘不过气来的戴有高,"你这个害人虫!"

事情很快平息下来。老丁冲过来拉开小佟,搀扶起骂骂咧咧的戴有高。戴有高后背剧痛,这让老丁和随后赶来的同事紧张了一阵。他们把他送进医院,片子出来,警报消除,大家才松了一口气。

从医院出来,老丁送戴有高回宿舍,在路上把一份A4材料纸交给他,告诉他昨晚有人突然在公司QQ群中公布了吕冬冬的微博,呼吁关注吕冬冬的微博。公司员工纷纷上去看,20分钟后博主删掉了自己所有的微博内容,A4纸上是几条他人下载的内容,事情已经在公司里传开了,有人猜测是小佟干的。老丁提醒戴有高,公司不干涉员工的私生活,但不会坐视戴有高这样的业务骨干被废掉,吕冬冬肯定饭碗难保,得走人了。

一回到宿舍戴有高就看那份A4纸，他很快找到第一次见到吕冬冬那天她记下的内容：

> 没有人比得过上帝，我一哭上帝就把我想要的人送到我面前来了。他为我弄了一大卷纸，人好到我尿崩，整个今天因为我哭了一次变得让人可以接受。

戴有高坐在床上发呆，他想起一年前的那一天，瘦削的吕冬冬站在财务科里毫无主张地咧嘴大哭，他把她从那儿带走，弄了一大圈纸巾让她把脸上的泪揩掉，他怎么知道这卷纸巾会和一个女孩子的上帝有关？

接下来他很快看完了A4纸上的其他博文：

> 我一点都不强大，就想他走过来对我说，胳膊借你用用，用完记着还给我。
>
> 谢特他有个前妻，但是你说他有什么用，一星期丢三双袜子还都不是同一双的。
>
> 对有些人来说最伤心的事情不是男朋友离开了而是他离开之后又回来了。对我来说最伤心的事情是我住四楼男朋友住三楼但是他不知道他是我男朋友。
>
> 这几天本人忧伤得连屎都拉不出来，他又去纠缠前妻了，那样好玩吗？现在的人都不兴决斗了真

是烦人,不然我就找个前妻来杀杀先。

他去献血了我也想去,但是我害怕。我恨不能立刻处死自己,免得继续留在世上装 × 害人。

现在他光说爱我已经不够了,爱憎两样我都要。他得先朝我讨厌的人吐舌头就是他前妻,然后换张脸说他爱我。

本想找个男朋友来欺负,没想受欺负的是自己,就决定去偷个小狗来养养,让未遂预谋在小狗身上完成。

希望闭眼前月亮带着他来看我一次,月亮要是忙来不了他代表月亮也行,这样我就可以瞑目了。

最后一条微博发于昨天上午10点20分,也就是戴有高把她从宿舍里扔出去几分钟后。戴有高怔忡片刻,丢下手机,从床上爬起来冲出宿舍。

室外狂风大作,落叶气势汹汹地在天空中相互砍杀。戴有高顶着如刀的落叶去了公司,设计部的人告诉他,人力资源部的人也来找过吕冬冬,但她今天没有请假,也没来上班。戴有高冲上大楼天台,台风的第一批先遣队已经到了,银杏大的雨点砸得天台一片天响,那里也没有吕冬冬。戴有高冒着狂风骤雨返回宿舍楼,人被浇了个透湿。他冲上四楼,推开吕冬冬宿舍的门。

吕冬冬蜷缩在房间的角落里,人寂寞得就像一只丢弃在路边没人收拾的快餐盒，看见他冲进来，瞪着一双大眼睛看他，摆出一副你要对我不耐烦你可以杀了我我决不举报你的架势。

"能不能不那么拿大，不知道台风能把人吹走，我死了你埋呀！"戴有高气喘吁吁抹一把脸上的雨水，愤怒地朝吕冬冬吼。

"你要死了就别理我。"吕冬冬充满恨意地擤鼻涕，纸巾丢在身边一大堆同伴尸首中。

"眼瞪那么大干吗，不怕落灰？"戴有高朝吕冬冬走过去，地板上留下了两汪雨水，"别板着脸，就算没自己希望的那么漂亮，鼻子是鼻子，眼是眼，这才是一个女孩的基本要求。"

"做个要强的人有什么好处，连躲在谁胳膊下哭一次的机会都没有。"吕冬冬往墙角里缩了缩，声音里带着一股压抑住的哭音。

戴有高伸手要拉吕冬冬起来。吕冬冬躲开他，哇的一声哭出来，然后对戴有高拳打脚踢，要他滚远点别理她。她是来真的，下手非常狠，戴有高脸上和脚踝处挨了好几下，疼得直抽气，直到他把她制服住，连同胳膊紧紧抱进怀里。

"我不该劝自己不恨你，现在后悔都来不及了。"吕冬冬在戴有高怀里放声大哭，抽搐得要背过气去，"我老是演从来不想你的游戏，可一次也没成功，现在我怎么办?我死后唯一的遗言是把我埋在芒果树下,这样你从树下走过的时候我就能变成果子砸死你,我们就又能成为冤家对头了。"

"我知道,我知道。"

因为跑了太多的路,戴有高背上的伤疼得他直抽气,他那样抱着吕冬冬有些困难,他想最好能有一张椅子让他坐下来,但吕冬冬不肯离开墙角,他不敢松开她,怕她缩进墙角里,然后从那儿彻底消失掉,他再也找不到她。

"你当我是绝缘材料是不是,是不是?"吕冬冬呜呜地哭着,好几次要憋过气去。

"你当然不是。我知道你不是。"

戴有高感觉到身上的雨水渗洇开,怀里浸洇掉的她有多么脆弱。他的手触碰到她的一只乳房,他能肯定她已经过了小满,接近夏至,就是说,她已经成熟了,可以收割了。他想最好就这样,他俩一直保持这样的姿势。

"有什么了不起,来电就跟眨巴一下眼睛那么容易,"吕冬冬一张小脸乱得稀里哗啦,可惜现在他们谁都没法抽身去弄卷纸,"但我还是想睁着眼睛看清楚谁上了我,他上我的时候是不是睁着眼看着我的眼睛,是不是看清楚了我,这就是我老也找不到那个我想让他上我的人的原因,我这个样子还不如死了的好。"

"别这么说,"戴有高心被狠狠地刺中,他能听见自己的心脏不堪重创，发出清晰的破裂声，血液冲出血管，在腹腔中汩汩流淌，"世界上只有一个你，没有第二个，知道吗？濒危物种，死了你就绝种了，知道吗？一想到这个你就应该有自信，不会乱来。"

吕冬冬在戴有高怀里困难地转了个身，仰起脸来泪眼婆娑地看他，一副给自己最后一次机会的样子。这样他俩就脸儿对着脸儿，呼吸声可闻了。

"难道你就真的不愿意把我当成一个玩具买回去玩吗？"

"别他妈的蠢，蠢也得有个理由。"

戴有高全身僵硬，快要站不住了，他腾出一只手快速撸去脸上的雨水，再快速搂回吕冬冬。他觉得现在好了一些，他能喘过气来了。他觉得自己应该更好一些，这样她才可能更好。

"知道吗，我想带你去我的房子。我说房子，没有说家，因为那是我这个大叔的终结地，那里过去一片荒芜，现在一片废墟。"

吕冬冬抽搭一下停下呜咽，扬头看戴有高。她脸上有太多的泪水，还有他带给她的雨水。他停下来，伸手把她脸上的泪水和雨水擦拭掉。他想，在他和李爱两年的婚姻中，他一直拥有两个妻子，李爱和佐恩，他还在李爱出门的时候在卫生间里解决过冲动，这些事情都是怎么发生的，为什么会发生？他是在什么时候停止了生长，在什么地方从生活中走失掉了？

"不是我丢掉了家，丢掉了李爱，是我把自己给丢掉了。家和李爱还在那儿，我不见了。现在你知道了，那套房子它不是家，是废墟，我从那片废墟中逃离出来，去和脑控机器人互相残杀，然后同归于尽，我再也找不到自己，那个完整的我不见了。"

他脑子里一片混乱，不知道自己想要说什么，但他不能停下来——她学他的样子把手从他的胳膊中挣脱出来，在他脸上胡乱擦拭了一气。她已经解脱出一只手，很快会是第二只，一旦他停下来，她就会从他怀里挣脱出来跑掉，那样他再没有机会抓住她了。

"但你不该在废墟里，你连什么是家都不知道，废墟不是你待的地方，你应该去找你自己的家。"

她看着他，目光有些犹豫，对他的说法明显不相信，但他坚定地看着她，不让她从他凶巴巴的眼神下逃离开。她有点害怕这样的他，有点退缩，像一只刚刚孵化出来害怕世外风雨的蛾子，不情愿地点了点头。他高兴了，现在他有了希望。他决定继续，不让她有任何退回茧囊的机会。

"现在你听好了，我来告诉你你该待在什么地方，和谁待在一起。"他用力咽了一口唾沫，"以后没有男朋友就算了，要是有，你俩得互相是菜，糟糕也得是同一个型号，别来混搭。要是夜里你想打电玩，他不肯陪你打你就抽他，要是他陪你陪到睡着了你勉强忍着，让他睡，但是你赢了他得爬起来陪你欢呼，你输了他得起来安慰你，给你买打包肠粉外带一份冰激凌，要是没赢没输你就骂他丫一顿，让他陪你从头再打。"

吕冬冬有些狐疑地看着戴有高，然后破涕为笑。

"你说这个我喜欢。我喜欢他是我的菜，喜欢半夜吃冰激凌爱吃多少就吃多少。"

她是哭着笑的，脸上很快又糊满脏兮兮的泪水。

"我知道了，我还以为大叔是爱情，那不过是我饿昏了头，我这个不要脸的吃货。"

戴有高筋疲力尽地点点头，他觉得自己已经说完了，没有什么好说的了，吕冬冬也明白了，同样没有什么再需要说的，他就打住，不再继续。

吕冬冬抽搭着，很快在戴有高怀里睡着了，脑袋窝进他的臂膀里，在梦中还止不住抽搭。戴有高小心地护住她，慢慢顺着墙滑下去，靠在墙角上不动，害怕动一下就会惊醒怀里的她。他在想，她会睡多长时间？醒来之后的她会是什么样子？她还来得及完成生命中最后一次成长，然后纵身一跃，跳进她自己的生活中吗？他想不出答案，头疼，索性就不想了。

窗外狂风暴雨大作，戴有高困难地扭过脸朝窗外看。正如他期待的那样，"温比亚"终于来了，它势不可挡地在室外冲撞着，把天空和大地彻底搅了个个儿。戴有高希望有人告诉他,"温比亚"会在深圳待多久,什么时候它会离去。他知道所有的台风都一样,它们不是长性子,总会离去,那个时候天空会露出大片洁净的深圳蓝。但有多少人和他一样,因为糟糕过,怨怼和茫然过,因此盼望台风出现。当它们嚣张完,他们就能长长地叹息一声,有勇气继续走下去?

吕冬冬在戴有高怀里抽搐着说了一句梦话,听起来像呜咽。戴有高低头看怀里的她,他觉得他应该去弄一团卷纸,为她处理一下脸上的埋汰,不然她看上去就像一只没人搭理的小狗,但他很快放弃了,决定把这件事情留给她的上帝去做。他由着刚才的思路想,也不知道李爱现在在干什么,也许她在屋里窜来窜去地两头跑,惊慌失措地看两个露台是否灌进了雨水。他知道那和他没关系,他不会再去纠缠李爱,也不会再去华侨城的房子,他只是需要一点时间,让自己慢慢好起来。只不过,他不知道自己能不能好起来,好了以后又能怎么样,就跟来去莫测的台风,他说不清楚。

2013 年 7 月 10 日
写于深圳梅林
2014 年 4 月 15 日
改于深圳梅林

光明定律

朱法水和宗成，两个朋友坐在梅林水库边喝酒。

宗成号啕大哭，一个劲地擤鼻涕，脚下丢了一堆纸巾。不知道是因为风大，还是他俩喝的是低档酒，朱法水有点头晕，但他还是给宗成的空纸杯里又斟上了一些。他俩喝了很长时间，从中午喝到黄昏，这么长的时间用在喝酒上面，而且是在登山者不断经过的梅林水库，怎么都觉得有点无聊。

朱法水依着一块禁钓警示牌坐着，时间一长，腰酸背疼。他不知道怎么和宗成谈他那桩以悲摧的方式结束掉的婚外情，还有公司接到的女方的投诉材料。主要不是谈这件事情，是宗成哭，两人喝酒倒在其次。朱法水心里有些难受，倒也不是为宗成不得已结束掉的那份不实之情，而是为陷入强烈人生困惑的宗成，还有他自己。他俩的车停在水库下，肯定要请代驾了。

朱法水和宗成是一对搭档。他俩都是光明新区田寮村人，两家从爷爷那辈起就是冤家，打了几十年，可说来也怪，牛嫲打跤牛仔食草，到了宗成和朱法水这一代，局势变了，两人打小是玩伴，一起上小学和中学，一起考入福建农林大学，毕业后一起分到林业厅。当年朱法水辞职回乡创业，宗成还在为有害生物防治检疫站的科长职位带毒奋斗。5年后，宗成在竞争副处位置时一败涂地，输给对手，一气之下辞了职，回深圳投奔创业成功的朱法水，当时，他也这么哭了一场，没这么厉害，但差不多。

宗成认为，他没能晋升副处，问题出在经济实力不足上，如果能凑到50万，而不是只给上司送了一斤虫草，他就不会回深圳来找朱法水了，而会沿着光明的仕途之路继续走下去。

"50万做乜计？100万仲好啦。"朱法水讽刺宗成。

朱法水和另两位合伙人创办了一家婴幼儿用品公司，经营婴幼儿食品、食具、服装、家具、启智类玩具和电器，他管不了林业厅干部提升，只能在这方面帮助同乡兼好友。

"汝觉得，公司俾汝18万年薪，外加带薪休假，汝晓唔晓接受？"他问宗成。

"汝讲得啱，"宗成呜咽着抹一把泪，"屋企冇汝屋企押地多，屋企多嘅系莱姆、Q热、登革、广疮、白斑，我老姆嘅屋企就系地头病嘅祖宗。"说这些话的时候，宗成眼圈红着，委屈得要死，好像这一切都是朱法水造成的，"汝觉得，宜家仲有乜计选择？"

人们看重下一代，而国货品质每况愈下，这为朱法水和两个合伙人提供了机会。借助与香港一河之隔的优势，公司很快建立起良性采供货渠道，业务越来越有起色，在完成最初的积累后，公司停止做水货和贴牌，专注于品牌，并且开始在内地做加盟。俗话说"有碎砖，冇碎墙"。宗成进入公司后，给朱法水当了一年助手，在加盟店的推广上绩效非凡，以后改任分管营销的部门主管、副总经理。他干得好极了。他是那种性格活跃，精力旺盛，行为能力超强，在哪里都讨人喜欢的人，即便 2012 年公司因资金周转出现困难的时候，也能为公司创造财富，就是人们说的那种平均年龄 37 岁、95% 白手起家、6 万个中国亿万富翁中的一个——如果他坚持下去，不让自己的智慧和精力休息的话。

进入公司 3 年后，宗成成了合伙人，虽然股权比朱法水和两位创业股东少了不少，但他非常知足。朱法水好几次冒出这样的念头：他终于可以放心地把总经理位置让给最好的朋友来做，自己回到家里喘口气，治治要命的失眠症了。

宗成哭了七八次，终于停下来。有一阵，他俩谁都没有说话，呆呆地坐在那里喝酒。

朱法水看水库。有一条大个头的鱼从水库里跳起来，在空气中停留片刻，跌落回水中，留下一串涟漪。朱法水不知道那条鱼，它是 1956 年修建水库时留下的溪流野生鱼，还是 1994 年水库扩建后放生的养殖鱼，总之，因为在缺少危险的水库中日子过于幸福，它们显得不堪困乏。

他俩喝光了带来的酒。朱法水一步一个台阶，去水库下面又买了四瓶二两装劲酒。这种酒一般不适宜朋友说肺腑话的时候喝，但附近只有一家小卖部，朱法水不想穿过梅丽路,去梅林路上的家乐福超市,梅丽路上有很多眼睛上蒙着眼眵的流浪猫,它们让人看了不舒服。好在他俩过去经常如此,这不算什么。

上中学和大学的时候,朱法水和宗成总在一起琢磨女生,或者说,是宗成和朱法水,前者才是行动的主导。那时,押地风刚从罗湖和福田吹到宝安,光明新区离市区远,等到家里富裕起来,已经是几年后的事情。他俩是农村子弟,家里没有钱,靠贷款和家教收入助学,只能喝沱牌和珠啤。他俩成绩都不错,朱法水略胜一筹,但在泡妞这件事情上,朱法水总是败给宗成。

每一次,他俩翘课溜出学校,去厦大、师大,或者华侨大学参加学生会组织的有众多幼齿女生出现的活动之前,宗成都会忧心忡忡不厌其烦地警告朱法水,这是一个充满欲望的夜晚,每一个女生都很危险。

"佢哋隐匿喺甜蜜嘴唇后嘅细虎牙会咬伤汝,嗰个真系致命伤,一世都莫想治好。"宗成吓唬朱法水,然后他大义凛然地拍了拍朱法水的肩膀,把小兄弟推到身后,"等我来啦,哩身肉结实,比汝经咬。"

其实,朱法水并不害怕被某种特定的灵长类动物撕咬,他无数次闭着眼睛在心里体会,那应该是一种美妙的疼痛,让人记忆终身。但他佩服宗成,尤其在周细妹的事情上,他已经不是佩服,而是崇拜了,这决定了他不可能抢在宗成的前面，去被某个幼齿女咬上一口。

周细妹是朱法水和宗成的同班同学，相貌甜美，有一双又细又长的腿，班上差不多半数男生幻想过和她好上。朱法水在中国名花公开课上偷偷画过周细妹的美腿，她就坐在他和宗成前排，托着消瘦的腮帮子，专注地看着台上的老师。想想吧，那可是从中国林业大学请来的名师。可是，宗成从来不把名师放在眼里，他也不像朱法水这种可悲的炮灰，勒紧裤腰带，花光最后一张饭票来讨好女生，这个厚颜无耻的家伙，他一个子儿也不肯付，只是在辅导员面前拼命赞美自愿去老少边穷地区的学兄学姐，含泪写下善良的人们读过后会脉搏加速、老实的人们读过后会自惭形秽的发言稿，在代表大二同学上台发完言以后，把发言稿揣进裤兜，当着校长和全校同学的面唱了一首五音不全却十分伤感的《同桌的你》，让人群中的周细妹泪流满面，最终彻底征服了她。因为这个，因为自己偷偷摸摸的意淫和相比之下宗成赤子般的坦率，站在台下的朱法水愧疚得几乎死过去。

大三结束那年的暑假，宗成和周细妹迫不及待地在学校附近租了一间房子，过上了让无数同学心碎的二人世界生活。朱法水是宗成和周细妹简陋家庭里心碎的常客，有一次，他喝醉了，提议他们三个人一起过——他可以出一份生活费，睡地铺，包揽全部家务活，每天早晨6点钟起床，洗衣裳、做腌面，如果必要，他还可以给宗成和周细妹煮三及第汤，这样，他们就可以在被窝里睡到7点半再起来去上课了。

"哦，可怜的家伙。"周细妹钻出宗成的怀抱，过来搂住伤心的朱法水，同情地摇晃他毛发奓立的脑袋，"我没有两个我，就算有，也只能把另一个交给他，我有什么办法？"

周细妹那么说，回头用深深迷恋的目光看宗成。那段时间，宗成患上了严重的湿疹，他安静地微笑着，坐在床边挠着光脚上的皮屑，回以周细妹鼓励的目光。那次朱法水气坏了，差点没犯浑，杀了最好的朋友。从那以后，他再也没有提起三个人一起过的事情，宗成和周细妹也没有提。

一年后，他们毕业了。宗成没有去边疆。他家里不同意。他妈妈跑到学校来以死相胁，学校只能把宗成的名字从志愿者名单上划掉。宗成没有去火车站接送他妈妈，那会儿，他正忙着筹办婚礼。这个吃独食的家伙，居然在上学期间攒下了两万多块钱，还到处给人发自己设计的印有温暖而又绝望诗句的请柬，不要脸地请同学伸出友谊之手，支援他和周细妹"奔向美好的未来"。婚礼办得相当不错，宗成穿一套定制西装，打着簇新的领带，拉着周细妹，挨个儿感谢到场的同学，宣布他和周细妹从此将奔向光明的人生。那一次，宗成在婚礼上又哭了，显得人非常激动。

五年前，宗成回深圳投奔朱法水的时候，朱法水以为周细妹也会跟来，但没有。

"学校收入唔错，佢辞咗几可惜，再讲，俚先企稳脚，唔系生活睇唔到光明。"宗成告诉朱法水。

朱法水差点笑出声来。宗成总是喜欢提到"光明"，他说的光明，不是指他俩的家乡。他俩的家乡有一个温暖吉祥的名字，关于这个，他俩小时候都没有认真想过，等他们长大以后，离开它，去外地闯荡，或者再返回家乡，但他们是奔着别的光明去的，半点都没考虑过家乡这件事。朱法水有一次想，这算不算某种巧合？比如，他们的家乡，还有别的什么地方，它们之间会有一些相似之处？如果是，作为域名的光明和作为形容词的光明，两者之间是否有一个公式，可以测算出来？

朱法水并不知道，他在想着光明这件事情的时候，宗成和周细妹的关系已经破裂了，宗成辞去公职离开林业厅，不光是仕途受挫，他和周细妹的婚姻，也走入了绝境。后来，周细妹寄来离婚协议，宗成跑到朱法水家里大哭了一场。

"唔好同佢提乜光明，乜计都唔信！生活系个屁，光明系个屁！"

那一次，朱法水以为自己会很难过，会忍不住发作，在宗成啜泣着用一支一块两毛钱的水珠笔在离婚协议书上签下自己名字时，他会狠狠出手，把宗成打得肿胀。可是，那种愤怒的感觉一点也没有到来，他没有对宗成动手。他莫名其妙地站在那里，觉得爱情没有传说中那么厉害，它什么也战胜不了，它连自己都保护不住，它根本不存在丝毫定律。朱法水那么想过，默默地转身离开，去卫生间里找来一卷包装上印有"俾自己的亲人用原生纸"宣传语的卷纸，手抄在裤兜里，百无聊赖地站在一旁，看宗成不断地擤鼻涕，直到用完那卷纸。

很快，宗成组建了第二个家庭。

一个男人拥有的最具价值的资产，不是权力、金钱和外貌，而是他从来不满足于现状，不把自己看成一个抽雪茄喝咖啡的成功者，对外界充满着好奇心，具有探索精神并且敢于冒险。宗成正好拥有这个资本，他是典型的探索者，精力充沛，而且敢于否定自己，乐于取悦他人，让老人和孩子感到亲切，他这种人，闲不下来。

宗成的新妻子是公司一位年轻员工，销售总监三个助理当中的一个，负责跨境特卖和保税区直邮业务。

"汝讲乜计回事，佢都姓周，但系比周细妹好睇。"宗成兴奋地对朱法水说，感谢老同学在自己最困难的时候收留了自己，给自己带来了新的人生，他希望老同学给他当主婚人。

朱法水对这位姓周名戈、细腰丰臀的销售总监助理印象不深。公司有很多漂亮女员工，她们在公司任职的目的不是为了展现POCH容貌分类法或者皮-弗身材指数，而是创造商业利润。他勉强记起，有那么一次，这位后来的宗成太太送文案到他办公室。他坐在办公桌后面看文案时，她就站在办公桌前盯着他看。他觉得脑门上一个劲地发凉，潜意识里突然有一种提防被咬上一口的警惕，快速从文案上抬起头，防范地看了一眼近到体味都能嗅出的女下属。员工周戈的确漂亮，有一双漆黑的眸子，身材出众，掐腰瓷器花瓶似的，那是朱法水唯一一次注意到她。

宗成再婚后，朱宗两家常有来往，两家的女人成了闺密，整天在微信上讨论孩子问题，互相推荐绿色食材和理财产品。只要有时间，两家人会一起去听夏季音乐会，连续四年的十一长假，如果两家不是在自驾游的路上，一定是两个男人穿着冲锋装，背着可外挂帐篷和睡袋，半拎着连跌带扑的孩子，女人系着魔术头巾、背着食物袋参加七娘山徒步穿越。

去年秋天，他们去广州看劳埃德·韦伯的《歌剧魅影》。两家人开一辆保姆车，朱法水担任司机，女人和孩子挤在后面两排座位上，宗成在副驾座上挺着胸脯大声唱"覆水难收"，就是魅影逼迫克里斯提娜做出选择，要么用拉乌尔的性命换取自由，要么嫁给自己那一段。他还学着魅影的样子，探过身子，和后座上哈哈大笑的前销售总监助理接了那个"意味深长的吻"。朱法水的那位则把一只手搭在朱法水肩膀上,轻轻爱抚了一下。说实话,朱法水挺怀念那段时光,它充分证实了一个人对生活保持信心和相应的努力有多么重要。这段日子保持了五年,正好和宗成的第一次婚姻同样长。

事情得由今年过年前说起。那天,宗成心急火燎地提前从澳大利亚返回,约朱法水到中心书城紫苑茶舍说话。朱法水以为宗成惦记着老婆孩子,赶回国来过年,但不是。宗成告诉朱法水,在风景优美的大堡礁,他和一位在那儿潜水的澳门姑娘邂逅了,两人一见钟情,关系进展快速,他发现自己爱上了对方。

"结束同佢嘅关系!"朱法水毫不犹豫地向朋友下令,"唔喺周戈量边办,细路量边办?哼哼只得两岁,再讲,周戈仲打算生二胎。"

"汝讲嘅冇错,仲有哼哼,其连牛栏山牌奶粉都唔饮,凭乜计长大?"宗成暴躁地冲朱法水发火,"点知会发生呢啲事干,如果知生落嚟会遇到呢啲湿滞,会提前扎好安全带,将自家锁入保险柜里。汝唔使俾来哩一套,汝教训教训得太多,汝到底想量边办?去吊颈嚁系割脉汝觉得够味?"

"够个屁!"朱法水火了,不听宗成胡说八道,"阿聋送丧,听唔倒汝吹死人笛,汝敢做试一试,打烂汝身皮!"

"唔好嗮气了，就算汝将打成阿跛也冇用，"宗成大义凛然，把给朱法水老婆孩子买的澳大利亚绵羊油和土著人飞镖丢给朱法水，"我谂佢，我爱娶佢。"接下来，在朱法水没有来得及愤怒到把茶海中冒着热气的生普泼在他脸上之前，他急切地挪到朱法水身边，握住他的手，眼眶里噙着泪说，"哋咁多年，汝唔得抛弃，唔可以眼睇住去死，偓帮。"

很难想象理性和情感同处一室的情景。多年以前，当宗成把周细妹弄进城中村一间出租房，两人钻进一个被窝里，并且拒绝朱法水和他俩同室而居之后，朱法水就深深明白了一个道理，没有人把自己的生活出让给他人，这种事情，你想也别去想。但人就是这么一间凌乱不堪的房子，人们总是把不该放在一起、不能放在一起的东西拼凑到一块，把自己的生活弄乱，很多时候，还做不到把它们区分开。比如宗成，他此行不光在清澈的海水里泡上了中国澳门籍的潜水姑娘，他还在德国、澳大利亚和奥地利签下大量订单，让公司的利润报表上显示出强势的增长势头，毫无悬念地使公司的股东们兴奋异常。但危险仍然在，一个家庭的毁灭就在一念之间，而这件事，除了宗成，没有人会不在意。

在反复核实过宗成对中国澳门籍潜水女是认真的，并且剎哥蛇上树不转头之后，朱法水决定出手帮助朋友。有些事情不能让它继续下去，没有人能从中得益。

但他不知道怎么帮。他怨气冲天地想，宗成就像那个生活在湖心的黑暗世界中的魅影，不知道他才是自己的魔法师，他会执迷不悟地往前走，直到把事情彻底搞砸为止。

宗成再度陷入一段新的感情，是一个月以后的事情。这回不再是那个大堡礁的澳门潜水女子了，而是另一个。对再次出现的爱情，宗成显得有些困惑，但又异常兴奋，眼睛里燃烧着两团炽烈的火焰。他一点也不向朱法水隐瞒，把桃花运的来龙去脉全都告诉了自己的朋友。

事情听上去并不复杂，丙申年春节刚过，元宵节第二天，宗成去新世界大厦一家业务公司办事出来，一个女孩在大厦前的马路边焦急地向路人打听某家公司地址，她的面试时间快到了，却还在茫然无助地寻找公司地址。她是那种不谙世故的女孩，二十出头，穿一身阿迪牌弹力针织包臀裙装，配套的连帽卫衣上缀着时尚镂空元素，领口开到恰好能够看见乳沟，显出一副勾魂摄魄的好身材，看上去青春娇俏，惹人怜爱。在迅速完成对野外景观物的目测之后，宗成揽下了这份活。天怜尤物，他有责任告诉女孩应该怎么去她应该去的地方，只是，因为下意识的预警，他犹豫了一下，没有告诉她，他正好从她要找的那家公司办完事出来，那家公司与他的公司有业务往来，而且，它的总经理和他是同一个

"全马"队的队友。

事实上,好事从来就不会错过,宗成和那个女孩又见面了。仍然在新世界大厦。一周以后,宗成去生意合伙人处敲定合同,将车驶入地库,看见女孩背着一只黑色的韩版牛津布双肩包,蹲在一辆红色宝马4系前伤心地哭泣。她泊车时把保险杠擦伤了,问题在于,那是她向同学借来的车。

"我干吗要那么虚荣呀?我活该。"她抹着泪毫不留情地吐槽自己。

宗成很快帮助女孩处理完事故。刚来深圳?没关系,来的都是深圳人。车主投的是人保还是平安?别担心,30秒精准报价,24小时内完成理赔,她只需要给保险公司打一个电话,事情就全部办妥了。好了,她愿意使用他的纸巾,把脸蛋儿上的泪痕擦一擦吗?

他俩坐在他的车里,等待保险员赶来。接下来,他知道了女孩的不少事情。女孩大学刚毕业,来深圳寻找发展机会,一周前接到面试通知,却怎么也找不到应聘公司所在位置。现在,她是那家公司的试用员工,她非常满意那份工作,她觉得自己的运气好到难以置信,她有信心坚持到三个月试用期满。宗成微笑着听女孩兴奋地表达着对这座充满活力的城市的喜悦,不易觉察地打量她。他看出来了,她不怎么容易记住坏事情,一点小小的转机就会让她开心起来。而且,她的确有那么一点小小的虚荣——这是可爱的女孩所以可爱的小秘密——不光是她向当模特的同学借仿版车的事,她背着的那只双肩包也是高仿。

事情发展得有点快,宗成说不清楚,在他和女孩两个人中,到底是他,还是女孩,他俩谁先开始在微信里向对方调情。"冇用㗎种眼光看,知道你想打,你局我气。"他真诚地对朱法水说,"知冇,佢从唔同暧昧,佢唔系汝想嘅嗰种老于世故嘅熟女。"

宗成举例说明女孩不谙世故。据他回忆,他和女孩约会的第三次,女孩就挑破了两人之间那层纸头。"你不必费力赞美我的口语发音,也不用给我普及前海保税区快马加鞭的建设局面,"女孩脸上浮现出一种让宗成感到自惭形秽的嘲笑,"节约点时间吧,看你的眼神就知道,你一直在想我脱掉衣裳时的样子。"

让人惊讶的是,女孩也姓周,叫周聪颖,重庆人,说一口脆生生的川普。

对宗成再次陷入情感沼泽这件事,朱法水未做一字评论。蚝田有界,海水无边,宗成精力充沛,不会在一个地方长期停下来,他能说什么?能拿旅鼠般每20天就发情一次的宗成怎么办?他自己没有快速进入和离开一段感情的经验,无论理想还是实践都说不上,自然无话可说。何况,如果考虑到宗成不可能只是在业务上这么出色,他是那种从来不让激情停下来喘口气的人,他在别的方面也同样精力充沛,事情就好理解了。

宗成第一次离婚后,朱法水和周细妹见过一面,在北京。他们在一位分配到农业部的大学同学家里无意间碰上。周细妹人显得憔悴,嘴角有点变形,说话语无伦次,完全看不出昔日甜妹的样子。朱法水一进门,同学就把他拉到复式套间的上层露台,掩上门提醒他,不要问周细妹工作的事情,在和宗成离婚后,她就开始酗酒,因为酒精中毒,患上了震颤性谵妄症,数次脱敏治疗都以失败告终,加上和一位同性老师间不清不白的关系,被学校解雇了,现在靠辅导有阅读障碍的学生维持生活。

"唉,那个时候,我们都追过她,我记得,你也是其中一个。"农业部的同学感慨道。

回到楼下,周细妹主动找朱法水说话。朱法水提醒自己,不去看他当年在中国名花课上充满感情偷偷画过的那双腿。他们说到宗成,说到曾经发生在宗成身上的一件往事。读大学的时候,有一段时间,宗成疯狂地迷恋上了许巍,整天在宿舍里刷一把从垃圾堆里捡来的破吉他,像发情的短毛猫那样嘶吼:

那一年你正年轻

总觉得明天肯定会很美

理想世界就像一道光芒

在你心里闪耀

怎能让不停燃烧的心

就这样耗尽在平庸里

你决定上路离开这座城市

离开你深爱多年的姑娘

……

可是，当宗成勒紧皮带，花一个月的生活费冒着大雨听了一场摇滚浪子的现场音乐会以后，他彻底失望了。

"佢做乜计咁样？"他站在朱法水和周细妹面前，脏兮兮的头发被雨水贴在额头上，一脸困惑地质问他俩，"做乜计似有睡醒咁样企喺舞台上一嘟唔嘟？做乜计似棵树桩子？做乜计唔喺舞台上生长？"

"他太想成功，太想照亮自己，就这样把家里的钱全折腾空了。"周细妹愤愤地质问朱法水，在这一点上，她和前夫年轻时的口气一模一样，"为什么非要这样？难道，除了每个人都在拼命挣到的那种成功生活，人就没有别的活法？"

周细妹后来承认，宗成就是这样的人，他讨厌站在舞台上光张嘴唱，不动弹，讨厌生活停滞下来，他是那种一往无前的人，就算被悬挂在生活的枝头上，也像一枚吸吮了太多大地滋养的果实，饱满无人能及，成熟无法阻拦,他这样,的确应该成功。

朱法水事后想,还有一点周细妹没有说,除了对成功的强烈诉求,宗成还是一个兴冲冲的冒险者,否则,他就不会像执着的克里斯蒂娜一样,无畏地穿过水晶试衣镜,跟随魅影进入湖心中的地下室了。

宗成和那个叫周聪颖的重庆籍公司实习生的关系进展得很快,春天还没有过完,他俩已经到了每天不见面就过不下去的程度。宗成毫不掩饰地向朱法水宣布,他深深地爱上了降临在他命运中的天使,也许还没到谈婚论嫁那一步,但他终止了和澳门籍潜水员的交往,这么不容易,但他做到了。当然,他因此付出了一笔不菲的代价。

"真系可笑,大堡礁1500种鱼,唔可能同每条鱼拍一拖。"他怀着愉快的心情告诉朱法水。

"邀个伴去跳楼嘅事,信,两个人好到爱结婚,哩种事边有咩?"他在电话里用嘲讽的口气对澳门籍潜水员说。他没有向对方提起他曾经的决定,他说过要娶她,这个六月芥菜不长心的家伙,他把这件事情完全忘记了。

是蛇一身冷,是狼一身腥,朱法水拿这样的宗成无从下手。问题是,这段时间,朱法水自己也陷进一场不雅关系,这让他显得有些力不从心。

简单地说,在宗成与重庆籍实习生热恋的同时,朱法水认识了一个女人。她叫辻乐乐。那未必是她真名,但他默认那就是。他们是通过一桩生意认识的。她负责为朱法水的公司处理一件危机业务。她所在的公司很快完成了调查，派她来进行最后的收尾工作。她有一张光洁的脸蛋，看不出刻意的化妆，看上去年龄比实际年龄小很多。实际上，她已经过三十了。

"我一半工作在床上同盥洗间里完成。"两人认识不久，辻乐乐就直率地告诉朱法水，她有一个同居三年的男友。对方是一名台湾的起司蛋糕师，在益田假日广场和人合伙开了一家起司店。他俩生活上完全独立，经济上采取 AA 制，单月周末男友来她的公寓，双月周末她去男友的公寓，其余时候她独处着，并且喜欢这种状态。她需要随时处理和更换公司转来的信息，由此寻找下一步工作的契机。

"每天花三到四小时通过网络服务器处理工作，"她解释自己的工作方式，"红太狼（她男友的绰号）从不过问我的工作内容，也不翻看我的手机记录，这是我俩保持相安无事的条件。"

辻乐乐的工作有一定危险，公司为她配了安全顾问，要求她每次出门都带上 GPS，防止安全顾问跟丢。朱法水怀疑到底有没有这个必要。辻乐乐表示，只有一次安全顾问派上了用场。那一次，失去理智的客户从车里拽出破窗用的救生锤，她躲闪不及，受了伤，右肩胛骨被敲碎了，客户很快被冲上来的安全顾问揍得鼻子开花，断了两根肋骨。

听她一说，朱法水吃了一惊，同时脑子奇怪地转了个弯，一下子就理解宗成了。没有人一生中不出现低谷和绝境，只是，低谷和绝境不会为此向你道歉，你得随时保持警惕，有时候，如果你来不及破网而出，就会为此付出惨重的代价。

辻乐乐大学学的是生物技术，她兴趣广泛，能做一手辛辣调料的菜，会下国际象棋，跆拳道红黑带，而且，她不光在自己的公司担任重要工作，还在电台有一份幕后兼职，就是那种在频道上和听众互动，专门用大脑化学、发育生物学和基因理论回答边缘人格人群提出的古怪话题的工作。

朱法水确信自己不是边缘人格，也不想和辻乐乐把关系深入下去，两人最后弄成咨询者和传播者的关系。看得出，辻乐乐也这么想。他俩都不缺乏理性，处事谨慎，在进入一间彼此都不打算住下来的房间时，不会查看房间里的任何抽屉，并且把窗户一一推开探头朝外面。除非某个人主动提及，他俩从不打听对方的信息，更多的时候，他们就像一对谈话对手，哪怕在床上。

有一次，他俩谈到男色消费这个话题。也许和自己职业有关，辻乐乐被触动了，发表了一番长篇大论。按她的说法，女色消费是男权社会的基本形态，它遮蔽了一个事实，男色消费的历史更长，更有市场，比如古代的潘安、嵇康、阿喀索斯、奥古斯都，当代的奥巴马、拉登，以及如今充斥着个人终端的本尼迪克特·康伯巴奇、老干部和小鲜肉。

"你不会在暗示你的工作吧？"朱法水怀疑辻乐乐是因为这个，才接受了她的公司的那份职业。

"我喜欢职业经历中的心灵体验。"辻乐乐说，"我适合做这份工作。"

"包括和我躺在这儿？"朱法水有点警惕，他知道这么问其实只能让自己显得更幼稚。

辻乐乐光洁的脸上没有丝毫愠怒，她好脾气地笑了笑，突然兴奋起来，光着身子钻出被窝，把弄乱的一绺短发捋到耳边，从朱法水嘴里抽走燃着的香烟，吸一口烟，把烟还给朱法水，下床去冰箱取了一听"茶物语"。

"来做个游戏吧。"她以一种优美的瑜伽式盘腿坐在地上，打开饮料，啜饮了一小口，"我研究过你的生意。没别的意思，我必须了解客户的背景，现在，我们来看一看，那里面都有些什么。光是在内地，你每年潜在的客户就会增长1600万，有2万亿的市场供你开发，看上去，你眼前一片光明，无所不能，"她坏笑着眨了一下眼睛，"可是，你能告诉我，你每一个客户的具体情况吗？"

"指什么？"朱法水开始对这个话题感兴趣。

"他们的真实生活。"辻乐乐啜着饮料，让自己坐得更舒服一些，阳光在她的身上投射出一圈迷人的光环，"比如，某个孕早期准妈妈是否害怕与先生同房，而在先生上班以后，一个人在家里使用安慰器；某个刚开始哺乳的大龄产妇是否担心你的月嫂中心推荐的月嫂的湖南方言口音会影响自己的乳汁质量？某些年轻的爸爸是否有过吸毒史，他们会因为没有完成肛欲期成长，难以成为合格的爸爸而内心苦恼？从零岁时就购买你系列产品的那些小宝贝，他们是不是通过体外受精，或者借腹来到这个世界的？他们的中产阶级父母是否正在婚姻干预专家的办公室里接受财产分割调解？还有，你有没有和你的客户分享过人生带来的苦恼和喜悦，并且对他们表达过怜惜和悲悯？他们有没有向你倾诉他们的内心世界，并且寻求你在情感上的帮助？"

辻乐乐的话让朱法水沉默不语，不得不承认，与其说她的游戏让他惭愧，不如说让他愕然，因为，她说中了他，同时也说中了公司的软肋。十多年过去，公司积累了大量原始客户数据，两年前，公司开始引入统计学管理，建立了数据研发中心，向客户索取诸如"希望孩子日后成为爱因斯坦、普京、达利还是贝克汉姆"的调查问卷，然后聘请华南理工大学的科研人员研究供给与需求、信息与确认课题，给出对应的购物模板。对从事制造业和服务业的那些外省来的低收入人群客户，他们推荐5岁签约曼联队的查理·杰克逊、7岁成为英国财政大臣顾问的奥斯卡·塞尔和9岁在微软谋得职位的阿尔法·卡里姆·拉德哈瓦的类型产品营销策略，而对越来越多受过高等教育的年轻父母，他们则采取4岁指挥交响乐团演奏《电闪雷鸣波尔卡》的强纳生、12岁攻读博士学位并着手挑战爱因斯坦相对论的雅各布·巴内特和14岁成为共和党未来之星的乔纳森·克罗恩这一类定位模板。应该说，公司在这方面干得不错，他们甚至先行一步，把目标客户扩大到包括生育控制人群的全商业范围，比如同性恋领养者、艾滋病患者和自由性爱人群。但遗憾的是，由于课题涉及知识产权和在线限制原因，他们只能整体地研究数据，无法研究单个客户的资料，也不与任何个人客户直接交往。理论上，他们无法进入客户的具体生活。

"我能。"辻乐乐美丽的眸子中闪烁着满足的光芒。她身体笔挺，饮料放在两腿间，让皮肤享受着人工冰块制造出的冰凉，"差不多每个女人都喜欢爱马仕铂金包，可没有人在意它的名字的由来，你不觉得这很奇怪？"她问朱法水这个问题，却并不需要他的答案，"我从不使用爱马仕的品牌，我只是怀念那个叫 Jane Birkin 的歌手，还有她和她的搭档 Serge Gainsbourg 演唱的那首禁歌，《 Je T'aime, Moi Non Plus 》。"

辻乐乐告诉朱法水，按照理解，她最好的职业经历应该是顺利完成合同，并且毫发无损地结束工作。实际上,这很难做到。工作要求她必须和客户建立某种亲密关系,于是,人们就怀疑这里面有潜在的人格构成作祟。他们忽略了一件事情,报酬当然重要,从业者的喜好更是不可忽略的条件,否则,职业经理就是最大的人格戕害者。但是,这还不是事情的全部内容。她的确选择了一项她认为适合自己的工作,就是人们通常说的,喜欢,同时又能挣很多钱的职业。她没有透露她的报酬,从公司收到的预算上,朱法水大致能够推测,她的报酬不低。而且,她的工作的确如她所说,比他知道的任何商业工作都具有渗透力,能够进入客户的真实生活。

"世界越来越开放,生活提供了前所未有的条件,似乎没有什么人们不能进入的领域,可是,人们怎么在生活?"她像一个和孩子津津有味地玩着游戏的幼儿教师,诱导朱法水回答问题。这一次,她需要他给出答案。

"以一天时间计算,在汽车、地铁、写字间和个人终端上用掉12小时,在饭桌上用掉5小时,剩下的7小时花在床上。"朱法水猜测她要的是这个答案。

"还有比这个更要命的,新的社会阶层和团体,你得把它们计算在内。"她点点头,表示欣赏朱法水对游戏程序的把握,"作为利益共同体,它们有不同的口味,那是水泼不进的阵营。它们创造出互联网,用欢乐的信息暴力和甜蜜的抉择障碍把人们变成宅男宅女,人们越来越依赖无所不能的软件和搜索引擎，而不是大脑，最终人们只剩下一个信仰，数学。于是，'人们'不见了，你能看见的只是一个个割裂开的人，现在你觉得，世界真的是开放着的吗？"她低头看了一眼饮料罐外壁上挂着的一颗颗小水珠，像是在询问它们，"如果你注意过那些抱着快餐盒出门去垃圾桶边的可怜家伙，看看跟在他们身后那些宠物猫狗的眼睛，就会知道，那些已经在公共信息中死去的僵尸有多么缺乏生气，他们的宠物有多么不情愿。"她抬起眼睛，目光熠熠地盯着朱法水，"社会在进步，人们并没有获得加权值，他们越来越多的成功与自己的生活完全没有关系。有件事情你肯定没想过，那些宠物和数十亿个人终端背后的主人，理论上，全都是单身狗。"

辻乐乐告诉朱法水，数据里的人们就像街头公厕一样，千篇一律，她不想生活在这样的虚拟人群中，她要的是真实生活，真实的他们。具体地说，她要进入客户的情感生活，了解他们的真实生命，如果可能，她甚至希望进入他们的灵魂。

"别笑，这种事情的确发生过。"她没有告诉朱法水发生了什么，只是告诉他，灵魂并不像人们说的那样圣洁，它们很容易被侵入。至于身体，那不过是完成灵魂穿越的媒介，证明她侵入的过程是真实的，她的客户也是真实的智人，而不是被输入芯片里的制式化程序。

"你说真实侵入,指的是,"朱法水提醒自己不要随意涉及敏感话题,但这会儿,他必须提到这个,"感情?"

"你是说爱情。不,别轻易提这个词,它在身体的最远端,替代它的往往是另一种社会游戏。"辻乐乐目光冷峻,飞快地看了朱法水一眼,"在游戏中,游戏双方或多方同时扮演猎物和猎手角色,怀着一颗虚拟的愿望进入丛林,按照现实规律伤透彼此的心,没有几个人能从逐猎中完整抽身。游戏者并不知道,他们不过是多巴胺、雌激素和催产素、5-羟色胺和睾酮的傀儡。"

她那么说的时候,有一瞬间,光洁的脸上掠过一丝伤感,但很快地,她让它们消失掉。她拿开腿上的饮料罐,起身走到床边,开始穿衣服。

这么说,岂不是很矛盾?她进入客户的情感生活,了解他们的真实生命,可是,她并不相信这套游戏法则,那么,她又怎么进入他们的灵魂?朱法水并不打算质证心里的疑问。如果她不主动谈到,他什么也不会问。

昨天,他俩见了最后一面。辻乐乐完成了她的工作,但她不能去朱法水的办公室。俩人约了罗湖的静颐茶舍辞别。公司在武夷山某处溪壑边收购了一百多棵老茶树,茶叶冲泡出的汤色澄黄明亮,让人相信,生命中的某些枯萎其实是假象。他们喝了一泡朱法水特地带去的私房茶,说了些业务上的事情。辻乐乐提供了全部的工作资料,事情的确有些棘手,但她处理得很好。然后,她拿起她的黑色牛津布双肩包,起身告辞。

"你也该回家了。"她冲朱法水笑了笑,说。

朱法水知道。他平静地看着她,告诉她,他知道。不是说他一开始就明白,他们只是一种业务关系,他从来就没有打算和她发展下去。世上没有必赢无疑的游戏,她是她公司里的顶级员工,负责处置的都是棘手的业务。这意味着,她会和几乎所有的目标客户上床,她的公司也会因此收取不菲的费用。他知道,下一周,公司就会收到她的公司开出的清单,也许他俩上床这一项不见得会收费,这取决于她会不会向她的公司列出这项业务,谁知道呢。

"我知道,你有问题想问,"他把她送到电梯间时,她站下来看他,"你想问,从你这儿,我能得到什么,对吧?"

她的确聪明。实际上,这是他唯一想问的问题。

"还记得,你曾经给我说过许巍的事情吗?"她看了他一会儿,说,"我从没注意过他。他不是我这个年龄段喜欢的。你提到他后,我下载了他所有的歌曲,用一个晚上听完,然后,我听到了一首《少年爱情》。"

朱法水看着她。

"每当我感觉到你,就让我找回孩子的天真;"她背出歌词,"每当我感觉到你,我会深信这一切。"

朱法水胸口被什么东西狠狠撞击了一下，有些早已遗忘的往事瞬间浮入脑海。

"我告诉过你，我会进入客户的生活，你可以把它看作偷窥，但这是世上最温柔的偷窥。我不想从人们那里偷走任何东西，只是好奇，是什么在驱动人们，或者阻止他们，让他们在生活的某一处地方拐了个弯，或者停下来，让他们的生活成这样，而不是另外的样子，那中间到底有什么奥妙。"

"你是说，人生有某种公式？"

"也许没那么刻板，但是，我注意到一件事。"

"什么？"

"你和他从一个地方来，一定有某种联系，我想知道那是什么。"

"那么，你知道了？"

"没有。"

"有点可惜，对吗？"

"那倒未必。我在想，只不过有些事情，他去经历了，而你没有，但并不等于你们的人生就是两样的。"她释然地笑了，笑得很灿烂，伸手按住电梯开关，头一回，她冲他顽皮地嘟了嘟嘴唇。看上去，她是那么的青春娇俏，惹人怜爱，"你放心，我不会在客户的生活中逗留，我甚至不会在自己的生活中逗留，我是扬头族，这世界够我偷窥的，你不会再看到我了。"

她朝他挥了挥手,消失在电梯门后。

朱法水在电梯间又站了一会儿,然后回到茶舍去结账。

天色已晚,朱法水和宗成喝光了十小瓶二两装劲酒,他俩都有点醉了。塘朗山黛色越来越浓,天螺峰在远处,那里有一些在这个季节还没来得及启程返回北方的白腰杓鹬,它们会在天黑之前从南边的深圳湾湿地陆续飞来,降落在带有毒性的相思豆丛中。潮湿的休闲路上,一条萨摩耶犬和它高大的主人过去了,然后是一条肥胖的巴哥犬和它消瘦的主人、一条被遗弃并且在轻声哭泣着的冠毛和一只好奇的钢蓝色羽翼噪鹃,它们分别从他俩面前走过和飞过。

宗成终于停止了哭泣。朱法水问他,好点了吗?他点点头,用力擤鼻涕,看上去的确好多了。

"应该点好?"宗成一副颓废劲儿,绝望地看着朱法水,"真系爱周聪颖,从冇咁爱过一个人,佢点可以拒绝?宁愿去死。"

和整个过程中表现出的一样,朱法水沉默着,没有回答宗成的话。

就在昨天,当宗成欲罢不能地陷入情网,并且为此打算破釜沉舟,再一次奔向光明前程时,重庆籍实习生周聪颖突然变了脸,拒绝与他保持继续来往。女孩子将一只U盘甩在宗成脸上,愤怒地指责他一贯制的不检点和不承担。她骂他是懦夫,警告他离她远点,同时别再纠缠其他女孩子,否则,她将把U盘里的内容发到共享空间中去,让他吃不了兜着走——他应该记得他们在一起的那一次,她为小小的抽烟恶习深感不安,请求他的谅解,而他快乐地放任她点着了香烟。那支打火机是相机,而那盒香烟是针孔摄影机。

但是,朱法水知道宗成在撒谎,至少对周细妹和周戈,他说他宁愿去死,他这么说不公平。宗成和所有人一样,没有一天不在爱,却并没有因为失去它们死过一次。人们每时每刻都准备去死,但人们越来越多,地球不堪重负,这就是现实。朱法水当然希望宗成能够像魅影一样,战胜内心的恶魔,要么走出湖心地下室,要么彻底从歌剧院消失掉。毕竟,所有艺术作品都在向人表示,无论邪恶的爱的力量有多么强大,造物主的光辉终将拯救魅影迷失掉的灵魂。

"就当自家做咗一个噩梦,唔过,佢个噩梦仲算过得去。"朱法水将垃圾装进塑料袋里,拎在手上,从禁钓警示牌上起身,然后,他打破沉默,对宗成说了他在这个事件中唯一表明态度的话。说这句话时,他没有看宗成,而是面向水库,好像这话不光是对宗成,也是对水库里那些幸福的鱼们说的。

朱法水搀扶着宗成,他们离开水库,往水库下走。

两人脚步不那么稳,但也凑合。

在走下长长的水库台阶时,朱法水想,那个同时化名周聪颖和辻乐乐的商业谈判公司顶级诱捕手,她眼下在干什么?如果在工作,她那些数目不详的客户都是些什么人?他们的生命有着什么样的公式?而她自己,算不算公式中的某个因素?他还想,他不会再和她见面了,只是,作为已经晋升到公司营销副总监的周戈,她掌握了大量重要信息和资源,如果家庭解体,以她黑得彻底的眸子,细腰丰臀的瓷器命相和玉碎规律,她不会不下恶手报复。那样的话,公司多年的打拼就全完了,他必须阻止这种事情的发生。还有,他无法断定,在接下来的时间里,宗成是否会再度进入一段"逃脱不掉"的感情,自己会不会再次启动危机干预程序来解决这类麻烦,或者,他不得不和两位原始股东私下达成协议,从宗成手中回购公司股份,请他和夫人一起离开公司,以便彻底阻遏公司发展道路上的危险障碍。这些事情,他都说不清楚,但有一件事情他能肯定,周细妹回不来了,日子又过去了几年,如今,她那双又细又长的腿,恐怕早已被生活折磨得弯曲,再也站不直了。

2016 年 2 月 22 日

丁深圳数叶轩

宝 安 民 谣

早些时候，罗娣从紫金县接来一支花朝戏班子，那些扮演觋公觋婆的男女演员打扮夸张，花俏谐趣，滑稽地敲着锣，舞着扇，在人群中东揪一绺姑娘的头发，西摸一把嫂子的脸，唢呐声叽里呱啦，喜庆得很。

凌九发被街上传来的唢呐声闹醒，慢吞吞起床洗漱。女人丑丑不到7点就起来了，煲好咸骨菜粒粥，煮好鱼头粉，切一小盘卤猪䐁，搭配自家渍的青菜头，一并端上桌。凌九发把嘴里干嚼的两片茶叶吐在手心里，扭头看丑丑。女人头发梳得整整齐齐，一脸平静，像是万事有存心上，那副笃定架势，是明日断然不走，一辈子都不离开他似的。凌九发话到嘴边又犹豫了，到底没有开口，坐到花梨木桌边，粥和粉各食了一碗，推筷起身，清水漱了口，嘴里含一片酸杨桃，对女人说了声去老屋打水，提着塑料桶出了门。

20多年过去，凌九发每天都要去凌家老屋打一桶井水，回家煮饭泡茶，顺便到祠堂里坐一坐，风雨无阻。

罗娣在街口指挥两个工作站的临聘工挂横幅，把"亲仁善邻，国之宝也"改成"以家为家，以乡为乡，以国为国，以天下为天下"。看见凌九发，她大声喊，九发佬，九发佬，花朝班从罗家祠堂唱起，下昼去汝家祠堂，喊汝家女人将糖水煲好！

凌九发哼一声，装作没听见，绕过街角走掉了。

罗娣是八婆英，霸巷鸡，整个社区，属她爱在人前争长短，人后讲是非。她男人摆仔和凌九发是发小，当年摆仔仗着年轻力壮做了屈蛇头，用自家渔船装内地客偷渡出境，发行水财，以后做野了，买下两台雅马哈发动机，自己造大飞，和政府的缉查队在海上斗浪花，结果被抓住，判了20年。人放出来后，摆仔不收敛，改行夹私，从新界私运电脑和洋酒过境，开罪了那边的古惑仔，被人堵在酒楼里，一顿乱枪，浑身打得稀烂。罗娣不是省油灯，男人尸臭熏天也拦住不让下葬，天天在政府门前哭闹，硬是逼得政府使出手段除掉那伙强人，以后不知怎么，她居然搞掂了街道办事处，做了社区工作站管宣传的干部。

凌九发是这条街最大的族姓凌家的嫡长孙。凌家五代字派，按"国运同天久，宗支合日长"取名，凌九发是久字辈，小时候取贱名叫阿九，乡邻叫顺了口，大了改不过来，仍叫他阿九，发仔。

家谱记载，安史之乱后，凌家先祖从中原辗转多地，迁至岭南，多年后，又聚族于宝安，大体上躲过了高宗南渡、清廷入主中原和太平天国乱世。乾隆年间，两广地区大旱，凌家24世祖凌长乐示好朝廷，仗义疏财，散资赈灾，皇上钦准儒林郎捐职员顶戴，赐"急公好德"牌匾以彰后人。民国初年，是凌家族香最鼎盛期，五房五代同堂，百十几口人，家家都有读书人，不少在国民政府公干。"文革"时期，社会上横风横雨，乱象一片，凌家摊上清民两朝旧事，冲击不小，看出形势不对，凌家人纷纷着草做了走佬，走咸水逃去海外，投奔先期去了那里的宗亲，到20世纪70年代，凌家几门已经走得差不多了。受罪的凌家长门，苦于嫡传，要守祖宗牌位，发仔的阿爸凌天社不好脚底抹油，但年年饥荒，到底熬不住，也暗下留心，精心准备，托几个兄弟在海外打点接应。宝安改市那一年，凌天社带着16岁的发仔，父子俩扛着汽油桶和废车胎在梧桐山上偷偷潜伏了三天，趁边境枪弹松懈，凌晨时分冲下山来，从沙头角抢过铁丝网，泅水过海，将发仔的妈妈和凌家二子三子大女送到香港，托香港的亲戚将母子四人辗转送去渥太华，父子俩再去难民署自首，押解回宝安接受批斗，很吃了一些拳脚。1987年，传闻政府要从土著人手里收回土地，老天摇晃了几十年，这一回彻底垮了，凌天社当下做主，为长子发仔定下一门亲事，女方是远房亲戚，知道凌家的情况，拿定主意愿意跟着潦倒的凌家吃苦。婚礼办完，凌天社把发仔叫到面前，告诉他，这里待不下去了，他要带余下的四弟五弟和小妹去北美与妈妈会合，可是，凌家绾草岭南1140年，聚族宝安920年，凌家公祠还在，祖宗牌位还在，嫡传这一支，无论如何不能走光，发仔是嫡长子，他得留下来守祖宗。

那一年，凌九发24岁。

凌家老屋在社区背街，占了几条巷子，三朝围屋回字相环，栋栋相套，四周城郭高墙坚固，酷似迷宫，外人进入其中，常常晕头转向，走不出来。老屋原来依山而建，恰在龙脉上，20世纪80年代推山建城，大兴土木，龙脉被挖掉，留下光秃秃一片房子和残山剩水的几条干街。凌家人离开后，老屋无人居住，渐渐显出颓势，发仔和老婆天天查水防火，赶蝙蝠捉老鼠，几十栋围屋，查一遍就得几天。90年代以后，旅游风盛，政府和凌九发商量，凌家老屋闲着也是闲着，不如采取产权不动、政府代管、公司经营的方式，凌九发搬出去，凌家老屋改建成民俗博物馆，搞旅游宣传，管理修缮的事情由公司解决，两厢不找。凌九发一时觉得松了口气，当即和政府签了合同，将妇携女搬出了老屋。

穿过遮天蔽日的榕树和麻石铺成的禾坪，凌九发迈入老屋正门，沿横门进入宝斗心，来到牌楼下。当年，每逢年节祭祀，凌家族人都聚集在此，祭拜祖宗，观看白戏舞狮，两个芳名远扬的女祖宗，也是在牌楼下设了擂台，比武招亲。如今，牌楼南角的碉楼上，悬挂着两条脏兮兮的宣传条幅，牌楼前，堆放着两架水磨和一台榨油机，一些无精打采的农家种田养蚝工具，牌楼两旁的房间开辟成展室，陈列着一些客家人的老生活物件，家具、炊具、婚嫁物、油坊环和老织机，供游客参观，牌楼后一溜偏厅，因为用不上，无人打点，成了危房，用绳索圈起来，阻止人走近。凌九发站在那儿，心里有些发堵，愧疚自己照应不上，先人的故事如同老屋精美的砖木雕画，随着岁月的流淌一点点朽蚀，面目模糊，不再有精神了。

穿过跑马廊，凌九发来到公祠，见保洁工狗古狸搭把木梯，踮着脚擦拭洋灰塑的公祠牌匾。凌九发站在下面仰头看，一道阳光顺着青麻石高墙上的望窗洒漏进来，晃在他脸上，两人一上一下打招呼。

"拿水？"

"嗯。"

"汝还保留饮老房井水嘅习惯。"

"唔饮老屋水，心慌。"

"祖上讲，乾隆嘅时候，皇上亲自立下汝家牌匾，用安南嘅上好金丝楠木做嘅，哪像今日洋垃圾，一抹就落金粉。"

"咪喺。"

凌九发那么回应了，有些伤感。凌家人去了海外，十年八年难得回来一次，只有他发仔八仙桌上摆灯，添油不换芯，孤身一人守着老屋，哪里又能管住金粉的事？记得有一次，三房家堂兄弟雷仔带了外国老婆和两个混血儿子回来认祖，兄弟俩在老屋门前遇见，凌九发竟然认不出来，差点拦住没让进门。那次雷仔也问过公祠牌匾的事，他说不清是怎么交代的。

凌九发离开祠堂，往老屋后面走，鹅卵石铺成的巷子，路面干净。路过中楼，拐进北街，他站在房人天井中，水井就在这里。

老屋的水井不止一口。当年老屋有三口甜水井，煮茶酿酒，都是上好的甜水。80年代以后，两口井逐渐失去水头，只剩房人街这口井水头未断。那两口井干涸时，凌九发天天去祠堂敬香，乞求祖灵保佑，还花钱请了专家来查看。专家说，老屋周遭大肆盖楼，地层下降，断了水脉，水井死了，救不活了。凌九发那天晚上回家，关上门，狠狠给了自己两巴掌，坐在床头流了半夜泪，事后瞒着，没敢把这件事情说给大洋对岸的老窦。

凌九发从井里汲了水上来，装满塑料桶，再提了一桶水洗了井盖，正打算离去，天上飘过一阵雨水。雨水来得急，很快就有细细的水柱沿着内城楼阁上的茶壶耳注落下来，雨不像一时就停的样子，眼看一时走不掉，凌九发索性坐进回廊里，等落水过去。

阿爸带四弟五弟和大妹去加拿大后，土地制度改革开始，村里成立了投资管理公司，各家的地押进公司集中生财，倒不像之前土地充公的传言。凌九发跟着村里精明的人，抢在交出地契前盖了几栋房子，租给南下揾工的外省人。几年后，村里摊派股票，干部天天上门来做工作，凌家只剩发仔一个，不再是大户，撑不起强，凌九发只能开了箱柜，拿押地的钱换了股票。开始看不出来，以为地也没有了，股票不过是几张纸头，谁知道，以后城市见天胖一圈，只用了三十几年，一座乡间古镇成了现代化超大都市，人口涨了70倍，政府公租房来不及盖，房价疯涨，光是收租子，凌九发每年就有几百上千头牛的收入，摊派的股票也成了摇钱树，加上公司土地分红，凌九发和村里人一起，懵里懵懂就成了品着长颈酒叹世界的肥佬。凌九发经常感慨万端，猪笼入水的事情，自己没有看出来，一生谨慎，不缺谋断的阿爸竟然也没有看出来。

雨丝飞飞，在阳光中亮晶晶起舞，丑丑扭动身子，穿过雨丝一串碎步进了天井，给男人送雨伞来。凌九发停下思绪，拎起桶，两人也不说话，女人把伞罩在男人头上，双双离开房人街。老屋的排水系统很好，地上一点积水也没有。

走出老屋大门，凌九发似后脑勺被人吹了一口阴气，毕恭毕敬地站住，回头朝老屋看。

老屋就像堆放在那里的一只只空空的蛇蜕蝉蜕，一点生气也没有。

凌九发没有上过大学，但喜读书，凌家人离开时，带走了细软，唯独各家的书带不走，留下了，凌九发把那些线装的绢本宝贝收集到一块，腾出两间干燥的屋子来装它们，没事的时候，坐下来一册一册地翻。他记得《敦煌本梦书》中说，蛇蜕主移徙事。崇尚耕读的客家人说，蝉脱壳，人解脱，蛇换皮，有新衣，是讲人进入更高境界的过程。凌九发不接受这种说法，他想起唐人李绅写蛇的诗："已应蜕骨风雷后，岂效衔珠草莽间。知尔全身护昆阆，不矜挥尾在常山。"又想起李商隐写蝉的诗："薄宦梗犹泛，故园芜已平。烦君最相警，我亦举家清。"凌九发心想，人过一世，竟然胜不过蝉过一秋，这么一想，不免摇头。

公婆二人沿着雨丝晶亮的街道往回走。丑丑举着伞，一只手挽牢凌九发胳膊，不让他脚下失了滑，自己也添一份撒娇，两个人在雨中的身影被风一吹，向一边斜去，煞是好看。

年轻时，凌九发跟着阿爸做过几天生意，父子俩黑汗水流，往内地倒卖尼龙布、电子表、卡带、雨伞和从新界贩来的二手货车。凌九发不喜欢吃黑皴皮的商贩饭，生意做得有一搭无一搭，为这个没少挨阿爸的骂。他好艺文，和阿爸商量，开了一家南洋歌舞厅，歌厅里放陈百强的《一生何求》、谭咏麟的《爱情陷阱》，赚香港货柜司机的钱，自己也能在歌声中找到一点平衡。等阿爸带着弟弟妹妹离开家乡后，凌九发索性关了店面，卖掉歌舞厅，不再做生意，只管在家里坐着收租子，不像村里几家留下没走的大姓户，生意做到天上，做出了背景，如今个个是上市公司执董、人民代表和政协委员。

也是雷仔回乡那一次，凌九发的老婆受了刺激，闹着要和其他的凌家人一样，去国外享清福叹世界。凌九发不同意，两公婆打得不可开交，最终老婆寻死要挟，凌九发挨不过，只能把老婆和两个女儿送去北美。老婆走后，凌九发心无牵挂，天天和南街开粥店的带福、开家具城的老摔，几个儿时淘兄弟喝洋炮、敲大背。嬲闲着过了几年，他开始对这样的日子神憎鬼厌，于是洗脸收山，在家里写写画画，修家谱，收集祖上故事，打算出一本书。

凌九发双眼皮，蒜头鼻，斯文礼节，长一副官仔骨，年轻时青靓白净，衣着齐整，即使过了中年，仍然有样有神，不像大多发财发福的同龄仔，肥尸大只，肚屎式式，穿件黑赭双面香云纱，跂双二趾挑人字拖，蹲在档口挖耳聍。俗话说"无梁不成屋，无妻不成家"。凌九发几十年守着凌家老屋不动，老婆离去后，他便成了屋檐水，到底人还年轻，身边长期没个女人，刀割韭菜心有死，他也想学街上那些花蛇公、麻甩佬，趁钱勾女图快活。可是，每天夜里心里发烧，生出屙唏唏的念头，黑口黑面地想要出邪，早上再拎着塑料桶到老屋汲井水，往公祠面前一站，祖宗牌位如双双眼睛盯住他，那个念头就黄瓜打狗，不见了一截。

先以为自己是箩底薯，卖剩无人要，凌九发就只当余生做定白糖饼子，没馅料了。哪知风送人，雨留客，带福嘴长，把凌九发有意续女人的话放出去，一时间，说媒的自荐的挤破门槛。罗娣听说凌九发有心换床，上门来当大葵扇，要把死了男人的堂妹介绍给他，以后又降了辈分，换成外甥女。凌九发心里明白，八英婆先认罗衣后认人，明摆着要来钓他这条肥水鱼，可凌家即便蛇去蝉绝，他凌九发也不肯剥了裤子做人情，提着老屋的井水，去浇别人家的苦田。罗娣说媒不成，背后发咒，到处放风说凌九发是软脚蟹，搞基佬，还暗中找了鸭头，让鸭头带了两个粉头粉脑的脱衣舞男来找凌九发做生意，被凌九发抄了砚台砸出门。

也是天生眼，煮粥煮成饭，一天，凌九发闲得无事，和带福在南街粥店听雨喝茶聊八古。带福起了兴致，打电话招制鞋厂熟悉的兼职厂妹，那厂妹带了个小姐妹来，两人脸涂得花红柳绿，一步一扭进了粥店。凌九发带眼识人，见怯生生跟在后面的那个厂妹紧抻衣襟，腿胯僵直，大气不敢出，不免心里一动。带福领人上楼，留下僵直女。凌九发好言好语和僵直女扯了几句闲话，然后叫她做一件事，进屋去把脸上的胭脂洗了。女子故作娇媚，扭身扭势不肯。凌九发摸出二百元钱，放在桌面上，称就当她出他的工。女子收了钱，进屋去洗了脸出来，再看时，她是那种一眼货，相貌不出众，丢进蚝仔堆里都扒不出来,一双眼一双手却干干净净,一问,她叫丑丑,梧州人,居然同是客家。

凌九发上了心,从此搭上丑丑的讪,隔三岔五约丑丑出厂,每次付她二百元,算她出工。两个人在茶楼喝茶,去粉店吃粉,东来西去,聊些闲话,凌九发于是知道,丑丑早年死了父母,被守寡的姑母养大,是冇瓦遮头的孤女,两年前进厂找生活,厂里揾食不易,每天在刺鼻的橡胶气中冲来冲去,做十四五个小时,回到宿舍只有冷水打牙。因为相貌平平,工长不给她派加工单,钱挣得少,就想跟着姐妹出来做兼职揾佬。

"小姊妹嘅话,过去做咸水妹正有得揾,今下内地嘅发财佬分得比鬼佬多,咸水妹反倒冇人做了。"丑丑故作老练地卖弄刚学到的知识,称自己跟小姐妹学过几天英语,能说几句搭白的鬼佬话。

"净有钱唔掂,"凌九发听不得这种作贱的话,有些不高兴,放下茶盅教训对方,"有钱就系大爷,人爱有志气,人冇志气连鬼都嫌弃,有了志气正可以大爷腿下多一点,做到太爷。"

凌九发那么说了,心里咯噔一下,不由得想,他说志气,他的志气是什么,胯下的那一点又是什么?难道是如今这样,守着祖上的牌位和老宅,做凌家留下的最后那一个子孙,这算得上志气吗?

夏去秋来,街头的枫香树和黄连木变了颜色,两人渐渐熟络了，倒是丑丑心生不安，一次没捱住，问凌九发，为什么不和她做那种事，二百块，够价。凌九发慢吞吞说，唔稳鸡婆，怕得花柳。丑丑一听，黑下脸来，绿鼻子绿眼狠狠瞪凌九发一下，起身就走。凌九发扯住丑丑。丑丑说，你放手。凌九发说，咁大嘅脾气。丑丑说，脾气算乜计，惹急，还会爆炸。凌九发说，汝收了钱，唔可以话走就走。丑丑说，钱出来就回不去了，想拿来，门都冇。凌九发说，汝讲听，汝有冇老公？这回倒是丑丑笑了，咯咯的，人往地上弯，说要死呀你，人家还唔到结婚年龄。凌九发暗爽，点点头，心中落下一道闸，接下来就不遮掩了，脸上笑眯眯，话往直率里走：

"好田唔做秧地，好女唔做阿二，可惜有原配了，汝若愿意，汝唔嫌我箩疏，唔嫌你米碎，俩做相好，汝嘅生计负责，干点肯？"

"汝讲脏病，汝先赔礼道歉，再讲相好。"

"冇杀错，冇放过，当冇讲过。"

"咁汝讲，猪肉大块块，笠麻冇顶戴，以汝嘅数口，几多女人俾汝拣，咁丑，量边拣？"

"膻膻都系羊肉，唔食猪，唔食鱼，就食你。"

"汝讲相好，指乜计？"

"唔系婚姻，唔系正规夫妻，两相情愿，就算一口亲，唔搞六礼嘅笼嘢，拜堂也省了，免得乡间讥笑，汝同意唔同意?"

"面碗鸡吃唔吃?"

凌九发没有想到丑丑会提出这个问题,一时怔忡,想一下,竟然乐了。

"咪话面碗鸡,汝想吃百鸡宴也唔系做唔到。"

"男人晓落海,女人晓上山,难道怕你?只要顾上生活,相好就相好。"

丑丑眉头都不皱,脖子一扬,一口应承下来。

第二天,凌九发换了件出门衣裳,去了一趟九龙,在周生生店里挑了全套金饰,再从银行里支了十条牛,要求出银生取簇新的钞票,烫金红包封好,把丑丑叫到家里,首饰红包交给她,算是聘金盘嫁都在里面了。丑丑刚收工,工装还没换,一绺汗发贴在红扑扑的脸膛上,一双油手背在身后,不接聘礼,追问凌九发,那天他为什么问她有没有丈夫。凌九发说,路上的靓女别人的妻,采枝荷花牵动藕,你若有老公,我唔掂你。凌九发反过来问丑丑,要是他不答应吃面碗鸡,她会不会跟他。丑丑毫不犹豫地说,唔跟,冇嗰碗面,女人落听唔了,唔识得跌下哪座万丈悬崖下。那一句知根知底的话,竟然把凌九发说愣住了。

听说凌九发要把丑丑接到家里过,带福百般不解,扯劝他,救苦不救赎,养大不养二,相好易,同住难,女人仲系当衣裳,穿喺室外,回屋脱个光光。凌九发偏偏不认这个理，说带福，邻家狗，食咗走，我唔中意生僻嘅皮肉关系，唔进家门嘅女人，我唔爱。

说是省了正式纳亲的规则，凌九发还是择了吉日，两个人在一起的那一天，他剃了头，净了须，箱子里翻出西装穿上，整整齐齐结上领带，把自己收拾一新，然后开车去工厂门口接丑丑。事先吩咐了，行李不用带，送给小姐妹，以后再不回厂子，合当这一天就是报日子接亲了。

那天凌九发没有径直回家，车载着丑丑，绕了几条街，开到镛记烧鹅店门口，他事先在这家老字号订了台位。菜没有多叫，只是择喜庆叫了一钵香气扑鼻的盆菜，看着层层码放、收罗尽世间生活、五彩纷呈的一大盆菜端上桌，丑丑眼睛瞪得差点落在桌面上。凌九发从筷架上取过筷子，筷头背转，萝卜、枝竹、冬菇、花胶、鱿鱼、大虾、发菜、蚝仔、鳝干、鲮鱼球、炆猪肉，一样样为丑丑交代过彩头，拣了一大碗放在她面前，再摆下筷子，笑吟吟端起酒杯，与丑丑喝了交杯酒。酒杯放下，叫声上饭，服务生这才端上一吊子热气腾腾的面碗鸡。凌九发亲自分面，两只油汪汪的鸡腿拣进丑丑碗里，两只滚圆的鸡蛋一人一只，说声吃吧。丑丑不说话，抄起筷子，咬一口鸡腿，再咬一口鸡蛋，眼泪扑簌扑簌落入碗里。

头一夜，两人生疏，各睡楠木床的两头。三更过后，凌九发没捺住，凑到女人身边，捏住她一只手，人搂进怀里，老鼠拉龟，不知从何入手，搞到一头烟，终究不得要领，匆匆忙忙，天就亮了，倒像两个不谙人事的新人。

第二天，日头过了顶凌九发才起床，丑丑已经煮了朝食等他起来，见他懵眼懵口坐在床头，甩着手上的水珠进屋，顽皮地歪着脑袋，叫了声太爷。凌九发知道女人记住了自己的话，不免暗爽，作古作势端了架势，让她替自己套鞋在脚上。丑丑也不扭捏，弯下腰，捉住凌九发的脚为他穿鞋。凌九发将丑丑的手一把攥在掌心，正了脸色说，我只系试试你，唔晓爱你做呢种事情，爱汝丢命唔丢人，捞汝过日子。

丑丑看他一眼，也正了脸色说，耶，反转猪肚就系屎，你话反面就反面啊，有钱嘅连龟公都高三个辈分，太爷就太爷，我唔计较，你倒面红。一句话，倒把凌九发说笑了。

过了几天，丑丑捺不住，像被人按住机关，灯一关就在床上翻来覆去姣出汁，到底凌九发犁耙荒久，百般渴泥，擒高擒低，一战再战，两人水渌渌一身搏到死，直闹到鸡叫。第二天，两人赖床赖席，到过午才起。丑丑睁开眼后一脸惊喜，说，以为自己是被汝买来暖脚的一团肉，原来汝藏着力气，功夫厉害。凌九发不免得意，也拿惊喜说女人，以为你白面馒头，冇料，哪知你系卖花姑娘插竹叶,装冇料,其实花枝匿喺篓子里,兜底香。丑丑不经夸,笑得花枝乱颤。凌九发伸手将女人搂进怀里,问自己够唔够老姜,她觉不觉着辣,又说,好鼓一打就响,好灯一拨就亮,你系好鼓好灯,以后就跟手我诈娇吧。

以后辞冬迎春,两个人正经过起日子。俗话说,结舌的勤话事,跛脚的勤行路,丑丑不是招眼女,行在街上贴墙走,从小跟着寡妇姑妈过苦日子,干活却是一把好手,样样拿得起放得下。凌九发多年没人照顾,日子过得不讲究,常常做阿排哥,穿件衣衫上纽搭下纽,自从丑丑进了门,夏有纱,冬有袄,头脸焕然一新,精气神多出一长截。凌九发喜欢吃阉鸡水鸭,档口有的卖,丑丑偏偏不买那些冻库货,自己去背街的河汊里盖了间鸡鸭棚,养一群鸡鸭,间天杀一只,换着菜谱做白切鸡、酱油鸡、盐焗鸡、豉油鸡、三杯鸭、柠檬鸭、烧填鸭,连同以后闹翻粤港的非典和禽流感,凌家终日有鲜活鸡鸭食。吃饭时,两个人少不了逗几句趣。凌九发捡一块肉放在丑丑碗里,念两句歌谣:丑丑唔爱吃肉,只爱吃豆,吃饭发愁,越来越瘦。丑丑不干,还嘴道:发仔又爱吃肉,又爱吃豆,唔愁胃口,壮到捞头牛。两个人大笑,碗里的汤水扑乱一嘴。

丑丑把凌九发收拾得像新郎官,自己却从不打扮,一身衣裳进家门,翻年过去,还是那一身,凌九发埋怨了几次，她耳机磨出了茧，揣了卡出门，到南山外贸中心批发了一网袋 A 货，拖回来塞进衣柜，也不见她穿。凌九发说她，你人丑，唔打扮唔能睇。丑丑理直气壮，我唔中意戴手表捋衣袖，戴金戒挖鼻屎，镶金牙笑到死，处处摆显，我唔觉得我丑，脸洗干净都好睇嘅。凌九发说，睇你半癫戆。丑丑就扯了嘴角笑。她爱笑，一笑就犯骚，凌九发两颊发热，拿她无计，只好念一首民谣取笑她：人姣笑，猫姣叫，鸡姣咯咯狗姣跳。

丑丑属赖抱鸡，话不多，只喜欢做事，做完事就躲在屋里又哭又笑看韩剧，不肯出门。算是活该一家人，两个人在这方面一担担，不同的是，凌九发不问家务，不理饭食，万事丢给丑丑，他关在家里，花七年时间修谱，七年时间写凌家纪事，这期间和政府有扯不完的皮，隔日跑一趟工作站，要求政府加强老房管理，追加祠堂修缮基金，其他的事情，都得丑丑出面管。

先是凌九发租出去的楼，有几个租客赖账两年，收不回租子。丑丑去了，兄弟大叔一顿叫，请人家吃了餐饭，把人送到楼梯口，回头手往电闸上一搭，笑眯眯说，北佬南下，海归东进，房源吃紧，下月涨租，兄弟大叔再唔交租子，我带警官来封门。第二天，凌家就收到租客汇入的租子。

接着是凌家老屋，只因围屋太大，民俗博物馆用不完那么多，不少房间长年闭紧，免不了生出些怪象。丑丑去看过一次，回家找条纱巾裹了头，拖了扫帚水桶去，檐蛇也敢打，百足也敢踩，地龙也敢捉，几天下来，收拾得干干净净。承包民俗博物馆的那家公司经理自知理亏，跑来讨好丑丑，要聘她到公司做内勤总管。丑丑绿眼绿鼻瞪经理一眼，做乜计内勤？系管家婆，下次再看见地头蛇，捉条蛇俾汝当皮带，捉条龙俾汝当消夜。吓得经理连忙走开，回头吩咐加两个保洁工，再看见檐蛇地龙，拿保洁工是问。

凌九发提着井水往家走，一路上想着这些往事，心中感慨万端，不断扭头看丑丑。丑丑也扭过脸来看凌九发，目光似清冽的井水。凌九发经不住睇，目光收回。丑丑行路风刮云飘，做事有模有样，其实是禁睇的女人，这些年吃穿不愁，心情舒畅，日子越过越顺，井越淘水越清，年过三十后，人胖起来，红粉花飞，有箩有波，凌九发看习惯了，倒奇怪她先前怎么睇着人丑。

两个人一路无话，回到家中，丑丑接过桶去烧水洗盅泡茶。凌九发招呼说，唔忙，坐下说说话。丑丑说，你先吃两片万寿果，我把鸭子搞掂了再嚟。

前些日子，丑丑托人从陆河买了些青梅回来，泡了坛老酒，剩下的梅子腌制上。青梅护肝养胃，生津止渴，防人老，早上她杀了一只水鸭，冻在冰箱里分泌乳酸，准备冻够了时间做酸梅鸭。

时光转眼刹唔住，一晃就是十几年，凌九发从四十的汉子挨到五十的佬,也到了鬓角见霜,腿弯发僵的年纪。靠着他每年汇出去的钞票,凌家人不但在海外站住了脚,还买地置业,做起了家族生意,日子过得枝繁叶茂。凌家在海外的人心里都清楚,长门家阿九一个人在家乡守老宅,一生祖宗债,半世家族奴,都交由他一个人来承担,实在是辛苦了,凌家人就商量,要接凌九发去北美住上一段时间。

那是头三年的事情,大女儿结婚,凌九发借这个机会去了一趟加拿大。飞机在渥太华机场降落,凌九发推着行李车从入境通道出来,一眼看见,乱糟糟的接港区里,阿爸凌天社领头,身边站着自己的妻子、两个女儿、四个兄弟两个妹妹和他们的配偶孩子,一大群等着几十位凌家宗亲,场面竟然比迎接政府代表团还要隆重,凌九发一时湿润了眼睛。因凌九发的到来,凌家分散在北美各地的亲人纷纷聚拢,光是百十人的聚会就办了四五场,凌九发站在老少亲人中间,凌天社领着他在人群中一个个地认人,人们擎着高脚杯向他说感激的话,问一些家乡的事情。凌九发想到那些陌生的面孔,他们是他的血缘宗亲,他替他们尽心守老宅,照顾祖产,此刻面钵大过箩格,这么想过,身上暖融融的。

凌家人安排凌九发在北美至少住个一年半载,几门宗亲家里都要走一走。凌九发去了温哥华、金伯利、本那比,去了纽约、洛杉矶、丹佛;他打着挺括的领带,微笑着和一个个亲人，以及他们的异国异族配偶说话，聆听自己的两个女儿和亲戚的孩子们用异国异族语言说话；他觉得身处一个陌生的国度，找不到满耳的乡音，这份亲情已经掺杂了一些异样，显得有些勉强了。那一刻，客家人凌九发突然想念起丑丑。他盼望快点回到家乡。

凌九发匆匆结束了北美之行，返回国内。不久以后，凌家人终于知道，凌九发在北美待不住，是因为他身边有了一个女人。凌天社不放心，要长媳回国看看。凌九发的妻子不愿意，申明只要人不娶进家门，每年钱不少汇，她才懒得操心和野女子见面。凌天社打发老二凌久愿回国一趟。凌久愿那次回深圳，住了半个月，叹喟家乡变得认不出了。兄弟喝茶聊天，凌久愿转达了老窦的意思，长子独自守着老宅过日子，不容易，只要不糟蹋祖产，不让外姓人占了便宜，身边有个女人照顾，家里能体谅。又说，丑丑别的都好，就是呆拙了点，难为大哥忍得下来。凌九发一脸淡定地看兄弟，嘴上不接话，心里想，马好唔喺叫，女美唔喺貌，我系老狗嫩猫，自食自知，与你这家乡话都呃晒嘅人，有乜计关系。

二弟回北美后，凌九发自知连同自己在一起，凌家人亏欠了丑丑，心里惶惶不安，每月加倍给丑丑生活费，梧州老家养大她的寡妇姑母，也帮助老人起了三层楼房子，买了养老保险。原本以为身为系命于天的客家人，东南西北，在世去世，由不得自己，他看中的是丑丑的人品，也许命中两人就是一对槟榔，该要嚼在一张嘴里，日子也就这样了，哪知道，吊菜吐蒂，楮果灌浆，丑丑就怀上了。

丑丑是两年前怀上的，那个月，突然就没来红，去医院一验尿，阳性。丑丑急得脸都绿了，立刻挂号，要把孩子做掉。凌九发拦住，让另外换号做全基因筛查，孩子要是健康，就生下来。丑丑死活不肯，说讲好了，捞汝只系相好，冇讲生细蚊仔，我生唔落㗎。凌九发说，冇讲生细蚊仔，唔等于唔生仔，隔离邻舍唔只我地生，带福养七个仔，三个仔连阿妈都冇见过，还不是生了？丑丑讲，我俩冇法律关系，生下就系犯法小孩。凌九发浑跺脚，说，犯就犯了，犯了我哋用大王救佢，净系拎上钱去派出所上户口，只要唔系假钱，唔好讲JQKA拦不住，四把呆脸嘅小2也拦不住。

孩子生下来，是个男仔，凌九发高兴坏了，拢在怀里不知道怎么疼才好，这次留了心，笃定要瞒住北美那边，不把孩子的事情说出去。哪知孩子一岁多时，凌家人还是知道了，原来是罗娣做长舌妇，满世界传播阿九老来得仔的事，她家在北美的亲戚告诉了凌家人，凌九发的正室知道了，一蹦三尺高，扬言要带着女儿女婿回来杀人。凌九发十分紧张，怎么说，儿子和要回来拼命的女儿一样，都是自己的骨肉，不该谁来杀，丑丑替自己暖了十几年脚，他也不能由她被人欺负，但是，怎么才能阻止这一切呢？

凌九发担心丑丑母子俩，放高怕猫，放低怕狗，思前想后，一时想不出办法，索性一枪打，准备把母子俩送去澳大利亚藏匿起来。那天晚上上了床，灯一关，他就和丑丑商量，没想到一提这件事，丑丑就跳了：

"天口越冷风越紧，人越有钱心越狠，汝实系又睇中边个打工妹，要撇脱？"

"世上冇长工做老爷嘅，只有丫鬟做太太嘅，可惜如今规矩唔同，娶不了汝，汝若系死守，成世贱格。"凌九发耐心劝说，"客家人，命喺天下，汝带阿仔走，人汝替偓带大，买猫仔，睇猫婆，有汝做妈，唔惊住他唔掂人，日后佢若爱想回来，俾佢买张机票，唔爱回来，天下都系佢嘅，唔使勉强佢。"

"汝净系汝阿仔汝阿仔，呢，汝量边安排？"丑丑眼窝浅，抹着泪讲么个也不肯走。

"汝嘅生活，汝自己决定，爱耐唔闲，重头揾一个男人也做得。"凌九发心里难受，换了吓唬的口吻，"跟久嘅女子唔中留，留来留去留成仇，趁今下还有一份夫妻情，再留下去，乜嘢都唔剩。"

"走开，汝量边办，乜人来照顾汝？"丑丑十五十六拿不定主意，背过身，屹起屁股往凌九发怀里钻，让他从后面把她抱紧。

"都说仔卖爷田心唔疼,系守祖宗,走唔脱了。"凌九发火烧旗杆,好长一声叹,"汝定晒,系老蟹壳,寿星公吊颈,嫌命长,汝唔使管。"

"担竿也曾做过笋,忘唔了汝样般同相好嘅,离开汝,怕做唔掂女人。"

"汝系大眼乞儿,懵着意口,糊涂!"凌九发急生气,话讲得顶心顶肺,"汝唔想想,再长嘅工夫长唔过命,等老了,守唔住老屋了,汝打发阿仔回来替,也甩身第日自由日子,要系老婆对唔好,走咸水去揾汝。"

"嗰时?满面乌蝇屎,汝怕认唔出。"一听男人说要去找她的话,丑丑抹一把泪,反倒笑了。

"乌蝇都系肉,乌蝇都系肉啊!"

凌九发那么叹着气一说,两个人不再说话,丑丑赌气不理凌九发,把他捉住她胸口的手掰开,凌九发再按住,她就不再掰他,任他捉住。那一夜,也就这么过了。

关于丑丑要不要带着儿子走的事情,两个人扯了几天皮。凌九发也舍不得女人,这个时候就知道越爽时越痛,可他是长结实了的地皮菜,命中定了生死,衰到贴地也不肯承认风雨侵骨,一咬牙,打死狗讲价,不再与女人商量,联系了中介,办理母子俩移民澳大利亚的手续。钱一交,事情快脆搞掂,连同入籍需办的产业,不到三个月就办下来了。

眼见日头当午,丑丑炖上了水鸭,进屋来陪凌九发饮茶。两个人也不提明天的事,只说了些带阿仔落地后要办理的事情,无非去银行开户头,购买医疗保险,去语言学校学习,考驾照,因为是投资移民,不必工作,TFN暂时不用办。两人说了一会儿话,茶也饮出了汗,丑丑就去收拾午饭。

当天晚上,凌九发早早上床,丑丑哄睡了孩子,过来陪他,两个人躺在稀疏的月光里,凌九发一句一句叮嘱女人:

"精人出口,阿茂出手,汝唔系精乖人,少讲话,多望事。"

"知道了。"

"亲生仔唔如近身钱,汝把钱管好,莫宠阿仔,让佢多吃滴苦头,冇坏事。"

"知得矣。"

"土帮土成墙,水帮水成浪,人帮人成王,遇到事干唔好急,揾揾客家商会,天下客家一家人。"

女人这回不再回答,搭只胳膊过来,脸埋进凌九发怀里。凌九发伸手一摸,摸得一手湿,知道她哭了。常言道,偷风莫偷雨,凌九发知道,这个时候,两个人不该再亲热,那是伤心伤骨的债,千年也还不清,他偏偏认不下这口心气,翻身骑到丑丑身上。丑丑满脸糊着泪水，扭动几下身子，突然就笑了，说跷屎啊睇汝得意，都几大年纪了，老冇正经嘅猴哥。凌九发不理睬，停下疯狂唞唞气，然后继续疯，继续疯，横了心要把自己疯死。

第二天，丑丑特地起了个大早，朝饭做了咸鱼鸡粒煲吊菜，一碟油淋烧鹅，一碟渍芋荷，凌家平常的饮食，只是，她特地烫了两只九钱杯，倒了两杯仔蒸酒，端到凌九发面前，也无话，陪他默默地喝了一杯。

吃过朝饭，头一天订的双牌照过港车到了门口，夫妻俩抱着儿子上车，车过皇岗口岸，径直噶到新界赤鱲角机场。办好登机牌，托运了行李，按昨夜叮嘱过的事项，凌九发再一一叮嘱过丑丑，抱过儿子亲了几口，把儿子交回到丑丑怀中，再要去抱丑丑，女人嘴唇白哂哂的没有一点血色，人往后面撤了一步，不让他抱。凌九发想，就这样吧，就这样吧，便向女人捋手，示意她过档去。丑丑哭着扭头进了过档的队列。凌九发抓心抓肺一步一挨在旁边跟着队伍往前走，眼睁睁看着母子俩互相抓着手，在蛇一样的人群中蠕动，终于消失在海关通道后面。

都说长兄弟，短爹娘，长夫妻，短儿女，在凌九发的日子里，除了漫长的孤独寂寞，一切都短得不像样，连同祖宗，连同血缘宗亲，没有一样长到让人相信。他看不懂流水的岁月，其实不是看不懂，只是那些叫爹娘兄弟的，叫夫妻儿女的，他们出生时，落在祖宗养熟的土地上，在这片土地上长大，再从这片土地出走，从此再也不曾回来，这片土地上别的老旧生命，即便留下暂时没有走，绿卡呀，国籍呀，也早换掉了，无非在等待时机，终归会在自家祖宗坟头上祈福，进别家宗祠里还愿。

凌九发站在那里，懵懂着双眼，看面前排着长队等待被一条条通道吞噬掉的人群，那些通道通往世界各地，那里面已经没有他的亲人，没有他以为可以是亲人的人了，他就那么呆呆地站着，口中默默念出两句老旧的民谣：

虾冇姆，蛤无公，生鱼有死日，塘虱冇出涌。①

由不得，凌九发眼泪落了下来。

2016年3月6日
于深圳数叶轩

---

① 虾不论雌雄都叫虾公，青蛙不论公母都叫蛤蟆，黑鱼生命力顽强，只要它活着，塘虱鱼就别想游出池塘。

我 现 在 可 以
带 你 走 了

之前,她看过一部文艺范十足的喜剧片,片名叫《遗愿清单》。主人公爱德华是富甲一方的大佬,他和另一个主人公,汽车修理工卡特身患癌症晚期,生命走到尽头,两个倒霉蛋不服气,在病房里挂着水列下一份愿望清单,溜出医院,一路吵吵闹闹去完成清单内容,用放肆和疯狂迎接了死亡。

看电影的时候,她落了好几次泪,哭一会儿笑一会儿,觉得这两个老家伙挺值。

大概由于这个原因,当她随意在闺密圈问了一句"谁推荐个可以换份心情的去处啊",叶赫那兰很快上传了一份取名为"愿望清单"的旅游产品,建议她不妨看看,那个熟悉的产品冠名,让她立刻想到电影中两个地位悬殊的老男人,闭上眼,耳畔就响起年轻的马修背着骨灰罐往蓝到令人窒息的珠穆朗玛峰顶上攀登时清晰的喘息声。

连续高强度地工作了九个月,人差不多快要疯掉,正好有两个月休假,她毫不犹豫地下载了这份圆梦之旅商业书,回了叶赫那兰一个笑脸,打算了解一下产品内容。

天气晴朗,湿度66%,PM2.5低于3。她结束半小时的晨练,冲了个凉,换上干净的居家装,走进采光良好的开放式厨房,打开环绕立体声,从果篮里取出两只新鲜橙子,热水泡去表面的保鲜蜡,为自己打了果汁。她把冒着新鲜气泡的果汁倒在一只干净水杯里，靠在整洁的整理台边，听 Zella Day 唱《1965》：

> 你从眼角看我舞动
> 看我像1965年那样舞动
> 你轻抚我的脖颈
> 你真是个可爱的宝贝
> 从来没有人这样抚摸我
> 仿佛我那么易碎
> ……

她心情愉悦，身体松弛地靠在那里，慢慢把水杯里的橙汁喝光，决定今天不出门，中午做一顿美食，犒劳犒劳自己。她把 Zella Day 梦幻般的声音设置在循环挡，回到卧室，打开临海一边的窗户，滑上窗边的休闲椅，挪动身子，让玲珑光滑的脚趾接住一缕阳光，享受海风抚过肩胛的惬意。她有一副曼妙的肩膀，胛骨突出，锁骨明显，让她显得很迷人，这也是为什么大多男人在看见她时，会有一瞬间思维短路的原因。

壹加壹从自己的小屋里跑出来，踩着肉垫小爪跳上她的膝头。它是一只25厘米高的5岁冠毛犬，约克郡一位仰慕者送她的礼物。她拍了拍它的脑袋，打开Surface4，快速浏览下载的那份文件。

这个叫"愿望清单"的旅游商业书，它由一组游戏性很强的程序组成，显然，它不露声色地迎合了年轻客户的体验心理。她30岁，不年轻了，至少不如她想要的那么年轻，但她仍然觉得这份商业书在讨好她，因此感到心情愉悦。

看上去，游戏很简单。这也适合她。九个月来，她像锦鲤一样，被公司摁在世界各地水族箱一般封闭的各种会议室里，只身对付那些恨不能一口吞掉她的可怕的美洲蓝鲷对手，试探、争执、僵局、让步、交换、攻击、转折、提供原则，另辟蹊径。有时候，她不得不白天黑夜地连轴转，直到凌晨时分才疲惫不堪地回到酒店，点一份送餐，然后修改方案，在太阳升起的时候冲一个热水澡，换上干净衣裳杀回会议室，为此脑氧耗尽。现在，任何复杂的程序都会让她反感和呕吐，她需要简单。

她开始一条条看说明书：

> 客户进入如下假定情节：我们假设，您的生命已经走到尽头，你将离开这个世界……

她下意识地抿了抿嘴，在心里笑了一下。一开始她就被说明书吸引住了。它的设计者是个聪明的家伙，知道怎么引诱客户，如果他们在谈判桌前遇到，她会欣赏地多看对方一眼。

她继续往下看：

> ……在离开这个世界之前，请认真想一想，然后列下一份数目为5的"愿望清单"，凡是您愿望中的对象都行。比如，2016年4月3日晚维多利亚海面的月亮、秦时明月汉时关的长城，或者别的让您耿耿于怀的对象。现在，请确定，您有权利带走TA们……

她沉默片刻。显然，它有一种罕见的孩子气质，天真，顽皮，完全看不出是一份商业旅游产品，但那之下，却深藏着某种内涵。壹加壹敏感地抬头看了看她。它有一双亮晶晶的大眼睛，粉色皮肤上配着几块咖色魔点，身体柔软无毛，只有头顶上有一蓬松软的可爱冠发。说到孩子气，它就是她的孩子，如果犬类也可以成为人类的孩子的话。

她继续看说明书：

> ……请您用清水惬意地洗个脸，吹一声口哨，现在，根据您列出的"愿望清单"，请您依次前往清单中对象所在地，让自己和您的愿望对象们见面……

有意思。如果清单中的五个对象所在地离得很远，比方说，它们分别在爱德华王子岛、科尔多瓦、斯堪的纳维亚、昆士兰和圣迭戈，那就是一次漫长的环球旅行。用不着多想，这样的旅行一定是不可控的，不但会像爱德华和卡特的那趟旅程一样，出现"欣赏最壮丽的风景""目睹奇迹的发生""大笑到流泪"这样令人惊讶的奇迹，还会出现"亲吻世界上最美丽的女孩""激起心中的邪恶"和"违法"这样激动人心的遭遇。

她喜欢这个设计。

她继续看说明书：

> ……现在，请您准备好，对您选择的对象说出下面这句话：
>
> "我现在来带你走，从此以后，你就属于我，不再属于别人了。"如果您恰好是个羞涩的人，不好意思对您的愿望对象说出上面这句话，或者某些原因让您无法开口，没关系，您可以深情地看着您选择的对象，在心里默默对TA说出这句话。

等等，她对自己说，脑海里冒出一个古怪念头：如果愿望清单中的对象不是人类，而是一件物品，或者比物品更抽象，是一种意象，会怎么样？她停下来，视线从平板上移开。她觉得这种可能性不是没有，很多时候，她自己就有这样的经验，会被某种念头折磨得难以自拔，而那些念头完全不涉及任何人。她想到她的助手，一位比她小六岁的国际法博士。他相貌英俊，富有幽默感，在她与凶狠的花酋长、红魔头、金刚鹦鹉、孔雀龙浴血搏斗时，他总是拼尽全力地保护她，表现得像个勇敢的蒙古搏克手。可她不喜欢他。他对她俯首帖耳，看她时，眼睛里总是传递出只有女人才有的脉脉含情，随时都在暗示她，他渴望和她发展一种更加亲密的关系。她能否对他说，小家伙，我现在要带走你了，嗯，不对，是你的幽默和忠诚，从此以后，它们属于我，不再属于你了，至于别的，我看就算了。能这样吗？

　　这只是个假设。其实，她并不喜欢男人的幽默。关于这个，女人和男人的理解和反馈全然不同。女人希望被对方逗笑，"他让我开心"。而男人希望证明自己的幽默，"她认为我风趣"。不过一个笑话，就证明了女人和男人的不同属性，他们永远不会在同一个频道上考虑问题。

　　她这么想，把壹加壹抱到躺椅上，起身去厨房，给自己倒了第二杯果汁，靠在那幅她从威尼斯双年展上买来的作品前，慢慢喝光了杯里的果汁。那幅画，基本就是一张白色的网状画布，随意涂了两块颜料，但价格不菲。她那时正好遇到烦恼的事情，情绪低落，一赌气买下了它。"愿望清单"可不同，你不能因为情绪低落就随便选择某个对象，万里迢迢去找到 TA，然后把 TA 带走，你得想好，确定TA值得你那样做。

她朝窗外看去。她所在的公寓叫"八十步海寓"，在东部海湾很有名，从她站着的地方，能看到大梅沙露天浴场上那几尊模样笨拙的卡通塑像，一艘收束起桅帆的白色游艇从远方的海面上无声地滑过。她莫名其妙地闪过一个念头，有没有人把自己的家选择进"愿望清单"中，对它说，我现在来带你走？她想知道，有多少人愿意在另一个世界里仍然生活在曾经的家里，这是一件让她好奇的事。

她赶走发散的念头，把用过的水杯放进清洗池里，回到卧室，接着读说明书的最后部分。壹加壹跳回她身上，把潮湿的鼻子埋进她怀里。冠毛犬和其他犬类不同，它们有汗腺，不用靠吐着舌头喘息来散发汗液，所以，壹加壹总是闭着嘴，而且，它爱听好话，只吃新鲜食物，毫无疑问，它会喜欢这种全新的产品。

……接下来，到了游戏的最后环节：

请您深深地吸一口气，让情绪平静下来，然后闭上眼睛，在心里想一想，现在，您是不是有一种您是自己人生主人的感觉？您觉得，您的这趟旅行收获如何？

厨房里传来Zella Day迷人的嗓音：

你听见我的歌声

就像逝去的幻觉

你是在说我们所在的天堂吗

在你怀中永远是那么近

当你说我最好看时

那就是永远

……

她闭上眼睛,让思路停止片刻,然后睁开眼睛,重新启动思路,在心里揣度,如果这样,她完成了全部的旅行,对她选择的所有愿望对象说出了那番话,她的感受会是什么?

这取决于她的清单里有什么。

作为经验丰富的商业谈判专家,她注意到说明书里的一段文字,一般的商业书中绝对不会出现这样的内容。它承认产品设计存在软肋,而且,这个软肋无法解决。在"抵达"栏的备注中,它用自嘲的口吻做了这样的温馨提示:

十分抱歉,因为人类自身的弱点,该旅游产品无法保证您某些行程的绝对抵达,比如与极端势力领袖和Z8-GND-5296的见面。我们有理由提醒您,那些了不起的大人物,他们正忙着拯救人类和改变世界，不会有时间与兴趣和您见面。而假使您恰好选择了一个迄今为止人类知道的最遥远的星系作为您的愿望对象，我们也必须老实承认，让您站到它面前是一件非常困难的事情，要知道，1977年鸣枪起跑的"旅行者1号"，它保持着第三宇宙速度，可它疲惫不堪地奔跑了30多年，才勉强到达太阳系的边缘，而您距离您心仪的Z8-GND-5296则有131亿光年。我们友善地提醒您，愿望的路途没有最远，只有更远，本产品不主张您轻率而无限度地使用"愿望清单"权利，选择人类目前尚无能力抵达的目的地，去见那些您完全够不着边的家伙。为此，我们向您表达深深的歉意，并且为您提供如下备用选择，以补偿您的损失：通过视频方式安排您与戒备森严的领袖们见面，您大可不必因为那是某个宗教网站发布的新闻视频而感到遗憾，要知道，在这些伟大人物的眼里，您只不过是一个异类，您在完成本次愿望的时候，完全可以谅解他们对您的无视；或者，通过开普勒太空望远镜与您心仪的Z8-GND-5296诉说衷情，相信您会喜欢"天阶夜色凉如水，卧看牵牛织女星"的美妙意境。

她再度笑了。这一次，她一点也不想掩饰由衷的快乐。她欣赏自嘲但又不自损的态度，对这份产品的设计者产生了强烈的好感。她伸手抚摸了一下卧在膝上的壹加壹，好像此刻它正在131亿光年那么远的地方，她在用想象触摸它，并且体会那种美妙的意境。壹加壹伸出粉红色的舌头舔她的手。它性格温驯，喜欢和人亲近，酷爱清洁，不是每一个生命都像它这么有趣。

现在，她读完了说明书，开始整理思路。

产品在投年轻人所好方面明目张胆，但同时也关怀着人生无多者的块垒，兼及了中老年客户的需求。有一点可以肯定，客户事先并不知道旅行的目的地在哪儿，它们离着有多远，自己会经历什么，旅途中会出现什么转折或者际遇，这些内容，要到确定愿望清单中的全部对象，并且落实TA所在地点之后才会水落石出。它显然在嘲笑人们常规的旅游方式：名胜、热门、好奇心、亲情妥协、爱情盲目、奢侈品和美食占有，甚至某些另类的死亡之旅，同时在旅程的情感投射中设计出无限接近人们内心深处的马里亚纳海沟、贝加尔湖、雅鲁藏布大峡谷和科拉半岛的CY-3#超深钻井。几乎可以确定，因为那些人最想在离开这个世界时带走的对象的出现，这趟特殊的遂愿之旅将掀开庸常日子的妥协和习惯帷幕，揭示从未触及过的隐秘情感地带，它们是人们真实的未尽人生。产品最终提供给旅游者这样的内容：你最值得前往的旅游地，不是通常旅游产品为你推荐的商业目的地，而是你人生中最在意的对象的所在地。前往上述地点，收获的不是眼、耳、鼻、舌、身、神经纤维、大脑感官系统带给你的常规满足，而是灵魂的揭秘、震撼和欣喜。它将在一次虚拟的游戏中超越生命规律，把你带到往生的出境口岸，让你审视此生，觉悟和觉醒，在余下的生命中改变点什么。

实际上，她对改变一直抱有警惕。

如今，随便在哪家网站，你都能轻松找到大量由廉价人生哲学包装起来的商业产品，对此她十分不屑。人生就是你花20年成长为社会人，然后再花掉剩下的60年来反省它的失败和接下来的继续失败，其中大部分时间用在研究相关策略，摆脱前一次失败上，这当然不属于她的人生。如果非要她在此刻总结人生，必须说，迄今为止，她的人生很圆满。她属于亚里士多德说的那种幸福的人，在这方面，她给自己打80分。她当然知道，欲望的无限性和满足欲望条件的有限性之间，存在着天然矛盾，可是，她还是希望有人轻松地对她说，嗨，你想拿到另外的20分吗？

不需要更多的理由，她毫不犹豫地做出决定，将这份产品作为本次休假的APP。

需要做的事情不少：拟定"愿望清单"，落实清单中对象的所在地，制定行程，订票，联系酒店和租一辆顺手的车，准备行李。这难不住她。两年前，她在"中国会"交了5000美金会籍费，这以后，她一直在水族箱里恶斗，来不及和那些酷似智能系统AlphaGo的执行官、在私人生活中使用跨性别用品的首席代表，以及普遍患有神经衰弱的大使们打一次交道；现在机会来了，在落实过清单中对象所在地之后，她会向"中国会"的官网上传她的旅行要求，让俱乐部为她安排旅程。

她顽皮地蹙了一下鼻头，收束双臂，伸了个懒腰，上肘把乳房挤压成两只变形的球。她在心里愉快地对自己说了声，来吧，我们开始吧。

她拍了拍壹加壹的脸，示意它离开她，而且这次的时间会长一点。她起身轻快地走进书房，来到书桌前，习惯地护住裙角，在皮质的人体工学椅上坐下。实际上，她完全用不着这么做，她已经把一箱套装送去干洗店了，并且发誓在两个月的假期中决不取回它们，现在，她穿着反射银亚麻布居家筒裙，家里除了她和壹加壹没有别人，她不用顾忌什么。

她在最下层的抽屉里找到一沓尚未启用的WORD信纸，从笔夹里取出一支笔杆滑润的玫瑰金宝珠笔。在面对重要事情时，她坚持古典的考究情结，用笔和纸记录下内容，而不是使用键盘和书写程序。

现在，她已经准备好了。她腰背笔直地坐好，在信纸上一笔一画写下"愿望清单"四个漂亮楷体，然后在题目下面依次写下五个阿拉伯数字，她想也没有想，就在清单的第一项后面写下了壹加壹的名字。

没有什么理由，壹加壹不是宠物，而是她的亲人。约克郡那位仰慕者把它送来的时候，它刚刚断奶，眼角噙着泪水。它就像中国版的菲利斯·福克绅士，430年前，祖宗带着它的基因到达美洲，再从那儿把它的基因带去了英国，在地球上绕了个大圈，如今，它被送回祖宗的故乡，只是，它和菲利斯·福克绅士不同，没有带回美丽温柔的艾娥达，同时赢得两万镑赌注。她倒是有可能为自己带回一个伴侣。她对壹加壹的前主人有好感，那个名叫爱德华·纳瓦尔的高个子混血青年，可以说她钦慕他。他的曾祖父从潮安八角寨出走，远渡重洋，去了约克郡，娶了当地一位贵族的女儿。他母亲的家族深受当地人尊重，家族领地曾经是鲁顿王国的重要粮仓。她登门拜访过这个喜欢东方文明、和气满满的家族，受到了热情招待，不得不承认，那些美味的水果布丁、姜汁饼和玫瑰饼让她流连忘返。但她和纳瓦尔先生最终没有走到一起。

忧郁的纳瓦尔先生把壹加壹送到中国后，她很快和壹加壹密不可分。外出工作时，她会坚持有它同行，为此不惜退掉熟悉的航空公司优质旅程项目，改乘提供晕机治疗和旅途玩具的二等航班。无论她在世界哪个角落，壹加壹都会在会议室隔壁的某个房间等待她，而她则会斗志昂扬，思路敏捷，九天玄女附身，毫无悬念地干掉那些智商超凡的阿尔法狗，然后开心地带着壹加壹去当地某个以传统烤肠闻名的餐馆里大嚼一顿，庆祝她俩的胜利。也有例外。有几次，她不得不反复向壹加壹解释，她只能将它寄托在宠物托儿所里，因为她要去的地方无法提供它的容身处，她总不能把它留在公务车里吧？那样，她会更加担心，由此输掉谈判。那简直是她生命中最糟糕的日子，一想起这个，她眼圈就会红。所以，在往生时刻到来时，她会带着壹加壹上路，去另外四个"愿望清单"对象所在的地方，任何地方，而唯独不会把它留在这个世界中。

很快，在壹加壹的名字后面，她写下了"个人资料"四个字。

写下这四个字时，她笔尖有一丝滞重，心里涌起感慨。以她的经历，她接触过，曾经被她主宰的重要的商业案不知道有多少，其中不乏惊天大案，但它们不属于她。在离开谈判桌，把案子交给等在隔壁房间的项目负责人以后，它们与她就再也没有了任何关系。她承认，自己并非人们看到的那样千般风情，万里烟波，经历丰饶，有时候，她希望自己也拥有一些见不得人的经历，甚至它们越多越好，这样，就能证明她是独立的个体，有足够的理由成为人们心中的"这一个"。可惜，没有，她没有太多属于自己的秘密。准确地说，除了充当商业博弈场上的杀手——这只是她的职业身份，不是她——她能够找出的个人秘密寥若晨星，它们全部装在一个

3G大的硬盘里：不打算给人看的日记、和某人往来的邮件草稿、几首少女时写下的幼稚小诗，以及一些不便公开的照片和视频。是的，少得可怜，但即使这样，她担心她离开之后，它们会落入其他人手里，受到玷污，她不会让这种事情发生。

接下来，她选择了"愿望清单"中的第三个对象，把它写在开始有了生气的WORD信纸上："不想和陈家人以及陈家的所有亲戚在另一个世界见面。"

这似乎超出了产品约定的范围。产品对"愿望清单"的解释是，在离开这个世界时，客户有权带走列入清单中的全部对象，凡愿望中的任何对象都行，就是说，不管对象是谁，是不是一个生命，关于这个，之前她已经设想过了。但是，产品并没有提到客户在另一个世界的愿望权利。但这件事情她非常在意，不容讨论。她已经和家人彻底了断——在血缘和法律关系上，她无法否认DNA、抚养和赡养这样一些词汇，但她有办法让它们仅仅停留在理论层面，别忘了，她可是一个经验丰富的专家——做到了在这个世界里不与家人见面。她永远也不想再见到他们。如果能够做到把这个永远延续到下个世界里去，那就太好不过了。但谁知道呢？也许世纪末日到来的时候，陈家人也拿到了登上诺亚方舟的珍贵船票，这样的话，无论前往伊甸园还是地狱，她都无法摆脱他们，他们会在狭小的船舱中不期而会，这意味着，在先进的太空逃生系统的支持下，陈家人有机会讽刺地向她宣布，即使在下一个世界，她仍然摆脱不掉他们的纠缠，要是这样，她干吗还要选择这趟旅程？不，她会放弃前往陈家人选择的那个目的地，毫不犹豫登上驶往相反方向的那条星际船，哪怕它驶往的目的地是地狱。

几乎一口气内，她就完成了"愿望清单"中的三项选择，几乎没有任何思考。她觉得自己的进展稍微快了一点，按照这个速度，整个游戏只能维持1分30秒，答案很快就会出来，根本没法嗨起来，这可就对不起这份产品设计者善意而有趣的孩子气了。

她为自己一向敏捷的思维感到抱歉，放下笔杆开始发热的宝珠笔，轻松地从书桌前起身，去起居室给壹加壹的卫生间换了新沙，洗了手，去茶桌边烧水，打算给自己泡杯茶。她刚刚从茶罐中取出茶饼，就发现自己遗漏一件重要内容，并且因为这个遗漏而深深地感到愧疚。她放下茶罐，快步返回书房，在书桌前坐下，重新拿起笔，毫不犹豫地把"王子"两个字列入"愿望清单"中，并且将这一条与原来的第二条做了对换，原来的第二条和第三条就成了第三条和第四条。

"王子"是一只临清狮猫，两年前一位朋友送来的，不是朋友家那只会游泳的凡湖猫"皇上"亲生的。朋友约了人吃饭，回家的路上见到它，它有两三个月大，蜷在一只水果盒里喵喵怜叫。朋友笑眯眯把它抱给她，进门后对她说，我把你儿子捡回来了。她看它。小家伙全身披拂着厚厚的雪白色长毛，一只眼睛黄，一只眼睛蓝，它在朋友手腕上谨慎地蜷缩着，仰头看她，眼神里显出很吃惊，好像她不该狠心地把它丢弃在马路上不管。毫无预兆地，她腹部最柔软的隐秘处突然抽搐地疼痛了一下，疼痛快速传向子宫，这使她下意识地弯曲了一下身子。就这样，前世的缘分不讲道理地穿过久远岁月，闯进她怀里。那天她落泪了，给小家伙洗了澡，吹干毛发，抱它上床，坐在床头一眨不眨地看着它，而它则在她脚下悄无声息地睡了一夜。

有一段时间，她非常溺爱它。她叫它王子。其实在心里，她是叫它儿子的。她固执地认为，它就是她生下来的，把它遗失在前世，现在有人把它送还给她，她做不到再让它离开自己一步。她的突然变化让壹加壹感到无比吃醋，为了捍卫营地先来者的身份，这个对古老身世十分骄傲的"布须曼人"开始了一连串恶毒的报复。猫犬大战的结果是，王子受了很重的伤，它嘴角被抓开一条大口子，身上满是狗尿，为此，她生气地惩罚了壹加壹，用项圈和胸背带把壹加壹束缚了整整三天，那是她唯一一次对它动手。但这并没有改变局面，"布须曼人"的报复行动仍在继续，古老的血缘自尊让壹加壹宁可破坏掉与她的感情关系，也要把入侵者赶出家门。半年后，她不得不放弃努力，通过国际托运公司把王子送去了约克郡。在给纳瓦尔的邮件中，她抱歉地请对方照顾王子一段时间，她会找机会把它接回中国，她相信这个时间不会太长。送走王子的那天，她没有和不断向她讨好的壹加壹说话。她没法告诉它，她有多么爱王子，她不想看见她最爱的两个生命相互撕咬，她为这个而深深地伤心。

现在，她把王子写进"愿望清单"中，这意味着，她已经把它接回到自己身边，而且，她已经完成了四项选择，剩下最后一项，她不想那么快地决定下来，她需要认真地想一想，也许她还遗漏了什么重要内容，这可不是她的风格。

她走进厨房，打开冰箱。冰箱里有昨天到家后电商送来的滇西有机蔬菜。她不是素食主义者，只是主张低碳生活，所以，她从不使用真皮饰物，同时选择大量排泄甲烷和二氧化碳的食草类动物作为食物。她往嘴里塞了一只新鲜樱桃，让果子的酸甜味道在嘴里弥漫开，开始计划菜单。她决定为自己做一个凉拌鲜菇，一个醋浸野虾，再做一个泡椒牛肚菌。她不用担心在工作时必须保持的皮肤光洁，在漫长的休假过程中，她值得好好犒劳一下自己。

其实，就"愿望清单"而言，能够列入其中的对象不少，比如，冬日的阳光、林中的鸟鸣、清晨的自然醒，她已经想不起来，自己有多久没有过这种感受了。假如音乐在另一个世界比在这个世界重要，她也愿意带上离开学校后再没摸过的长笛。她在心里问自己，在她已过的人生中，是否遗忘了什么，如果没有，这一次呢，她是否遗忘了什么，比如财富愿望和菩提心愿。不，她想，如果生命已经走到尽头，这个世界曾经让她忙乱或者纠结过的东西，她一样也不想带走。她喜欢这个旅游产品的原因正是如此，只有抉择真的到来，需要安静下来认真选择的时候，人们才会发现，那些东西并非最重要的，争尽天下，得到的也无非是纠缠不休，无尽的烦恼，结果却浪费掉整个人生。这一点，这个产品的设计者可谓了然于心。

她那么愉快地想着，用热水化开少许食盐，放进鲜蘑菇，顺时针轻轻搅动清水，清洗掉蘑菇表面的黏液和褶皱中的沙粒，捞出它们，用厨房纸吸去水分，找出醋和芥辣，它们是凉菜最好的调料。是的，她相信自己做出的选择，她会因此拥有两个月的快乐旅行。

实际上，她完全没法阻止自己超凡敏捷的思路，即使手里做着事情，脑子里也在不断冒出新的念头。说实话，没有什么比一个知道冷暖、福祸与共、终生不渝的闺密更值得拥有，只是，在冯已冬和夏子玉两个人中，她有些犹豫，难以做出选择。

说起来，她和冯已冬交往的时间更长一些，关系也显得更密切。冯已冬是金控高手，资本市场里见魔杀魔见佛杀佛的主，两人在谈判桌上相识，杀得鲜血淋漓，日后却成了交膝缠腕的闺密。冯已冬丰腴妖娆，鹅脂肉感，用女人私下里俗不可耐的话说，是水果中熟得恰到好处的那一口，也是最难盘的那一种，两天不出手就烂在冷库里。

有一段时间，她以为自己爱上了冯已冬。

那是五年前的事情，她在巴勒莫被一个看上去相当木讷和缺乏心智的小个子意大利男人算计得一败涂地，惨绝人寰地败给了对方，只用了 11 个小时，公司的委托方就在合同修订本中输掉了三千欧技术补偿款。那天她苦风酸雨，心里充满了羞耻，拎着文件箱，毫无目标地走在大街上，只想要杀死自己。没想到，在大剧院外，竟然迎面撞上了烫着大波浪长发，打扮成一朵烂漫的向日葵，两只胳膊上挂满购物袋的冯已冬。

"嗨，你觉得我像不像玛莲娜？"妖娆的闺密快乐地大笑着，向她热烈地喊叫，丝毫不顾忌路人转来的视线，"心肝，你干吗不成为我的雷纳托小男孩？"

那天晚上，她俩在埃特纳活火山下找到一家摩尔人风格酒吧，据说，泰勒和私奔男友当年常来此处消耗掉黎明到来前的几个小时，劳伦斯也是在这家酒吧里写完了他那部让人类面红耳赤的小黄书。她俩在酒吧里和几个法国文艺青年鬼混，喝用杜松子酒、接骨花木、柠檬、薄荷调制的鸡尾酒,再换成大杯姜汁啤酒,两人喝得酩酊大醉,胡闹着,在那个自称马克·夏加尔情人弟弟的三流画家脑袋上挂满橄榄和柠檬皮。冯已冬推开献媚的尖下颏法国人,把她搂进怀里,甜蜜地亲吻她的耳垂,用酒精刺激的沙哑嗓音小声对她说:

"宝贝,我们在私奔者的天堂里,身陷不伦之地,万劫不复,干吗不回酒店去做爱?"

她们借着酒劲回到她的酒店,上了床,冯已冬把手搭在她胸脯上,不到十秒钟就睡着了。她醉眼蒙眬地扫了一眼透过窗帘洒进房间的园林灯,很快也没有了知觉。

第二天,快到中午她才醒来,头疼欲裂。冯已冬不在房间里,梳妆台上留下一张纸条,告诉她她去喷泉广场了,她醒了可以去那儿找她。她在浴缸里放满热水,蜷缩进浴盐的泡沫中,想自己是不是陷入了萨福之爱。整个下午她都心绪混乱,然后她做出决定,收拾好行李,去前台退了房,叫了部车去了机场。

至少两个月,她们没有联系,也没在闺密圈中有过互动。后来她才知道,是她过于敏感了。她没有同卵双生的哥哥或者妹妹,年幼时未曾遭受过性侵,第二性征发育良好,没有阉割焦虑,家族中由直男癌们掌握着话语权,绝对不许家族女性出现异装癖或性别认同障碍这种败德辱行的行为,成长途径中也没有案例可供学习,可以肯定，她根本不具备同性爱的遗传基因和环境，她和冯已冬，最多像《怜香伴》中的曹语花和崔笺云，两人只有相思，并无情欲，做得了连理林中的情痴，做不了彩虹旗下的欲鬼。

在认识冯已冬两年后的夏天，她去了莱斯波斯岛，想看看曾经令她困惑的萨福的家乡。那天，她在萨福教授爱恋艺术的女子学校遗址从早上逛到黄昏，知道了一件事，柏拉图称之为第十缪斯的萨福被驱逐离家乡后，在巴勒莫也住过一段时间，并且在那里拒绝了阿尔凯乌斯的追求。只是，她不知道，萨福拒绝阿尔凯乌斯的地方，是不是她和冯已冬大醉一场的那家摩尔人酒吧。

黄昏到来时，她又饥又渴，闯进一家简单干净的乡村客栈，想填饱饥肠辘辘的胃。她为自己点了一道大餐，热气腾腾的穆萨卡和白云豆汤。正当她饕餮之徒般把油腻腻的烤茄子往嘴里大填特填的时候，门外进来一个年轻的中国女人，看模样有二十五六岁年龄，腰如束素，头上戴着紫罗兰色的头饰，被阳光晒成小米色的脖颈上戴着一串玫瑰花蕾、莳萝和番红花编织的花环，怀里抱着一只民俗娃娃，大概因为从明媚的阳光下突然走进暗处，有些困惑地看着屋内。

她就是夏子玉。

夏子玉走到她面前，在她对面坐下。她嗅到一阵细微的橄榄油芬芳向她飘来，脑子一阵眩晕，油腻的木勺举在嘴边，呆呆地看面前显得有些孱弱的女子，耳边响起萨福的《她没有说一个字》：

> 少女们和她们喜爱的人在一起
> 如果没有她们的声音就没有合唱
> 如果没有歌曲就没有开花的树林
> ……

她忘了她们是怎么开始的。夜晚到来的时候，她们已经喝着浑浊的希腊酒，在一只陶制菜盆里用叉子你一口我一口吃加了桃子的橄榄油拌新鲜莴苣了。

"萨福怎么才能做到，一个接一个和她的女学生相爱？"她问刚刚摆脱掉生冷的婚姻，宣称要给自己放十年假，做十年流浪女的前戏剧文学教师夏子玉。

"她们是单纯的学生，愿意以身相许，回报从老师那儿学到的爱欲之道。"有着一双水杏眼，不描黛不点唇的夏子玉安静地看着她，"人们什么都不知道的时候，爱是唯一能够冲破困惑的力量，也是唯一可以由自己做主的馈赠物，知道得越少，爱就会越强烈。"

"你的意思，知道得越多，反而会失去爱的能力？"

有一段时间，夏子玉没有说话，在海水反照出的月光中，她就像一株起毛草，她的影子投射在她的身上，两两相印，像一对能够收集到足够露珠或雨水的叶片，等待着供给沙漠中迷途的旅行者解渴。

"知识不过是阴影,停留在你的意识里,它们中的大多数,在你得到时就已经死亡了,不然,你不会一次次从生活中逃开,依靠旅行去寻找答案,哪怕寻找到的结果总是令你失望。"夏子玉从沉思中醒过来,看着她,然后掩着嘴轻轻笑,"知道今天是什么节日?"

"什么?"

"处女死亡节。那些在旅途上的女人,她们全都变回了处女。"

她心里颤抖了一下,冥冥中觉得,坐在对面黑暗中的那个女子不是戏剧文学教员,而是另一个自己,只是,她们被分割成两半,隔着好几个世界,或者如她所说,隔着历史这个阴影,不再熟稔。

照这样,选择的天平倾向夏子玉,让她毫无悬念地成为"愿望清单"中最后一个对象。她对这个结果既欣慰又遗憾,可是,如果加上冯已冬,清单对象就多出一个。她默默地权衡了一下,不情愿地在心里把后者划掉,同时脑海里浮现出萨福的另一段诗:

> 坦白地说,我宁愿去死
> 当她要离开,她久久地哭泣
> 她对我说,你一定得忍受
> 萨福,我离去并非自愿

……

谁发明了这么损的游戏呀？她无奈地笑了笑，小声抱怨了一句，但并不是真的不开心。她从沸水里捞出焯好的鲜蘑菇，将它们装入一只干净的料器。

但是……

她突然停下手中的沙棘木水漏。

等一等，她对自己说。

没有异性。她已经做出了五个项目的全部选择，可是，"愿望清单"中没有出现异性。王子是异性，但它不是人类。她愣住，怎么会这样？

她朝起居室那边看了一眼。壹加壹正在玩一只激光棒。那是王子留下的玩具。壹加壹像人一样，用前爪抓起激光棒，用力往地上甩，再转着圈用后爪踩踏，样子让人忍俊不禁。

她没有笑。她想，除了王子，她竟然没有一个异性可以带走，带离这个世界，她不也是另一个拿别人留下的玩具出气的壹加壹吗？为什么会这样？

有一段时间，她站在整理台前没动，试图找到答案。她有过异性友人，也有过男女交往关系。她想到王子的养父，那个把王子从车轮下救出来，抱进她家门的男人，他是唯一可能成为她感情归宿的男人。她迷恋他。他是那么狷介高傲，才华横溢，几乎不给人留下丝毫扬头的机会。她还记得，他们在一起的那天晚上。那是一次重大的骚乱事件中，他俩都是事件的参与者，那会儿，她刚刚离开学校，什么也不懂，而他已经被人生磨砺得男人气十足了。可那一次，他却像一只被铁砂子击中了翅膀的黑背鹮，再也飞不起来。他们互相拖拽着，从现场逃回他家。他浑身颤抖着，抹掉额头上流淌下的血水，在黑暗的房间中转着圈，愤怒地大叫。她也一样，颤抖得厉害，缩在墙角里，一动不动。然后，不知怎的，她就在他怀里了。她的心在狂跳，好几次晕厥过去。事后想起来，那天晚上她的心跳那么有力，足可以用来发电，照亮整个世界。

但光明消失了，他也消失了。不是他这个人，他还在，但不再是她迷恋的那个他。

问题出在哪儿？

光明使者并非只有夸父和普罗米修斯，说起来，职业为她创造了更多的条件，让她走遍世界，认识无数优秀的异性，遗憾的是，这样做并没有为她赢得一个可以维系未来的人。她说不清自己曾经和多少优秀的男人交往过，他们和她在一起的时候，全都拿她当女神，毕恭毕敬，温文尔雅，可他们从来没有打算出示自己的HIV唾液测试报告和精子测试报告。这没什么，她也有所保留，不会告诉对方，她已经在冷冻库存贮下健康的卵巢组织，她会为自己的未来负责。但是，人生睿智这件事，只会出现在商业谈判桌前，只要一上床，肚腩上的赘肉和浑浊的体气就会将男人的粗鄙暴露无遗，这个现实比在液氮罐中保存卵泡更让人绝望。

这些年，她被迫与身边众多陷入求偶怪圈的闺密共情，她们周而复始地怀疑，选择任何一条路，都可能让自己失去更好的结果，可她们从来不曾想过，她们是怎么在消费升级的求偶路上单下来的。活在难以统计的海量信息里，它们会告诉你，所有前行的道路都是光明的，在找到命中的白马王子这件事情上，你有无限的机会。她根本不相信这个。除了年过三十以后不再在梦里现身的某个记忆模糊的男孩，现实中的男人她一个都不会选择，因为每一次选择，都会让她吃尽苦头。她从不考虑在线约会床友这种交往方式，那会让事情变得更糟。共度一夜和共度一生哪一个更吸引她，对她来说这几乎是废话，可事实上，前往生命终点的路上死尸遍野，活下来的也都伤痕累累，她根本没有机会从容不迫地列下"愿望清单"，并且心情愉悦地前往选择对象的所在地，对他们说出带走他们的话，与其中的任何一个人共度一生。

问题到底出在哪儿？

她仍然有可以支配的日子。公司清楚地知道，如果她崩溃了，损失最大的是公司，公司不会关心她正在衰亡的卵泡，但会在她崩溃到来前，为她安排一段时间休假，让她重新活回来。她回想近些年她的假期，那些时间她都在做些什么？除了和壹加壹在一起，为自己做一顿可口的饭，其他的事情，她完全想不起来了。

她那么想着，感到脚上的拖鞋被什么东西扒动着。她低头看，是壹加壹。她这才发现，自己已经在厨房里等了很久，早过了午餐的时间。

她茫然地看着整理台上清爽的蔬菜，觉得她的人生，就像一顿过了时间的午餐——她回到家中，身心交瘁，入睡前在盥洗间里给自己的身体补水，那个时候，她会决定明天起来后，一定要为自己做一顿可口的午餐。她只能想到这个。她把这个当成假期中最重要的计划，如果没有这项内容，她就再没有什么值得为自己做的事情了。她还知道，丰盛的午餐之后，简单的晚餐等在后面，假期漫长，她怎么都摆脱不了它和它们。清水淅沥，她在心里盘算菜式：午餐要丰富，证明自己的生活丰富，值得过下去；晚餐要简单，人不是神，做不到过午不食，在属于畜生进食的时间里，可别让自己喝蛋白质过多的浓汤。她会去附近的渔村买一条刚出水的海红斑、半斤深海虾，电商会按照她下的订单准时送来新鲜蔬菜，它们散发出海鲜和蔬菜特有的水腥气，在经过清洗烹饪，它们会变成一顿可口的美味。但是，现在，就是现在，丰富的午餐时间已经过去，她听见一串慌张的脚步声消逝在远处，那是时间和追随时间而去的她的生命留下的。它们就像两个沉瀣一气的逃亡者，在她毫无知觉的时候抽身而去，根本不给她任何解释。

突然间，她感到很累很累。她放下手中的厨具，离开厨房，去露台上坐下。壹加壹没有过来，在起居室里对着沾满了唾液的激光棒发呆，不知在想什么。

她说不清楚，是不是"愿望清单"这个旅游产品害了她，让她平静的生活出现了一道裂缝，她从那道裂缝中窥见自己可怕的生活，并且身陷其中，可能再也回不到熟悉的生活中去了。

海上渐渐漾起柔和的金黄，她感到一丝倦意，想睡上一会儿。海风吹来，有什么在她脑子里一掠而过，她突然愣住，起身离开露台，快步走进卧室。她从床头取过手机，飞快地翻动页面，查看闺密圈，然后转到朋友圈，又回过头来复查了一遍，再花了差不多半小时，查看了手机里的全部记录。

没有叶赫那兰。闺密圈中没有，朋友圈中也没有，手机中根本没有"叶赫那兰"这个人的任何信息记录，连她回复的那个笑脸，TA回复她，让她"不妨试试"的留言也没有，而且，那份"愿望清单"旅游产品说明书的链接IP也不见了。

她怔忡片刻，让自己平静下来，仔细想了想。是的，她不认识叶赫那兰这个人，无论姓氏还是姓名，她都不记得有这么个人。但她的确是从TA上传的文件中下载了"愿望清单"啊!

一阵巨大的困惑朝她袭来,她心跳怦怦。

壹加壹突然兴奋起来,爪子挠响柚木地板,飞快地扑进盥洗间,在那里对着什么东西狂吠,然后飞快地跑回卧室,叼住她的裙角,把她往盥洗间拖。

她没有动,直愣愣地朝壹加壹看了一眼,不知道它在对她说什么,再朝盥洗间看了一眼,不知道那里有什么。

厨房里,隐隐约约传来 Zella Day 迷人的加州嗓音:

> 我不属于这儿
> 那段感情如此甜蜜
> 以至于现在我如此难过
> 像钻石一样被分割
> 我们生来就会成为永恒
> 我们还能回到曾经拥有过的世界吗
> 那是我们梦想过的世界啊
> ……

2016 年 3 月 18 日
于深圳听云轩

香 蜜 湖 漏 了

蓝八从香港来，我陪了她半天。那天是"玛娃"登陆的日子。

"玛娃"的情况是这样。6月12日，马来西亚的鸽子"苗柏"扑腾着从大鹏半岛正面登陆；7月30日，柬埔寨的捕鱼者"纳沙"擦着深圳东扬长而去；12天前，日本的"天鸽"声势浩大地造访了深圳和香港；4天后，从老挝游来一条名叫"帕卡"的鱼，动静也不小；时过一周，"玛娃"又到了。

据说，"玛娃"是一朵玫瑰。用玫瑰比喻凶巴巴的台风，脑洞够大。

总之，整整一个月，空气中充满了湿漉漉的水汽，路上行人个个吸足了，不敢乱打喷嚏，怕喷嚏传染，大伙儿都打起来，淹了街道就不好了。

这就是蓝八过境来那天晚上的情况。

蓝八是我前女友。也未必。记不清哪一年，香港书展最后一天，我带了只空轮包过境去淘书。乌泱泱人头中，一位女子撞了我一下，我俩怀里的书散落一地。女子说，哎呀，对不起啊对不起。我说，没关系吧没关系。我俩砸开人群蹲下捡书，地上居然散落着两套一模一样的《1+0》。我不禁莞尔，隔着晃来晃去的腿柱子看那女子。女子也看我，咬着下唇，努力不笑出声，目光闪烁有趣。她穿黑白条纹抽烟装，衣襟在人群中挤得稍许凌乱，活脱脱《闪》中女子欲抽身却不能的纠缠模样。我猜她也是这么想,把我当作那位欲行山川相缪的男子,剩下的,就是抢门闩的游戏了。

8册漫画,乘以2,一共16册,一会儿就捡完了。我请女子选一套。她请我先选。我说不如我们去喝点什么。她说好。

说"好"的女子是蓝八。

以后,我俩每年见两面,她来深圳,或者我去香港。不是特意,顺便,人到了,留条信息,要是另一个在,就见一面,等于彼此是一种存在,证明世界不真孤独到环顾四野唯有自己。她原来用WhatsApp和Facebook,我俩在地上捡过漫画后,她加了企鹅。她中文不好,繁体字也不怎么样,好在我下载了翻译狗。我俩从不长篇大论,仅限于:"在吗?""在。""呀,对不起,在厄立特里亚。"能对付。

有一年,我被人追债,逃去黔东南山区躲债,在山里闲得无聊,忽悠老乡办了个生态农庄,种茶油、腌火腿、晒党参,一来二去迷上了田园生活,在农庄待了一年多。

第二年,蓝八参加IUCN(世界自然保护联盟)组织全球红树林考察计划,去孟加拉和伊朗工作了一年。

那两年,我俩没见,以后再联系上,已经没有弗拉贡纳尔笔下两个人物在强光里偷情时惊鸿一瞥的感觉了。

我没打听过蓝八的事,她到底是谁,除了类似"大都市水源地可持续保护"之类的计划外,还做什么,有没有配偶,这些事情,我一次也没问过。蓝八也没有打听过我的情况。我俩没谈论过这个话题。

我俩哪一年遇到的,记不住了,第一届香港书展到现在,28年了吧,折中算,14年,我们没谈过这个。

我请蓝八在香蜜湖"1979"吃饭,那是我的地盘。不全是,大部分不是。

我在产业园有一点股份,它让我在这座城市打拼了20多年后,笃笃地做了纳税人。我已经过气了,再过15年献血的资格都没有了。如果靠谱点,好好守住这份产业,不再让人追杀,个人历史就完整了。

服务生拿来菜单。我为蓝八点了烟熏鲑鱼,配圣美伦甜酒。蓝八喜欢樱花木味道,我喜欢因纽特人,他们相信万物有灵,生肉不是生肉,是信仰。

鲑鱼切大片,配西柚、水萝卜、荠菜苗和鲑鱼子,吃的时候尽可能张大嘴,想象自己能吞下整座海洋那种,鱼肉整块入嘴,慢慢合上海洋盖子,野生鱼子在齿舌间一粒粒爆开,一种让人特别绝望的深海气息立刻弥漫整个感知系统。

蓝八嘴大,做得到。

饭后,我们去了会所旁的 Maan Coffee,打算喝杯咖啡,说会儿话,然后离开。

这样，我们就不必请代驾了。

Maan Coffee 一楼座无隙地。看来，没有人在意气象局发布的橙色预警。台风让人们上了瘾，就像连续玩了 15 次《龙神契约》，你会兴奋地和臭味相投的人待在一起，期待第 16 次狂热体验，大概是这种情况。

我对 3D 手游和台风同样充满警惕。空间计算技术是个大骗局，它的原理就是让人以为自己不光是自己，还可能是别的什么。能是什么呢？台风也是，它带来丰沛的雨水，可是，等它离开后，雨水很快就消失得无影无踪，这是怎么回事？

我不打算和热爱台风的瘾君子们凑在一起，带蓝八去了人少的第三层。

经过二层时，见一个女人坐在近楼梯口的位置，一个人，背对这边，看不见脸，一袭宽大的远山蓝麻布裙，在纷乱的吧堂灯光下，有种水洁水清的单纯的安静。

我是这么想的，人总有耗尽的一天，就像台风，别指望风樯阵马的激情会永远相随，那个不可靠，彰显常青的最好方法是举重若轻的淡泊，这个，孤立的"远山蓝"做到了。

之所以这么说，是我去酒店接蓝八时，她使用了晚装最后通牒手段。大牌刺绣和蕾丝使她像一棵常青植物，"浅吻"牌子的耳环、项链和手链球果般下垂，让人眼累。她是反智阵线的人,言必绿色主义,好像地球真的有若干种隐藏起来的面目,是我等俗人看不清楚的。我不反感主义,只是觉得,周末是休闲时间,绝对不应当刺激人的感官,那样反倒刻意。

我和蓝八找座位坐下。我们在工业时代的铁器和农耕时代的木器混搭的装置中坐下。

我点了山多士现磨,希望咖啡在烫嘴的时候送来,这样,我会稍稍原谅 Maan Coffee 设计师的拙劣前卫。

蓝八瘦得像棵悬铃木,我猜她可能会点森林野梅。果然,她中了我的推测,点了花式。

我们坐的位置,正好能看到二楼的楼梯口。

我又看到那袭安静的"远山蓝"。

这一次,我看清楚了,是位相貌姣好的中年女子。我猜测,她之所以选择楼梯口,是不想深入,离开时方便。另外,我觉得工业时代也好,农耕时代也罢,都不如命运来得那么直接。

我做出一副沉思的样子,玩了会儿纸巾,等蓝八从洗手间补妆回来,礼貌地告诉她,我可能遇到一位熟人,要离开一会儿,她可以使用店里的免费网,泡会儿环保圈,等我回来。

我下到二楼,来到中年女子面前。

中年女子娇俏的短发荡漾了半圈,扬头看我,眉眼间干净,然后绽开成熟如花瓣的唇角。

"是你呀。"我说。

"是。"她说。

"怎么会?"我说。

"你还好吗?"她说,"你俩上楼时我就看到了,挺舒服的一对,没想到是你。"

"不兴这么虚伪。"我说,"本来想说气焰嚣张吧?"

中年女人叫秋千儿,如果她没有改掉姓名的话。

现在人们不大使用父母取的姓名,大家都躲躲闪闪的,想割裂又做不到,改不改的,意义不大。

我和秋千儿,我俩过去是老乡,兼过一段时间同事。可能比这个关系密切一点。但也很难说,要看秋千儿怎么定义。她样子似乎没变,一定要说的话,比过去多了点烟火气。过去她是仙女般的小姑娘,在狼群中很容易被吃掉那种,幸亏认识了阿茶,她才幸运地活了下来。

事情是这样的,香蜜湖一带过去有几家新兴企业,我们那时候二十出头,或者不到二十,刚离开学校,跑到这座城市来,想成为新兴企业的员工。那时候它们不像现在,人模人样的50强,那时候它们刚刚出生,或者出生了一阵子,举步维艰,或者快倒闭了,没有什么架子。时代这种东西,就像陆地向海洋过渡的潮间带,看起来河湖满地,可有人能繁衍往生成红树林,有人却板结掉了,只能完蛋;我们也一样,有的能出息,有的不能。

我们13个来自不同省份的年轻人,3个中学或中学肄业,3个专科,6个本科,1个硕士。我和秋千儿年龄最小,19岁,年龄最大的是中科大少年班的吴硕士,22.6岁。我们在香梅村合租了一套三居两厅。

那个时候,没的说,我们都是燃情中二,一听黄家驹的《光辉岁月》就落泪。

……
可否不分肤色的界限
愿这土地里
不分你我高低
缤纷色彩闪出美丽
是因它没有
分开每种色彩
……

吴天才最先找到工作,在岗厦街道管流动人口登记,天天和人吵架,挨主管的骂。干了两个月,他觉得和襟江带湖的城中村气场不合,决定回学校考博,上个台阶再卷土重来,辞职收拾行李走了。

秋千儿第二个找到工作,在香蜜湖发展势头最好的

G企业当整理工。剩下我们11个，大多3个月到第二年才揾（找）上工。不是吴天才一个人有气场不对的感觉，但都咬着牙没离开。9个男的坚持下来，部分原因和秋千儿有关。

3个月以后揾上工的是我。我也进了G企业，和秋千儿在一层楼上班。我上班那座大楼的原址就在我们现在坐着的地方，它那时候提倡时间就是生命，现在提倡慢生活。

第一次看见秋千儿，她在三居室的厨房里做四川小面，我拖着脏兮兮的行李进门。印象中，她骨骼完美，一副山野菊的娉婷模样，这样的人待在红油辣椒、花椒碎、榨菜粒和姜汁蒜蓉水的刺鼻气味里很不合适。大概是这个原因，很长一段时间，我总是不好意思，不敢正眼看她。3年后我才知道，她下颌上有一颗朱砂痣，那个时候已经晚了，她已经做了别人的姑娘。

我没法装作不喜欢秋千儿，除非真的不喜欢。为了戒掉喜欢秋千儿的毒瘾，我想了很多办法，比如在工装裤兜里塞一只穿了半个月的袜子，想她时，袜子掏出来凑在鼻子下。可是，接下来的情况更糟糕，我开始对脚臭上瘾。

我只是暗地里喜欢秋千儿的人当中的一个，自己较劲，完全没有希望那种。在波光潋滟的秋千儿面前，我和天知道还有多少喜欢她的人，我们就像一块块未经挑选、角度钝圆的石头，在湖面勉强跳跃几下就沉入水底。我这么说，是我和秋千儿，我俩的确在香蜜湖边玩过打水漂游戏。现实情况更糟，我连石头都不是，只是一团匆忙捏成的雪球，秋千儿她在那里一碧万顷着，我这只雪球在她的湖面上没来由地奔走，下场好不了。

5年后，G企业进入本土50强，去别的地方买地盖大楼了，我也在公司新的用人机制中败给蜂拥而至的名牌大学生和硕博们，丢了饭碗。我就是利用那个时候，戒掉了秋千儿的毒，离开工业体制，闯进腥风血雨的市场天地。

下雨了。雨点密集地打在落地窗上，不断晃过的车灯让雨丝显现出来，使夜晚越发支离破碎。晚上8点左右，正是生活舞台的角色换场时间，一些人来，一些人走，事情就是这样。

"怎么啦？"我发现秋千儿在看我，问她。

"她很漂亮。"秋千儿朝楼上扬了扬下颔。

"哦。"我说，"没办法，我只能和漂亮女人来往，不然越来越没有勇气。"

"她不是你妻子。"她抿着嘴笑了笑，冲我皱巴巴的衣领努了努嘴，"衣裳没熨烫。"

"怎么说呢，我只配有前妻。"我尴尬地笑。

我是说员小荷，十三使徒之一，多年前，她和秋千儿等4个女的，她们占去香梅村那套房子的三分之一套间。

但我在撒谎，员小荷不算我前妻。法律上不算。

我和员小荷，我们都想出人头地，为打拼一个说得过去的前程狼奔豕突，和一切挡道的东西较劲，也和自己较劲，不肯拿时间出来办手续。等我们都站在那个叫作前程的地方，热情已樯倾楫摧，内心满是沧桑，连吹动空气的欲望都没剩下，两人在一起 11 年后，索然无味地分了手。

我还是撒了谎。不是力比多的事，人越成熟，越不敢走到一起。你觉得，清澈见底的人生，非得赖上另外一个人活下去，这种事情靠谱吗？

我问秋千儿成家了没有。当然，她说。她早做了人妻，先生是丹麦人，麦肯锡国际管理咨询公司驻华代表。他们有一儿一女，暂时没有回格陵兰的打算。她说这件事情时口气月朗风清，让人觉得她若笑出来，会有幸福的小花朵跳进面前的烛光中舞蹈。

事实上，她是对的，时光不会倒转，我们都无法回到过去，哪怕我的小腿肚子仍然弹性十足，胳膊也有力，但我已经老到风平浪静，没法让鼓起的勇气再回到六块腹肌时代，这是事实。

我在想，如果那会儿我追上她。这当然不可能，但假使这样，我算不算雁归湖滨？台风带来的雨水会不会无缘无故消失？

我开始想象那个来自地球上最大岛屿的冰地男人，他怎么做到让她为他生下一儿一女，眉眼间仍然不经意流露出干净的喜悦。

"艾伯特会为我办理丧事。"秋千儿似乎猜到我在想什么，突然扬了扬眉毛说。

这个答案我没料到，有点意外。

"我们谈论过这个问题。"

"你是说……"

"就是你想的那样。"

"什么？"

"我有点担心。"

"他比你先死？"

"他比我大9岁，身体很棒，会坚持下去。说不定我走之后，他还能回格陵兰岛猎几头海豹，守着祖上留下的木屋度过一段美丽的极夜。"她莞尔一笑，烛光晃动了一下，"我不想再看到谁在我眼前粉碎掉。"

哦，原来这样。

阿茶是暴毙。一辆泥头车从后面撵上来，从他驾驶的福特650皮卡上碾过，再出色的皮卡经典也没能保护住他。据说那是最后一批获准在市区行驶的泥头车中的一辆，新大威，自重加载重20吨，警察用了好大力气才撬开福特650完全变形的车壳。那个场面，光是看一眼就让人瘫了。

阿茶是客家土著，凭国家政策押地先富，注册了一家文化公司，到处收购老围屋，办耕读农庄，建宗氏民俗博物馆，公司一项重要业务，就是阻止G企业买下香蜜湖的地皮。

香蜜湖畔有几栋客家围屋，几百年历史了，阿茶要连同周边土地买回去。

阿茶的做法伤害了北佬。企业买不下地，就不能扩张，不能扩张，源源不断南下的新北佬就没有工作，没有工作，新北佬就不能源源不断到来，城市就不能发展，据说G企业就是这么离开香蜜湖，去了别的地方。

没有任何证据证明那场惨烈的车祸出自预谋。后八轮自卸车碾过皮卡，司机不认识阿茶，只是没喝"东鹏特饮"，太困，撞上路边花坛才从睡梦中醒来，完全不知道垫得高高的车轮下有什么。

我扭头看窗外。

视野可及的夜幕后，曾经顽固地生存着一家蛎蚝混养的养殖场。养殖场占据了一片水鸟横飞的湿地，湿地里间或生长着瘦骨嶙峋的桐花树，一群群海鸟从深圳湾方向飞来，落在开满白花的老鼠簕灌木丛中，灌木下是再也回不到海洋里的惊慌的海龟草。湿地中间是马鞍状湖泊，湖泊很大，能佐证每年十几个台风源源不断到来理由的那种，它叫香蜜湖。

离开G企业以后，我在养殖场里做过一段小工，整场、投石和播苗。我常常躲开老板气吞湖海的伤感目光，躺进湖畔边干草丛中，惊起一片海鸟起飞；我要打个盹，海鸟才能飞到湖对面正在搬迁的G企业厂区，在那里落下。

也就是在香蜜湖畔的养殖场里，我知道仙女般的秋千儿正在海鸟飞去的那个地方，从制式女工的一员变成制式女干部的一员，越来越成熟，越来越优秀，越来越不像从家乡出来时，在火车上给晕车男童唱《星语心愿》的那个她。

我不太确定，我有没有在心里祝福过骨骼完美的秋千儿，但我在水软山温的香蜜湖畔徜徉过多少个傍晚和黎明啊！

阿茶和G企业，他们谁都没赢，养殖场后来卖给了比他和它更魁梧的国资委，湿地变成了水上乐园，湖畔快速生长出钢铁焊接的"红树林"，高大的结构架像还没出生就死去的巨人骨骼，远不如尸体新鲜时那么生动。

再后来，香蜜湖畔成了地产大拿的必战之地，不断冒出一座座高档度假村、漂亮住宅小区、神秘名人俱乐部，香蜜湖湖面越来越小，海鸟再也不来了。

离开养殖场以后，我做了一些和湖泊没有关系的事情，什么都做过。事业起起落落，生活也起起落落。有段时间我很郁闷，觉得什么地方出了问题。我认为是那座湖出了问题，它越来越小，越来越不像湖。

再再后来，我回到这里，寻找失踪的湖泊。

我有个奇怪的念头，我认为香蜜湖在漏。它的某处地方与地心连接着，地心里藏着一个偷窃土地血液的大家伙，湖水被不断吸食到它肚子里，这就是香蜜湖越来越小的原因。

关于不断变小的湖泊，我能说什么？

我决定不走了。我决定螳臂当车。我把赚来的钱都投入"1979"。我和这片曾经有过无数海鸟和我初恋的地方较上了劲。我觉得自己很无聊。我猜是为了某种纪念。

"怎么会在这儿？"我问秋千儿。

"就是在这儿。"秋千儿说。

"约了人？"

"没有。随便坐坐。明天早上的航班。"

明白了，她是路过这里。这就对了。城市变化很大，但和她这个来过又走了的人无关。她熟悉香蜜湖这个地方，等航班的时候，来这儿怀怀旧，她的意思是这个。

但也不完全是。她和其他等航班的旅人不同，曾经是这座城市的一分子，人们把这类人叫作奋斗者。那个时候，这座城市朝气蓬勃，是人人羡慕的青铜乐园，你往大街上丢块石头，不是砸中运输建筑材料的泥头车，就是砸中奋斗者。现在，你再丢块石头，不是砸中成功人士，就是砸中穿制服的执法者。

我和秋千儿，上一次见面是十多年前的事情。十二三年吧，就是阿茶出事那次，她从四川赶来参加阿茶的葬礼。再往前一年，她离开了他。

秋千儿突然从我们当中消失掉，以后听说她和阿茶吹了。这是惊天大事，让我们这些曾经年轻过的13-1使徒不知所措而感到愤怒。我们觉得这座城市没有什么意思，时间和金钱都没有什么意思。

秋千儿离开以后，我们没精打采议论来了又走了的秋千儿，我们都不知道发生了什么事情。很长一段时间，关于来了又走了，是我们唯一愿意谈论的事情。

有人提议大家聚一聚，请秋千儿吃顿饭，几顿也行。员小荷在QQ里开骂，什么意思啊，伤口上撒盐，男人太没劲了。大家觉得员小荷话难听，往深里一想，的确有点没意思，吃饭的事情也就作罢。

13使徒中的9个男人，8个没有参加阿茶的葬礼，我去了。

我认识阿茶。

怎么能不认识？他是香蜜湖的名人，他把家里押地分得的几千万砸进去，把家族亲戚的几个亿砸进去，干出了多大的阵仗啊！何况，我在他的养殖场当过小工。

我也理解没有参加阿茶葬礼的那8个人。

大家没地可押，不会抵制什么，可大家没有被一台过了报废期的泥头车碾成肉饼，对这个结果，谁都心怀一种胜利者的伤感。

相反，是阿茶，他傻，明明知道没有什么可以阻拦住，他就是要阻拦；明明知道不想长大也得长大，一直做无忧无虑少年的可能性根本没有，难道他想做新时代的嘎达梅林？他当然不是城市进程的对手，他还不如识时务，学学潮汕商帮，做新时代的犹太人，在海外扩张疆土，再杀回来，把祖先的热土买回来。

世上的葬礼大同小异，没有什么好说的。

葬礼结束后，秋千儿返回四川，却没走成。她晕倒在候机厅，一位好心人把她搀扶到椅子上，为她买来一瓶水，顺便偷走了她的小包。别的还好，身份证和护照丢了。那时候不兴异地办，大家推荐我出面，解决这件事情。

我找人借了辆车，开车送秋千儿回四川老家。1800公里，两夜三昼，秋千儿在车上一直昏睡不醒。我说，你何必。我说，你是你，他是他，你俩吹了，死去活来的用不着，就算用得着，他被历史的车轮碾扁了，活不过来了。秋千儿听着，一句话也没说。她在昏睡，我说也是白说，我是说给自己听。

车在沪蓉高速公路检查站被拦下，防暴警察如临大敌，把困极了的我拖下车，我的脸冲地被踩在硬邦邦的军警靴下,微冲顶住脑袋,车里车外检查了个遍,底盘都没放过,撬杆弄坏了好几处地方。

后来才知道,高速公路管理方监看渝湘线检查站视频,怀疑有人用迷魂药劫持人质,通知警方采取行动,我倒了霉。

我说过,我没想回家乡,我是正大光明送人回乡,不是做贼;而且,车不是我的,我离财务自由还差10年。警察真是麻烦。

起风了,不是通常的风,比那个大许多,停车场前面的大王椰团结一致向一边斜,窗户上密密麻麻贴着一层雨点,汇聚的水珠把夜色中的一切放大到不真实。就是说,"玛娃"的马仔先到了。

几个穿衬衣挂铭牌的售楼生从一楼上来,从我们身边过去,说着高尔夫公园改建的事。

香蜜湖再次涌入大笔来路神秘的热钱,它的再一次生育高峰到来了,这一次,不知道会发生什么新鲜故事。

我和秋千儿都没有说话。她安静地盯着桌上的烛光,耳郭在烛光摇曳下透着隐约的洁润,看得出,她没有什么可操心的,或者说,她已经应付裕如,是她自己的主人了。我不觉得这有什么好,这里的人可不喜欢卧云对雨的从容生活,那可不怎么妙。

我想,我该回楼上。咖啡肯定送来了,喝完咖啡,把蓝八带去罗湖公寓,她明天从那儿出境,比从观澜走快得多。我这么想,打算告辞,可是,秋千儿开了口。

"我来看他,想知道他在不在。"她说。

有一刻,我没明白她的话,但很快,我知道她指的是什么。

她指的是阿茶。她说来看他,想知道他在不在,就是那么回事。

他在不在,他在不在,我在心里问自己。

接下来,我从秋千儿那里知道,她每年一次从四川返回这座城市,什么地方也不去,就在香蜜湖,在附近找一处不被打扰的地方,坐上几小时,然后返回机场。去年是 De Post,今年换成 Maan Coffee。

"想等他一会儿。"她说,"我知道他不会出现。但我会等一会儿。"

"等什么?"话出口,我才醒悟,可是已经收不回来了。

"没什么。"她说。

"但那是什么?"我索性问下去,索性把失控赖到台风综合征身上。

"我说不清楚。"

"哦。"

我在想华灯繁炽的城市,此时有多少人停下来,收起抻得过长的思绪和欲望,回过头去,慢慢沿着来路返回。我不相信人与幸福的距离只隔着一杯咖啡，有时候，它隔着一堆碎掉的水晶。

一群十六七岁的少年男女叽叽喳喳拥上楼来，楼梯发出乱糟糟的声音。唉，他们应该悠着点，放慢脚步，好好体会身边的叽叽喳喳。

这是我的经验。在青春消逝之前，人们看不到人生尽头，不知道自己拥有它，多少情感如水赴壑，等看到尽头时，楼梯上只剩下自己了。

过些年，他们再下楼时，身边已经没有了叽叽喳喳，铸铁扶栏上只剩下缭绕的叹息。

我想到那个叫艾伯特的格陵兰男人，他和他那些海上马车夫的祖先一样，基因中有和冰雪打交道的苷酸信息，但他们和他却走得够远。他最好严肃一点，听她的话，让她走在他前面，等她走了，他回到北部地区，把水分子凝结回不会流动的冰块，待在那儿，就算她不在了，和他离开家乡时两手空空一样，他什么也没有失去，不用台风帮忙，不用承担雨水。

问题是，人们到底想要流动的雨水，还是不流动的冰原？

一大团白雾急匆匆地穿过夜幕，撞在落地窗上。是暴雨。紧跟着又是一片，这回气势汹汹，不再间断了。"玛娃"来了。

停车场那边，一个穿着怀旧制服的导泊员护着脑袋朝这边跑来。一个四五岁的孩子兴高采烈把什么东西丢进水洼，她年轻的父亲站在一旁看她被大风刮得东倒西歪，哈哈大笑。

二楼西北角，一群穿白衬衫和制服裤的年轻人开始大声唱着什么歌。屋外风雨声大作，听不清他们唱什么。在此之前，比比金的阴魂一直在楼下徘徊不去。

我有建议权吗？他们应该唱黄家驹。

我问秋千儿，想不想知道她离开以后发生了什么。

秋千儿不置可否。没有关系。黑暗在 Maan Coffee 之外包裹着我们，那里是台风的世界，我确信那里有某种光亮应该被人们记住。

吴天才杀回来了，这回是吴博士。他还是觉得和这座城市是水过鸭背的关系，找不到感觉，他又不能反复离开再杀回来，于是彻底离开，以后听说他在海外某个寺庙剃度出家，做了和尚，我们没去看他。伍振林去了海防做房地产，他给自己买了高额保险，在圈里发文，悲壮地说，再见了。贺雷办特殊人才去了香港，中学肄业的他成了香港特区政府优秀人才入境计划第一批受惠者，这个结果谁也没有想到。

我们剩下的13-4使徒偶尔有来往。就我所知，大家不必为分期付款、公司上位机会、互联网社区关系、前女友或前男友骚扰、怀不上孩子或意外怀孕操心，混得说得过去。但是，人到中年，离死还有一段路，大家还得和长大的子女、争夺学位房名额、配偶强迫症、岳父母或公婆矛盾、渐衰的性事、越来越多的谎言、越来越少的激情、衰竭的民族主义和日益迷信的保命秘籍斗争。

就是说,台风还在继续,它们念念不断,在某个大洋深处形成,一个个接着来。只是,台风不像人,不像自然生成的潮间带,不像潮间带中的湖泊,来也是白来,雨下得再大又有什么用?来那么多又有什么用?

还有一件事。我们坐着的地方,背对北方,秋千儿在这里的时候,北方叫"关外",那是绝大多数人家乡的方向。那里有个二线关,在地图上看,像一条长达83.5公里,在1个水上关口、16个陆路关口和23个耕作口打结的蚯蚓,现在,它的结全拆了,蚯蚓也没有了。

我是说,如今秋千儿已经回到家乡,但每年还是有那么一两天,会念念不忘地来这里坐坐,等着谁出现,或者知道没人出现,但她还是会来,会等。那颗心,到底没有死绝吧。

我那么说,秋千儿一直安静地看我,微笑着,等我说完,她才开口。

"你呢,你怎么样?"她第一次问到我,完全没有接我刚才的那些话。

既然问到,我就说了。如今大家都离开了香蜜湖,

13使徒走掉12个,留在这里的只有我。我嘛,打算通过走门路,正当的不正当的门路,用得上用不上的门路,竞选湖长。这当然不可能,但我怎么也舍弃不了这个念头,舍弃不掉当上香蜜湖湖长的念头。我主要是说香蜜湖的秘密。我和它碰上了,和自己碰上了。

"为什么?"

"它一直在漏。"

"漏什么?"

"没什么。"

我说的是实话。香蜜湖在漏。所有的湖泊都在漏。我们这些人,我们都在漏掉元气,成为一个个皮囊人,满世界招摇,只能看,不能碰。

秋千儿在烛光中看着我。我不清楚,只是感觉。我没有看她,就像我俩从来不认识。她不再是原来的她,我也一样,但我们仍有某种东西牵连着,比如光合作用,比如成长基因,因为这个,我觉得,我们都是台风携带的雨水,既然来了,就该做点什么,不能什么也不做。于是,我坐直身子,打起精神,像20多年之前一样,挥动手臂,自顾自地唱起来:

……
　　年月把拥有变作失去
　　疲倦的双眼带着期望

> 今天只有残留的躯壳
>
> 迎接光辉岁月
>
> 风雨中抱紧自由
>
> 一生经过彷徨的挣扎
>
> 自信可改变未来
>
> 问谁又能做到

除了秋千儿，没有人注意到我，我唱完了，没有人鼓掌。秋千儿坐在那儿，相当安静，目光在风雨交加的落地窗外，极有可能，连她也没有注意到我在唱歌，抑或是，我是在自己的想象中唱了这首老而又老的歌。

Maan Coffee外面风雨晦暝，雨水在台风的裹挟下正式登场了，它们会有一些动静，但不会停留太久，最多十来个小时以后，它们会搭乘台风的航班离去。想不出来还有什么可说，我起身离开二楼，踩着镂空的工业时代楼梯，慢慢向三楼走去。

我没有对秋千儿说再见，用不着。

对于香蜜湖，秋千儿是候鸟，我是小叶榕；她季节性地出现在这儿，我得气根盘桓，干云蔽日，我们不是为了同一目的活在这个世界上，用不着告别。

回到三楼，蓝八已经走了。查看留在桌上的手机，她留了私信：

  谢谢款待。突然想去一个地方，去那儿坐坐，一个人。

这就对了。我想，这就对了。

  我端起冷掉的咖啡，喝了一口，靠在座位上，让自己放松下来，一直噙在眼眶中的一颗泪水，这时才掉落下来。我看不见自己，但我猜我在微笑。我是说，我在想，萎缩掉的湖泊，此刻一定悠悠烟云，水趣盎然。台风就和人一样，在时光中来了，去了，再大的动静也会消停。不知道雨水走后，湖水会留下多少；湖水漏光后，湖泊是不是要改名；如果不改，以湖命名的地方，只是个传说，对以后的人们，有湖泊是祖先时候的事情了。

  这么说，我也是祖先。

2018年惊蛰
于深圳听云轩

那 块 地

您是怎么找到我的？怎么会想起打听那块地？还有谁记得它？

怎么说呢，要是没有它，我也许能得到更多，因为不断获得变成别的什么人，我说不好，您懂我的意思吧？可我现在得到了我想要的，哦，这么说不对，那块地让我变成了我自己。

这座城市一直在卖地，37年了，它卖掉了多少？人们在那些卖出的土地上盖起住宅、商圈、学校、医院和公园。孩子们在那儿出生、长大、接受教育、学会打领带、去写字楼上班并且恋爱。老人们在那儿度过晚年，然后前往另一个世界。还有车站、码头和机场，人们兴冲冲地拖着行李箱离开家，去远方的什么地方干点什么，有的回来了，有的再也没有回来。37年了，人们记得经历过的很多事情，可再也没有人提到那块地，它改变了城市命运，却被人们遗忘了。

您说得对，是时候说说它的事情了。

知道南斯拉夫婴儿马特伊·加斯帕尔吗？他是全球第50亿个人，出生于1987年7月11日，他出生那天，我从华南理工大学会计系毕业，到蛇口工业区劳动服务公司报到，那年我23岁。

我要报到的单位是招商银行股份有限公司，对，20世纪内地第一家企业银行，他们去学校考察了我的情况，亲切地询问我对账务处理、资金管理和风险管理的看法,然后告诉我,我将从这家银行开始,踏上前途光明的人生。我说前途没说错,我一上班就能拿到239块钱月薪,35块钱奖金,15块外汇券的边防津贴,比隔壁深圳市的市长薪水还高。招商银行的人走了以后,我立刻打电话把这件事情告诉了妈妈。她从27岁守寡把我养大,供我上了大学。她在电话里又哭又笑,说:"儿子你要珍惜,别让领导失望啊。"

我到蛇口报到时,银行正在筹备开业,非常忙,工业区劳动服务公司接待我的女办事员让我先休息,等银行方面忙过这几天再给我办理派遣通知书。

"第一次来蛇口吧?"办事员热情地把户籍登记介绍信和特区边防证递给我,"你现在是蛇口人了,不如利用这点时间去逛逛,你会为这片火热的土地骄傲的。"

办事员梳着一对神气的羊角辫,目光清澈,脸上洋溢着亲切的微笑,我没法不相信她。我向她借了辆自行车,神清气爽地出门去逛蛇口。10.85平方公里的大蛇口,刚刚完成了开天辟地的伟大壮举,正蓄势待发地闯出海岬,一统江海。作为新蛇口人,我确实为它骄傲。我咣当咣当蹬着车逛了两天蛇口,觉得不过瘾,又咣当咣当骑着车去参观建设中的深圳。一路上,我经过无数开膛破肚的农田和齐根炸塌的荒岭,我冲工地上那些忙碌的青年们招手,朝他们喊:"喂——我来啦!"要知道,我们隔壁的深圳,还有北京的中关村、上海的漕河泾，它们是大蛇口带出的三个兄弟，它们正鼓足干劲地追赶大哥。这让我在坑坑洼洼的路上躲避来往的泥头车时，屁股颠得生疼，却仍然挺直了胸膛，为我是一名蛇口人而由衷地自豪。

我去了罗湖的老东门，底气十足地花光了大学四年积攒下的最后一笔钱，为妈妈买了件的确良衬衣，为自己买了块卡西欧电子手表。然后我去了青少年活动中心的"大家乐"，挤在打工仔中抢麦，唱了一首张国荣的《不羁的风》。你听过这首歌吗？"从前如不羁的风不爱生根，我说我最害怕誓盟，若为我痴心便定会伤心，我永是个暂时情人。"我本来还想唱张学友的《遥远的她》和苏芮的《谁可相依》，可惜被后面的人推下了台。

那天我逛累了，蹲在罗湖桥东边的小食摊前嗦濑粉。我看一眼腕上崭新的电子表，再看一眼戴着凉帽、纱巾遮住半张脸的女摊主煮捞捞面。她煮好面，麻利地从冰筒里抓了一把事先切好的螺肉、章鱼须、鱼子和蟹柳，撒上海草和嫩玉米，淋上一勺由绿芥末、红椒粒、黄蚝油调制的三色酱，热气腾腾地递给客人。

客人刚从香港过来，是位四十岁左右的中年人，饱满的鼻头泛着红光，穿一身白色西装，脚蹬三接头皮鞋，大概担心料酱溅上衣服，用手绢兜住了领口。

我吃完粉，用最后一点零钱买了单，打算离开。正在吃捞捞面的港客叫住我。

"靓仔，租你半日单车，街头睇风景，租唔租呀？"见我一头雾水，港客改成港普又说了一遍，意思是他想租我的自行车，让我载他去街上看风景。

我被港客嘴角涂鸦似的酱料逗得发笑。我是谁？蛇口人，我在等待入职，一身力气没处用，应该跟他学几句搞笑白话（粤语的俗称），日后用来打趣银行的同事：

"打劫！全部举起双手！男嘅企左边，女嘅企右边，变态嘅企中间，话紧你呀，仲诈傻睇靓女！"

"还等什么，上车吧，亲爱的同胞。"

我就这样认识了香港人刘天就。我当时不知道他是谁。我载着他在刚铺好的宽阔马路上行驶，路过很多新盖成的大楼，还有正在盖着的大楼。刘同胞搂着我的腰，局促不安地扭动屁股，他的某种焦虑通过僵硬的手指传递给了我。

"同胞，往前坐，您会舒服一点。"我为他的不安感到抱歉，热情地给他打气，希望他和我爱蛇口一样爱上深圳，"您看到深圳人的狠劲儿了，对吧？他们三天盖一层楼，完全疯了，我担心这样下去，全世界的钢筋水泥都会被他们用光。"

"你讲咩？"他躲避开扑面而来的建筑粉尘，控制住鼻息问我。

"您不觉得很值得吗？"我哈哈大笑，脚下蹬得飞快，"您这趟看风景，绝对会不虚此行！"

骑了差不多六七公里,我们来到刘同胞指定的地方。那是罗湖区布心路旁一大片荒地,长满老鼠簕和蚌壳蕨,一些尖嘴小鹛鹩和黑眉苇莺在灌木丛中起起落落,快乐地追逐着昆虫。稍远处,能看到一大片墨蓝的湖泊,凉风从那里习习吹来。我知道深圳有山有海,没想到还有这么大的湖泊,这可是意外收获。

那天刘同胞在那块荒地上待了差不多两小时,他焦虑地在荒草中走来走去,转着方向到处看,嘴里念念有词,好像在和那块地讨论着什么。他们之间有分歧,他不同意那块地的看法,但又没法说服对方,有点恼火。我呢,我不关心他为何要来这儿看风景,对到处爬动的麝鼩和赤链蛇也不上心,我跑到湖泊边,脱了鞋,和湖水好好亲热了一番,就差下湖游上一圈了。

等我回到那块荒地的时候,刘同胞已经平静下来,只是衬衣领口多了一圈汗渍,我也没觉得这样有什么不好。我去路边推自行车,问他:"可以走了吗?"天色不早了,我得赶回蛇口,我开始想念我的大蛇口了。

"中意呢块地呀?"他问我,意思是问我是否喜欢这块地。

"看上去挺不错。"我随口说。

"肯定?"他盯着我的眼睛,咽了口唾沫,"呢对我好紧要。"

"好吧。"他说这事对他很重要,我当然不会扫他的兴，让他对蛇口人产生轻率的印象，慎重地说，"它生长着茂盛的植物，还有那么多活泼的动物，人们会爱死它。我是说，我爱蛇口，也爱深圳，爱这里的一切。"

刘同胞松了口气，请我送他去不远的竹园宾馆。那是深圳第一座外资宾馆，我当时并不知道他就是那家宾馆的老板，但是，好吧，有什么关系，我们出发。

现在我可以正式向你介绍刘同胞了，他是香港一家集团公司的董事长，还是香港一家报社的社长。说起来，他是最早到内地投资的香港商人。人们怎么说的？第一个吃螃蟹的人，他就是这样的人。那会儿香港牌照的车不能过境，他把他的日产公爵停在边境那边，深圳的合资伙伴派车在口岸接他。那天他背着合作伙伴去看那块地，为了躲开接他的人，在口岸小食摊上吃了碗捞捞面，顺便雇了我和我的自行车。

我一路顺畅地把刘同胞载到竹园宾馆，那儿已经有几位深圳合作者在等他了。他们没有接到他，不知道他去了哪儿，正焦急不安。现在我要说到重点，在那些官员身后，站着一大群宾馆的女服务员，她们穿着整齐的翠竹绿套装，涂着艳丽的口红，脸上堆满笑容，双手端握在小腹前，让人觉得她们是一些永远不会成熟的桃子。对，我要说的就是这个，她们是重点。

合作者们迎上来，领头的是位又高又黑的骆先生，后来我才知道，他是深房公司的骆经理，他的故事一会儿我再说。宾馆经理笑眯眯抢着向刘同胞汇报，按骆经理指示，宾馆完全接受刘总的建议，现在每天都换床上用品，卫生间喷香水，服务员上班时间一律涂口红，不笑的员工炒鱿鱼。经过考核，只有一位服务员被炒掉，不是她不愿笑，而是笑起来大家觉得哪里出了问题。

刘同胞没有理会宾馆经理，而是客气地叫住准备离开的我。我对他开玩笑说，车是借蛇口劳动服务公司的，我不会给蛇口人民脸上抹黑，他不用付费了。刘同胞并没有掏出钱夹，而是请我重复一下路上对他说的话，口气慎重到让人觉得有什么重大事情要发生。可是，我在路上没少说话，我表达了太多对美好生活的由衷感叹，不知道他问的是哪一句。

"你话，全世界嘅红毛泥同钢骨好快会畀深圳人用晒。你仲话，我绝对会不虚此行。"刘同胞目光发亮地提醒我。

"这个呀，那还用说……"我举起手，打算好好鼓励鼓励刘同胞，让他对这座正在一往无前拔起的城市充满信心，我当时就想这么做。可是，我举起来的手僵在半空中，要说的话兀自消失掉，目光直勾勾地看出去——我看见了她。

哦，我命运中的姑娘！她站在那些涂着艳丽口红但像永远也成熟不了的桃子……不，女服务员当中的那一个，抿着嘴甜甜微笑着看着我。她是那么可爱，那么出众，我们来的时候她肯定不在那儿，不然我早就看到她了。刘同胞在我耳边说着什么，我一个字也没听见，目光呆呆地看着她，以至于她身边所有人都消失不见了，我的眼睛里只有她！

好了，您现在知道了，这就是我第一次见到心上人的情景。不，想也别想，我找不到任何语言形容她，我可不做我做不到的事情。我只能告诉您，她叫卓二娣，家里是竹子苗圃场的养苗户，全家都是农村户口。她和阿爸押地进了竹园宾馆当服务员，阿妈照顾一家人的生活，姐姐大娣跟亲戚去了香港，妹妹三娣、四娣、五娣在读书，五姊妹一个赛一个地美貌。三十多年了，我去过她家几百次，现在让我在大街上认出其他几姊妹，等于让我辨别谁是荷花，谁是睡莲，非出丑不可。

说回那天吧。那天我像中了魔，一口气蹬了三十公里，骑车从罗湖赶回蛇口，满头大汗冲进蛇口劳动服务公司，吵醒值夜班的办事员，请她找出我的派遣通知书。是的，我没有去招商银行报到，没有在三十多年后成为这家全球企业200强的商业银行光芒四射的总会计师，而是在办事员百思不解的目光中带着我的档案兴冲冲离开劳动服务公司。我要由衷地感谢招商银行严谨而忙乱的筹备工作，它没有让我在报到的第一天入职，而是给了我几天假；我还要赞美港牌车不许驶过界桥的规定和那碗有着神奇酱料的捞捞面，总之，我要赞美那天遇到的所有神奇事情!

接下来的事？您别急，我会慢慢说到它们。第二天上午八点半，我出现在竹园宾馆，站在饮早茶的刘同胞，不，刘先生面前，向他提出了我的请求。当然啦，你知道，我这样做有充分的理由，我希望刘先生把昨天打算支付给我的自行车——白话叫单车——车资支付给我。当然不是机械使用费，车不是我私人的，是我载他兜风的人力费，他不需要掏半个子儿，我是说，他完全可以把我替他服务的人力折算成竹园宾馆的一份工作。

刘先生有点吃惊，举起的筷子停留在萝卜糕和红米肠之间，好像在验证它俩的身份。不过他很快从我不断投向往来女服务员的眼神中猜测出发生了什么。

"佢係边個?"他呷了一口滚烫的乌龙茶，斜着眼睛朝餐厅里莲步移动的女服务员们的方向看了一眼，回头问我。

"我很快就会知道。"我说的是实话，那会儿我还不知道心上人的姓名，她也不知道她已经是我的心上人了，但我可以告诉刘先生别的，"我学习能力很强，如果员工入职条件有白话这一条，我发誓十天学会它。"

"你学乜嘢专业?"刘先生向匆匆赶来的宾馆经理示意，让那个紧张的家伙别过来。

"会计。"我说，"十天以后，我会用白话为宾馆审查账目，编制对账单，控制资产负债表，结清相应款项，制作财务报表,并且提供详尽的财务分析报告,您会看到的。"

"酒店有会计喇,深圳方面安排嘅,呢件事我唔理得。"他遗憾地表示。

"好吧。"我懂,他是宾馆老板,可他是在深圳的地盘上做生意,要考虑合作方对人事安排的强烈控制愿望,我不会让他为难,"我可以不当会计,工作总有吧?礼宾员、接待员、话务员、传菜员、酒水员、大堂吧服务员、总台服务员、商务中心服务员,什么工作都行,我不挑。"

刘先生的目光在我身上睃来睃去,给我的感觉是他捡着个便宜,又不相信真有这种好事。他让我坐在他身边,回头示意服务员——不是我的心上人——给我添副餐具。

"你呢个人好醒目嘅,我几中意。"他往我面前的碟子里布了一只诱惑的虾饺、一只丰饶的叉烧包、一只殷实的烧卖、一只心满意足的蛋挞,骨瓷碟里顷刻堆积如山,"我有个皮鞋厂,你去果度返工,周末唔休假,帮我写技术说明书,去海关跑报关。"

"工厂离这儿多远?"我不在乎皮鞋厂还是草鞋厂,不在乎加班和星期天跑海关报关,我在学校门门功课A,一半是自修熬出来的,我只想知道将要去的那个流放地是不是和竹园宾馆隔着大半个中国。

"人工呢，底薪一百二，做得好加两成花红。"他有点犹豫，判断这份薪水会不会吓跑我。

"皮鞋厂多远？"他干吗说薪水？别说他给的比我刚辞掉的工作薪水少了一半，就算他一分钱不给我，只要每天能见到心上人，我也干。

"两站路。"刘先生说。

"我干！"我说。我被自己的坚决感动得热泪盈眶，但心还是疼了一下，为蛇口。别怪我对它不忠诚，现在我是深圳人了。我的深圳啊，我保证对你忠诚无二，一生一世不变心！

卓二娣？那还用说，我们相爱了。我向卓二娣表白是在一周以后，那天我有20分钟属于自己的时间。哦，我的心上人，她是那么温柔，那么善解人意，她第一眼就看出我对她是绝对投入和认真的。为了我辞去银行工作来做又硬又臭的皮鞋这件事，她感动得大哭了一场，这一哭就哭了三十多年。

"你真係傻，你係傻瓜。"这是她对我说的第一句话，也是她三十多年来对我始终如一的评价。

"点解唔早啲同我讲？"接下来她埋怨我，她说这话时急得直跺脚。

这可难住我了。我确实应该早点向她表白，可这是我能抓住的最早时间。我被皮鞋厂入职手续给缠住了，厂长说我是厂里第一个大学生，要好好欣赏我，具体讲就是让我在每个工位上工作一天，让师傅们盘问我一大堆他们感兴趣的问题，满足他们对我的好奇心，以此激发全厂员工爱厂如家的自豪感。等我几乎陷入脱水状态，脱身而出，赶往竹园宾馆来找卓二娣时，地球已经自转整整七圈了。

好吧，既然心上人提出了这个要求，我必须满足她。现在，让我把地球推回七圈，推到我第一眼看见她的时候：

"你话，全世界嘅红毛泥同钢骨好快会畀深圳人用晒。你仲话，我绝对会不虚此行？"刘同胞，不，刘先生目光发亮地提醒我。

"那还用说……"我的目光越过刘先生，心无旁骛地投向服务员队列，毫不犹豫地把刘先生扒拉到一边，大步朝服务员队列走去，走到我的心上人面前，直勾勾看着她的眼睛，大声对她说：

"卓二娣，我爱你！"

您是对的，我说的确实是我的幻想，现实可不会那样。卓二娣当天就把我向她表白的事情告诉了她的阿爸阿妈，我想您猜到了，他们坚决反对他们的女儿和我好，理由是，客家人和丢失掉耕读传家文化的外地佬——北佬、捞佬，随便叫什么——不可能成为一家人。我赶去卓家，当面向两位长辈解释：我是正直勤劳的青年，出生在正直勤劳的家庭，我的父亲因工伤去世，我小学到大学得了31份奖状；我爱卓二娣，我会对卓二娣好一辈子。但我说什么也没用，他们就是不同意，卓二娣的阿妈还给我唱了一首客家歌谣，用客家人祖祖辈辈的经验证明她女儿如果嫁给了我，日后会遭遇什么样的悲惨下场：

> 嫁汉莫嫁外地汉，好比鱼子出深潭。
> 上潭又怕鸬鹚打，下潭又怕网罟拦。

嗯，意思是，客家人不能嫁给外地佬，卓二娣嫁给我肯定会受欺负，想回娘家也回不去了。说实话，我确实有不少毛病：我走在路上爱观察人们的表情，喜欢读一些销量不足千册的冷门书，高兴的时候会把指关节掰得咔咔作响，捅了娄子会脸红心慌很长时间……但他们认定我会欺负他们的宝贝女儿，可就太冤枉我了。我扭头看卓二娣的阿爸，想知道他是不是也这么想。竹园宾馆老实的园丁坐在一旁，只知道一声接一声叹气，我能怎么办？

那是一段难熬的日子。我在皮鞋厂从学徒干起，粘胶、上底、打包，那是厂里最苦最累的活，厂里坚持认为大学生最适合干这样的活。我每天干十四五个小时的活，挨师傅很多骂。工友们知道我来皮鞋厂上班是为了追一个客家女，他们嘲笑我疯了。您要知道，我不是现在那些靠着父母辘卡（刷卡）扫货和靠不住父母就自己割肾换游戏皮肤的小年轻，我不怕干活，我觉得好日子是干出来的，爱的路径同样如此。我难过的是，卓家不让我和卓二娣见面，我只能等夜里十点下班后，从肺里咳出二两苯类物质，蹬上自行车去卓家，离着老远看紧闭的大门里露出一线灯光，然后被卓家的大黑狗撵得四处逃窜。有一次它咬伤了我的腿，我不得不去医院打了狂犬疫苗。我的苦命的爱情哪！

事情拖到冬天，我快撑不住了，十分绝望。有一天我妈打来电话，我告诉了她我和卓二娣的事。她过了好一会儿才说，儿子，我和你爸只在一起生活了782天，他离开我快到9000天了，知道我怎么想？如果有下辈子，我还选择和他一起生活，哪怕只有782天。那天和妈妈通完电话，卓二娣突然约我见面，说要和我说一件重要的事，特别叮嘱不能在皮鞋厂和竹园宾馆见，她不想任何人看见我们。我想到布心路边那个湖泊，我已经知道它叫东湖，那是我有过开心经历的地方，我约她在东湖边见。

夜里一下班，我连工装都没换，就骑上自行车拼命赶往东湖边。我的心上人已经在那儿等着我了，月光下的她美得让我喘不过气来。可她一点也不开心，很焦急，担心阿爸阿妈找来，见到我的第一时间就告诉我，她不想再拖累我了，我们结束吧。

"我冇话畀你知，招商银行开业时我偷偷去睇咗，我从来都冇见过咁高级嘅银行。"她眼泪巴巴，匆匆忙忙地说，"我打探咗，佢哋仲要你，发展银行都要你哋咁嘅人，你离开我去过你嘅好日子啦，唔好畀我耽误咗你。"她说这些话的时候目光和口气同样坚定，而且她不给我任何机会挽回，说完那番话，头也不回地跑掉了。

您肯定能理解我的心情，我的爱情还没有开始就结束了，我沮丧到极点，绝望得要命，害怕自己一时冲动跳进湖泊，连累了湖水，于是离开湖畔，不知不觉走到那块荒地上。对，就是刘先生让我带他来看过的那块荒地。我和刘先生一样在荒地上走来走去，脚下不断被植物绊到，跌倒在草丛中，再爬起来，也不知道上次见到的那些动物，它们是否欢迎我来打扰它们。我心想：我该怎么办？我该怎么办？我根本回答不了这个问题，可谁能回答我？我那么想着的时候，有个声音出现了：

"你问什么怎么办？"

那不是我的声音。但确实有人在说话。我心里咯噔一下，站起来四下看。四周黑漆漆的一片，什么人也没有。

"喂，谁在那儿？"我大声问。

"是我，我在你脚下。"那个声音又出现了，这次我听清了，声音来自我脚下，是那块荒地，它在说话！

"你问怎么办,你想问什么?"它——那块荒地——说。

好吧好吧,别用这种眼光看着我,我不在乎您怎么想,换了我,我也不信。那天晚上,天气和平时没有什么不同,没有台风,也没有地震和海啸,四周黑漆漆的,一块看上去极其平常、长满荒草的土地,它在我脚下和我说话,事情就是这样。

哦,让我想想当时的情况。我先是站着和那块地说话,有时候我不明白它在说什么,会走动一下,让脑子转转,接着我蹲下来,避开偶尔掠过的夜风,好听清它在说什么,然后我趴下了,那样我就不用侧着耳朵分辨它的话,会轻松很多。必须说,趴着可不是什么好主意,虽然节气已经过了小雪,亚热带的南海边仍然有许多活跃的昆虫,它们亲切地往我脸上扑,我猜它们很希望我一直保持那样的姿势。

我和那块地,聊了很长时间。我告诉它我是谁,遇到了什么,告诉它我的心上人离开了我,我很难过,不,我伤心欲绝,不知道该怎么办。我不是问别人,我在这座城市没有一个亲人,没有谁可问,我是在问我自己。不,我不知道答案,我根本解决不了这件事。

"她叫卓二娣,对吗?真是个好名字。"那块地欣赏地叹了口气说,这话从它嘴里说出来让我有些感动,我不记得自己是不是哽咽了一下。

"她并没有做错什么。她做错什么了？"那块地很快理清头绪，接下来它的口气很肯定，好像它是这件事情的主宰，可能还不止如此，在我俩之间，它的地位比我高，只是有些事情它不想告诉我，比如，它能决定的事情比我想象的要多。

"嗯，这件事什么也不算，你应该乐观一些，积极面对生活，对吧？"它说那句话时，一只老鼠从它头上探头探脑地跑过去，这个场景简直就是个嘲讽。

"你的意思是，生活在你肚子上狠狠踢了一脚，这什么也不算。"我吐掉一只热情地往我嘴里钻的昆虫，嘲笑地反问它，"你爬起来，让它再把你摁在地上痛揍一顿，这算乐观和积极吗？"

"你怎么啦？"那块地有些吃惊，它明显生气了，"我以为你站在我这边，会听我的，不然你深更半夜来我这儿干吗？"

"我今天在两个地方看到同一片树叶，我不知道它怎么穿过半个城市，靠不忠贞的风可做不到。"我恼火地把一只在我脸上练倒立的乌桕蚕蛾抓下来，丢进草丛，不忿地对那块地说，"我没上你这儿来，我是没地方去。好吧，就算我趴在这儿听你胡说八道了半天，那不是我的本意，我现在就可以离开。"

"告诉我，你俩，我说是，你和她的分歧在哪儿？"那块地没有那么小心眼，听上去它很冷静。

"你胡说什么，我俩一丢丢分歧都没有，我们怎么可能有分歧？"我抢白它，然后告诉它"外地"和"本地"的意思，解释什么叫社会偏见，它怎么演变成愚昧和歧视。我特别提到 group attribution error 这个说法，意思是群体归因错误，这种偏见要求成员绝对满足群体的决定，而个体愿望什么也不是，我告诉它那就是我遇到的分歧。"传统这件事情可不那么简单，它就像遗传病，人们对它一点都不了解，但它却在决定人们的一生。"我这么说的时候心里在滴血。

也许我说得太多了，有段时间那块地一声不吭，像是睡着了，四周传来螽斯和噪鹃的叫声，它们在冬天的夜晚显得非常有耐心。然后那块地开口了。

"你只说传统什么的，难道你从来没有梦想？"那块地说，"而且，是的，我现在对您说的每一个字都是真实的。"它还吹了一声口哨，听上去在讽刺我的泄气情绪。

接着它开始长篇大论，告诉我什么是梦想。按它的意思，梦想就是人们没有却想拥有的东西，你相信它，它才存在。很多时候你必须坚持到最后一秒钟，梦想才会变成现实。我觉得它完全在胡扯，就像它长满荒草的脑袋或者身体，这个我不太清楚，我说不好它和其他的土地有没有脑袋和身体一说，但它上面那些精力充沛的荒草和昆虫可不代表什么值得拥有的梦想。

"我确实有梦想,我倒是想坚持,可有什么用,人家是鱼子,我是鸬鹚和渔网,我们属于两个世界。"我刻薄地学着它的口气说,"你也一样,你不过是一块荒芜的土地,根本不懂水里发生的残酷事情,不懂鸬鹚和渔网是什么关系,你能有什么梦想?"

"喂,你错了。"那块地口气笃定地告诉我,"你以为只有人类才有社会、阶级和生产资料吗?我们土地也有。我们还有亲族,这个你没想到吧?"它唠唠叨叨给我说了土地资源和人类为它们划分的十五个等级,诸如耕地、园地、林地、牧地、居民地、工矿地、交通地等。它看出我根本不想听,放弃了对我的劝导。"好吧,告诉我,她可爱吗?"它的口气有点犹豫,感觉它并不相信我之前的话,认为我在那里面夸大了什么,"我是说,你的心上人,她是个好姑娘,对吗?"

"如果她不可爱,那可爱这个词根本不该出现!"我差点哭出声来,然后从潮湿和昆虫叮咬的荒草中爬起来,离开那块地。我不想在那里浪费时间,那并不能给我带来任何出路。

"喂,别那么没出息!"那块土地在我身后喊道,我已经跳过一片水洼,站到结实的混凝土路上了,它的声音远远落在我身后,"你刚才问你该怎么办,好,看在卓二娣的面子上,我现在就告诉你……"

我坐在黑漆漆的马路上,脱下鞋子用力敲打湿泥,不再搭理那块地，它在我身后一个劲地说着什么，好像说了"十一天以后""深圳会堂""跟着刘天就"什么的。我一个字也不想听，穿上湿漉漉的鞋子，站起来离开了那里。

我不知道是怎么熬过和心上人分手的漫长的日子的。后悔？不，我根本来不及想这件事，我只想见到她，哪怕远远地看她一眼，可惜没有那个机会。我倒是因为走神，在砂磨起绒工序和刷胶环节上干砸了两件活，被师傅骂得狗血淋头，挺后悔。要知道，我不是从十来岁学徒干起，脑子里已经塞满了利润、成本和借贷记账法这些东西，师傅带我不容易。

不记得过了多久，有一天，刘先生来皮鞋厂视察生意，在厂长陪同下从我工位前走过，又返回来，问我加班累不累，有没有什么心得。他夸奖我，说我技术说明书写得不错，海关报关也没出过差错，指示厂长给我发三十块钱奖金。他说下午他要去深圳会堂办事，要我晚上去他那儿，他向我交代新的市场拓展计划说明书内容。刘先生离开后，过了几分钟，我把一双上完胶水的皮鞋放回工作台上，脑子里突然跳出那块地说过的几个词："十一天以后""深圳会堂""跟着刘天就"。我看了看手腕上的卡西欧电子表，算了算时间，当天就是"十一天以后"。

您知道一个打工仔上班时间请假有多难，那差不多等于在光天化日下当着全厂员工把厂长杀死。我坚持那么做，条件是厂长不用发给我三十块奖金。接下来的情况就没有那么复杂了，我换上平时穿的便装，蹬着自行车去了深圳会堂。

我在一排轿车中锁好车，两位西装革履的男子匆匆从一辆桑塔纳上下来，向会堂跑去。我跟上了他俩。一高一矮两位工作人员在接待处接待了两位西装男。西装男对工作人员说他们是中航工贸公司代表。矮个子工作人员把一块写着44号数字的牌子交给西装男，请他们进去，回头看我。我不知道该怎么介绍自己，老老实实说我是某某皮鞋厂的。矮个子工作人员犯疑地看高个子工作人员，高个子工作人员小声说，里面快开始了，最后一块竞拍席位让他拿走。矮个子工作人员把45号牌子塞进我手里，和高个子工作人员一溜烟钻进会堂。我不知道牌子用来做什么的，又不好意思把它丢掉，于是拿着它跟在他们身后走进会堂。

会堂里人头攒动，我在最后两排找到一个位置。我看见了刘先生，他坐在观众席前排靠左，穿着那套白色西装，打着红色领带，旁边坐着深房公司骆经理，两人交头接耳说着什么。我看见人们的目光都往前几排中间投去，后来知道那几排坐着国家发展改革委主任、中国人民银行行长、17个内地城市市长、28位香港企业界大佬和经济学者，还有几十家中外媒体的记者。

接下来我知道我在什么地方了。我坐在一场拍卖会现场，拍卖师是国有土地局局长，他欢迎人们参加中国内地第一场土地拍卖会，然后介绍本场唯一竞拍品的情况。是的，您猜对了，是那块土地，就像它承诺过的，它出现了。它的名字，不，它的编号是H409-4，面积8588平方米，折合12.882亩——本市2996205亩土地中的一块，竞拍底价200万人民币，5万起加价，买主承担在它之上建设商品房的义务。

我朝刘先生的方向看去，心想，哈，现在我知道您那天雇用我和我的单车逛深圳，您要看什么风景了。H409-4，那就是它的名字，刘先生要看的就是它。我还想，他应该承认，我那天说深圳人有股狠劲儿，说他会不虚此行，我没说错。

拍卖开始了。竞拍者很踊跃，有人大声喊出数字，有人高高举起应价牌，有人不喊叫也不举牌，只是不动声色地向拍卖师竖起手指表示跟竞。拍卖师在手牌上抄下数字牌号，大声念出它们。一旁两名书记员紧张地抄着单子，观察竞价牌号。我？我就是个走错寺庙的扫地僧，傻瓜一般坐在后面，心里只有一个念头，谁想要我手里那块应价牌，他们最好早点把它拿走，免得我在那里丢人现眼。

竞价很快从200万涨到390万，价格已经超出人们的心理预期，多数竞拍者选择了停拍，场上只剩下两家竞拍者，会堂里出奇地安静。工行房地产公司代表举牌400万。拍卖师报出数额，目光投向深房公司代表方向，就差说，我理解你，这边势在必得，你在抓狂，要不要再加点？我看见刘先生和骆经理紧张地耳语。骆经理满脸是血，不，涨红了，他举起牌子直接给到了420万。接下来两家拼杀了几个回合，骆经理居然喊到485万。工行两位代表小声交流了几句，向拍卖师示意他们到此为止。

我像傻瓜似的坐在那儿，心里充满困惑。H409-4，它不过是块亿万年没人光顾的荒地，除了草丛、昆虫和老鼠，什么也没有。就因为人们想拿它做点他们想做的事情，居然卖出这么高的价，它飞黄腾达了，以后再不用半夜和人说小话，被人践踏，看人的脸色了。我想，然后呢？然后H409-4，它会成为人们的收留地，让人们把自己和心爱者搬到它之上拔地而起的楼房中，建立起一个个温馨的家。它那天夜里对我说的梦想，指的就是这个。它是怎么做到的？它要我坚持到最后一秒，可我怎么能坚持一生？我毕竟不像它，能活亿万年！我想不通，脑子一阵阵发热。我听见拍卖师询问有没有新的跟竞价。我看见拍卖师举起了手中的拍卖槌。像有人猛击了一下我的腹肌，我像中了魔，被一股力量推动着，跳起来，高高地举起了手中的应价牌。500万！我听见一个声音从我嗓子眼里冲出来，在会堂里回荡。是的，你没听错，500万，那个数字是我叫出来的，还能是谁？

拍卖师把询问的目光远远投向我。刘先生和骆经理回头吃惊地看着站在会堂后面的我。全场的人都兴奋地回过头来看我，他们不明白我是谁，打哪儿钻出来，身后藏着哪位蓝鲸级别的大佬。书记员快速在单子上记下我的应价牌号，小跑着朝我走来。我委屈得要命，不知道自己为什么要那样做，那样做有什么意义。可我豁出去了。我心里只有一个想法，我想和美丽的卓二娣谈情说爱，我想牵着她的手，轻言细语地告诉她，亲爱的，我们一起坚持，做忠贞不贰的深圳人。为了这个，就算人们把我摁在地上来回摩擦，蹭出满脸血花也在所不辞。

您别急，我会说到后面的事。事情很快结束了，我不能说见人杀人、见魔杀魔是深圳精神，可深房公司的骆经理确实杀疯了。他死死地盯着我，手中的应价牌再也没有放下去，让我脸皮脱落的暴力事件并没有发生，竞价在525万终止，那把香港计量协会从英国复制回来送给特区政府的拍卖槌高高举起，重重落下，深房公司11号应价牌获得了那块地的使用权。惊天动地的掌声和照相机的闪光都和我没关系。记者们从记者席冲向骆经理和刘先生，把我撞倒在地上，应价牌滑进座位下不见了。

我从地上爬起来，不知道自己是怎么离开会堂的，那以后又做了什么。我在街上漫无目的地逛了几个小时。当天晚上，卓二娣在罗湖桥头找到我的时候，我正缩在一堆建筑垃圾旁泪流满面，哭得像个孩子。卓二娣一直在找我，见到我时她也哭了，紧紧抱着我不松手。

"好人，"我泪流满面地对心上人说，"我辜负咗你纯洁嘅爱情，我唔配同你相爱，你畀我离开你啦。"是的，是的，我就是那么说的，我兑现了我的承诺，我已经学会了白话，我用它含血割断了我对她的感情。

"唔好咁讲，唔准你咁讲！"卓二娣捂住我的嘴，不让我说下去，她的手指像杨柳枝一样温柔，抚慰着我鲜血淋漓的心，"我爱你，傻嘅，我爱你，我唔会同你分手！"

"一阵差佬会车我去食皇家饭，我以后再都见你唔到啦。"我掰开卓二娣的手，催促她赶快离开。警察肯定接到报警了，他们现在正气急败坏地满大街找我，我不能让他们把卓二娣当同案犯一块带走，如果他们那样做，我会和他们拼了。

"我知你做咗乜嘢，"卓二娣像滑过水面的白鹭，展开两臂重新抱住我，说什么也不松开了。她不让我说话，让我听她说，"刘先生返嚟已经讲咗，佢好嬲，佢话你系个茂尼（傻瓜），差啲坏咗佢好事，累佢多出咗几十万。"

是的，是的，那个结果确实是我造成的，好心的刘先生给了我工作，帮助我来到心上人身边，我却忘恩负义搅他的局，害他多出了几十万块钱，差点让到手的鸭子飞了。可是，可是，接下来，我听到了世界上最动人的话。

"哦，从来冇人咁对过我，你点解去做自己做唔到嘅事？"卓二娣抱着我放声大哭，然后她大声说出她非凡的决定，"你系我命中贵人，我要嫁畀你呀，边个都唔可以帮我做决定。你唔娶我，我就去死！"

现在您明白我遇到了什么事情吧？我的心上人，她说从来没有人为她在众目睽睽之下高高举起胳膊，向世界宣布要去做一件根本做不到的事情，而我做了，我是她的命中贵人，她不管别人怎么说，一定要嫁给我！

说什么笑话？她当然不会死，我怎么会让她为我去死，那我成什么人了？那天警察并没有出现，那块地创造了525万的超高竞价，消息传遍海内外，它证明了特区人走出了一条光辉道路，政府狂喜还来不及，怎么会派警察抓我，惹出一些不必要的麻烦？

接下来命运再次给了我眷顾。拍卖会几天后，我刚接班，和工友们守着车间里的电视，看中国首家股份制商业银行召开股东大会的新闻。工友们不知道我曾经和这条新闻有关，我本来应该穿着崭新的西装出现在这条新闻的现场，可我现在却成了一名皮鞋厂的学徒工，和他们一起在这儿用力咳出肺里的苯物质。我正感慨地那么想着，刘先生打电话到厂里，让我去一趟竹园宾馆。

我赶到宾馆时，刘先生正在喝早茶，他请我坐在他身边，这次他没有让服务员为我添加餐具，但也没有责骂我，让我赔付他在竞拍现场遭受的损失。他说他知道我爱上的姑娘是谁了，知道了我俩的故事。他喝了一口浓浓的工夫茶，皱着眉头咂咂嘴，摊开手说，怎么办，没有人能看着这种事情不出手。他说等明年东晓花园（H409-4号地，您还记得它的名字吧，在它之上建成的小区叫东晓花园）竣工后，他会给我安排一套67平方米两居室的指标，那是排队都拿不到的待遇。他用热湿巾揩了揩手，从西装内袋里摸出宏碁牌掌上计算器，替我算了笔账。

"千六文尺，差唔多到11万人民币。我知你系会计出身，我冇睇唔起你嘅意思，你出唔到咁多钱。"他为难地说。

刘先生坦率地告诉我，他遇到了难处，他在特区的公司是合资，这边控制了关键部门人员，他需要一个只对他负责的会计，以免被这边算计。他告诉我，如果我和他签一份协议，承担下他深圳公司全部做账、商业票据承兑和贴现业务，他就借给我11万房款，借款从我的薪酬中扣除，直到我完全还完欠款。

协议？我当然签了。按照我的薪酬收入加上累年的涨薪幅度，在扣除基本生活费之后，我将为刘先生做32年马仔，但这并没有阻止我。宾馆经理拿着刚刚打印出来、墨汁未干的协议过来，我就一把抓过协议，在上面狠狠摁下了手印。哦，我忘了说这件事情的关键点，为了支持土地商品化置换，特区政府为商品房出台了政策，每套房按面积配给一到三个城市户口指标。现在您明白了？我签了这份协议，卓二娣就不再是农村户口——不再是深潭里的鱼，她和我一样是岸上的鸬鹚，可以张开翅膀飞，想上岸就上岸，想下潭就下潭。要是这还不够，她是鸬鹚了，有尖尖的嘴，她还可以啄我，我会忍着疼让她啄，她啄得再疼我也不叫一声。那首古老的歌谣，见它的鬼，它什么也没预测出来，没有什么再可以对我和心上人的姻缘说三道四了。

我在皮鞋厂干了一年，在GSB-2臂式机前下过料，在810高头针车前车过帮，在平板硫化机前做过大底。节假日我从不休息，加班做商业票据承兑和贴现业务，同时跑海关，写技术说明书。我还利用每天四到五小时睡眠时间为厂长完成了500多页老牌鞋业Silvano Lattanzi、MEPHISTO和John Lobb工艺流程文件的翻译。这份工作在我签署的协议之外，是我心甘情愿翻译出来，作为我对刘先生的歉意赠送给厂里的。那真是忙碌而又充满希望的一年。

第二年，东晓花园如期落成，刘先生兑现了承诺，我拿到那套房子的钥匙和户籍指标。我连看都没有看房子一眼,就把它转手卖给了一位回乡发展的港商,户籍指标我留下了,客户一点意见也没有。在结清了刘先生的债务之后,我带着卖房多出的两万多块钱离开了皮鞋厂,而我的心上人头一天就辞去了竹园宾馆服务员的工作。这是我俩商量后做出的决定。我愿意为她卖身,她不许我那么做,我当然听她的话。不过我们有充足的理由创办自己的第一家企业,一家有两个深圳户口业主的企业,您说对吧?

H409-4号地?我当然没忘记它。老实说,它是一块好地,它非常不简单。它被竞拍后的第二个月,我去了一趟东湖边,我想应该去看看它。我担心它认不出我,仍然选择晚上过去。可我找不到它了。不,不,它还在,但已经变了样,就像我说的,人们对钢筋水泥充满了热爱,H409-4号地已经变成了一座建筑工地,刺眼的灯光架起来,打桩机在震耳欲聋地咣当咣当打桩,汽车川流不息运来大量钢筋水泥,那些到处爬动的麝鼩和赤链蛇消失得无影无踪,没来得及跑掉的被车轮碾进泥土中,惨不忍睹。我在工地上站了一会儿,不断换地方,躲避来往的车辆,和它打招呼。我说:"你还在吗?我来看你。"可它没回答,好像,怎么说呢,它睡着了,或者它不见了,消失了。我这么说当然不对,它在那儿,不过它不再是普通的H409-4号地,它把自己混大了,大到惊人——那场拍卖会4个月后,它促成了国家宪法关于土地内容的修改;5年后的1992年,特区全部农村土地被征为国有;14年后,全市土地有形交易市场建立;17年后,这座城市成为内地第一个没有农村的城市;18年后,这座城市以挂牌方式出让所有产业用地。正如我向刘先生形容的那样,深圳人有股子狠劲,他们源源不断南下,发狠地建设这座城市,他们确实不虚此行,可人们应该想想,这一切都是打哪儿开始的?

您问现在它再拍卖会是什么价,这么说吧,起拍价保守估计5亿左右。可那有什么关系?H409-4号地不会再回到一块荒地上去,人们也一样。人们离开广袤无垠的原始森林,学会直立行走,使用火和保存火,制造工具,建立起社会组织,他们再也没有回到过原始森林,让裸露的身体披上毛发,重新学会爬行,这就是我从H409-4号地那儿学到的东西。

我和心上人创办第一家企业后不久,刘先生的深圳公司资金断流,宣布破产。我去看望刘先生。我不知道能帮他什么忙。他让我送他回香港。他不想和他的合作者见面。我去竹园宾馆接他,骑着自行车送他去罗湖桥。一路上他一句话都不说,只是紧紧地拽着座架,他的伤心透过手指传递给了我。我想对他说点什么,别忘了,我在他的皮鞋厂做了一年学徒,同时在一年时间里帮他记账，承担他的深圳公司全部商业票据承兑和贴现业务。我知道他池子里养的那些鳡、鲳、鲅、鲷，知道他在哪条鱼上卡了刺，但我怕他难过，忍住了没说。我看着他摇晃着身子走向海关，他还穿着那套白色西装，不过它有些发皱，看上去没有那么精神，我猜他不会再回来了。

送走刘先生，我找到一家准备参加刘先生深圳公司竞拍的内地公司，请他们看一份足足有312页的财务报告。我告诉他们，如果接受我的条件，签订一份由我承包经营的合同，他们想要拿到的两家标的物将在半年内解决亏损，十个月内打开市场，获得回报。顺便说一句，如果我是经营者而不是业余会计师，那些长达数百页的建议就不会被刘先生随手丢在早茶桌上了。

几天后，我和那家内地公司进入谈判阶段，又过了一些日子，他们签下了那份合同。

我后来的生活？您让我想想。我后面的事情您肯定做过调查，二十世纪八九十年代，像我一样来到这片热土开始生活的人千千万万，命运对有的人不薄，对有的人可不怎么样。我是幸运的，它和您听到的类似故事没有什么两样，我就不说了。

没有遇到卓二娣，我的命运会怎么样？哈，您算问着了，我想过这件事情，不止一次想过。我是个资质平平的人，不算有才华，如果入职招商银行，大学时的雄心会逐渐被磨平，也许在兢兢业业工作几十年后，我会成为它5家境外分行和3家境外代表处中某个机构的负责人，或者低一点，成为它1800家分支机构中的一个负责人，今年该按照规定办理退休手续，回家和老伴——当然不是心上人——为儿女的事情赌气和吵架，后悔不迭打电话叫120把心脏病突发的那个送进医院抢救，除了这个我想不到还有什么结果。对了，忘了说，我前面提到的那些机构负责人，他们当中有些人没有正常退休，您能想到这会儿他们待在哪儿，想到他们的亲人有多煎熬，那里面可没有我，我好好地待在自己的生活里，没人来打搅。

是的，命运让我遇到了卓二娣。在遇到她之后，我明白了一件事：我，还有其他人，我们并不生来如此。这世界上有我一块地，它属于我，取决于我能不能找到它，在找到它之后我会在那上面种点什么。卓二娣就是那个让我这么做的人。她让我找到了属于我的那块地，我没有在那上面种某些植物，而是种出另一些植物，让尖嘴的鹨鹬和黑眉苇莺继续在那上面起起落落，快乐地追逐，这结果可大不一样。37年过去，我和卓二娣经历过太多难熬的困境——1990年她生双胞胎儿子时难产，2007年全球金融危机时我们资金链断掉，2019年我家老二在科伦坡连环炸弹袭击中失联四天，2022年我妈妈去世……每次遇到这种事，卓二娣都会坐到我身边，把她的手放在我的手中，让我握住。是的，她让我握住它，就像握住我们的希望，别松开。天空不总是阳光灿烂，可我们挺过来了，没有被命运击倒。每天早上起来，我的第一个念头就是，哦，她的手在我手心里，没有从我手心里滑落，我是世上最幸福的人，我该知足。您琢磨琢磨，我说的是不是这个理？

我现在患有多数老年人常患的疾病，有两次差点走掉。可您知道吗？我没有那么难过，我想和圣裘德医院的海莉·阿塞诺一样，带着假肢和骨癌细胞去太空转一圈。这事我背着卓二娣偷偷准备一阵子了，我的律师正在和蓝色起源、维珍银河和美国太空技术探索公司讨论我的太空旅行计划，他会替我把事情办好，只有这件事能让我松开卓二娣的手——只是三天，超过三天可不行。我会在前往太空的路途中想着我的心上人，会在那个奇妙的世界里悄悄对她说一句话，只对她说。您肯定猜出了我要说什么。

是的，是的，是的，我在说属于我的那块地，我想要的它全都给了我，您拿什么来我都不换，这就是我现在的想法。

2023年5月21日

于深圳蜓篱室

华强北往事

聚会发生在大伙儿首次感染的第二个月。

这里说的大伙儿，指教育集团办得红红火火的李荐、PPP做得风生水起的宋南柳、刚从纳斯达克退市回来的陆万修、经营两家茶场和三个书院的吴依桐、改走政界之途人称丛委员的丛丹，还有加密货币崩盘后躺平做寓公的马之骅。说点闲话，当年这几位在华强北攒电脑和手机，十几年过去，人早已离开华强北，成了社会上呼风唤雨的人物，如今四五十岁，有人连家庭都重组过几次，可只要一提起当年的事，都有点鼻塞，血压不正常，要解开衬衣上面那粒纽扣才能通畅说话。不知哪一年，是谁，问大家有没有华强北过敏体质，居然没有免俗的，大家就嚷着改群名，原来的"华强北兄弟姐妹"改成"当年兄弟姐妹"，以此为界，以后不提华强北。

感染不是同一天，分先后轻重。陆万修第一个中招，他在香港做上市前的公关，忽略了，肺都杀白了，幸亏弄到特效药，捡回一条命。李荐症状较重，妻子之前感染过，有经验，照顾全在节骨眼上，也恢复了。丛丹和马之骅症状不明显，圈里发言底气不足，带不了节奏。吴依桐最玄，喷嚏都没打一个，疑神疑鬼，最后去做了抗原，才知道中过招，属于极品无症状。原来猜谁会是血清免疫者，结果无一幸免，打个不恰当的比方，相当于2013年工业用地集体入市，大家挤出瓶颈，脱了层皮，但活过来了。

李荐在群里问，见不见？丛丹和宋南柳几乎同时回复，见见见，当然见，这次知道怕了，不见下次怕见不成了。马之骅紧跟着表态说，绿码退役，自囚就没意思了，见就好好见，他在弘法寺修行时认识了两位修养力爆棚的年轻女士，这次一块儿带来，营造点正念磁场，为大家助力好运。吴依桐说，要这样她也带位老朋友，前几天取消航班熔断机制从澳洲飞回来的，不提修养的事，人超有故事是事实。只有陆万修回复得晚，上来发了一堆"宝宝我错了""请欺负我吧"之类的道歉图，连声说对不起对不起，有点事耽搁了，认罚认罚，他信贷额度没有在座人高，但这次他买单。大家就笑骂他滑头，美股转港股的运动战大佬，比银行头寸谁能比得上他，不过这三年聚得少，基金池快溢出来了，轮不上他挣面子，他省下头寸对付长尾效应吧。

接着讨论了一下吃什么，饭后要不要安排余兴节目。最后决定，经历是教人成长的，不是怂恿人放肆的，建立底线原则，首聚讲兆头，吃大盆菜吧，大盆菜生机勃勃，富含蛋白，不是还要迎接后面几拨吗。不知道酒精里的甲醛甲醇、铅和锰是否助长毒性，酒就不喝了，留着疫情彻底平息后开个大的。余兴活动否决了，专家说感染后康复期可能一周，可能一年，陆万修中大某同学无症状感染，以后什么事没有，恢复步道走十天，那天吃猪肚鸡嫌胡椒没给够，拿起胡椒瓶往汤锅里加胡椒，打个喷嚏，人往下一歪就没了，所以要活动自己关着门活动，不制造群体事件。

这样，李荐、宋南柳、吴依桐、丛丹、陆万修、马之骅，六个兄弟姐妹，加上马之骅带来的两位女士和吴依桐带来的男士，九个人在园博园旁边建安山海中心桂岭之家见了面。见面时情况有点儿乱，大家磕磕碰碰挨个儿热烈拥抱，说些明末清初岭南出海逃亡史里惊心动魄的梗，用共情话式做了重逢仪式。

别小看这个仪式，它很重要。当年李荐在新宝安技术学院受到学校歧视，宋南柳受不了公务员队伍的氛围，陆万修在科委犯错误受了处分，朱远辰刚从牢里出来，四个人各揣了几千块钱闯入华强北，穿着汗衫裤衩趿着人字拖，拉一辆铁皮拖车咣当咣当往停车场拖电子元器件，他们是华强北黄金时代最后一批光芒四射的人，完全不在意挥洒青春和满脑子拼杀念头，每天早上爬起来，一头青丝随风飞扬，跑到万佳百货门前看升旗仪式，正是在冉冉升起的国旗下，认识了扎着马尾辫的吴依桐和丛丹。吴依桐和丛丹那会儿刚迈出校门，在"女人世界"商场倒腾女装，受四人指点，从龙浩代理手中拿下NIKE、CK jeans和LEE，接着改作宾奴和真维斯仿货，攒下底子后转行跟着四人做电器，从此结下牢不可破的友谊。

李荐感慨地说，还是得常聚啊，不聚，我们这些人就像跑过五百公里的新能源车，没动力了。大家说是是是，我们都五百公里了，动力问题不解决，新能源股怎么上去？国家怎么复兴？只有陆万修和大家感受不一样，问谁知道乙类乙管的权威解释，可没人在意他的忧心忡忡，大家像是有意要把他的困惑过滤掉，夸张地说着动力的事，弄得气氛多少有点矫情。

等大家在巨大的橡木围桌边坐下，马之骅就把带来的两位女士介绍给大家。沈绿夏，澳门自由艺术家，匈牙利沙画大师 Ferenc Cako 的弟子。安晴，香港马术骑手，马术大师赛上拿过名次。两位女士果然不是等闲之辈，举止得体，看来是饭局中的常客。大家心里有数，马之骅英雄一场，虽然在加密货币上闪了腰，教训惨重，可他最恨搅局的事，不会乱带人的。

吴依桐也把她带来的朋友介绍给大家。那位男士六十左右，年龄比在座的大一轮，个头不高，头发修理得十分得体，穿整洁的萨拉维夫休闲装，目光直率而温和，可能患有黄斑病变，看人时眼神专注，嘴角带着一丝说不出是沉静还是阴鸷的微笑。

"我朋友老钟，前天过境回来的……"吴依桐说。

"依桐，"陆万修还在他死里逃生的惊魂里，抢话道，"你光做了抗原，做了CT和心脏彩超没？"

"他在外面盘桓了三个月，一直抢不到过境指标……"吴依桐还没介绍完。

"别人我不担心,就担心你。"陆万修继续说,"还记得三年前南山半马吗?那次你把大伙吓得不浅。"

"大家都闯了鬼门关,你只担心依桐,是担心她借你那笔款收不回来吧。"马之骅接过话,拿陆万修开涮。

陆万修对吴依桐有意思,俩人目前都单着,吴依桐没生孩子,条件倒适合,可这些年人生兴兴灭灭,吴依桐看破了男女那点事,信了教,陆万修那点心事在她身上挂不住,只是见她今天带了个男的来,忍不住又往上挂,这个情况大伙都清楚,不说破罢了。

"我有准备,提前上了球蛋白。我都怀疑抗原是不是疫苗原因,做也白做。"吴依桐笑嘻嘻对陆万修说,又偏过头转向马之骅,目光焦聚不在他脸上,口气是冲着他去的,"诸位,老陆现在是我莲塘书院大董,我和他债权债务平了,以后别在我俩之间挑事儿。"

"我和依桐的事我俩自会处理,你好好蹲在弘法寺念经吃斋,别乱了性子,到头来修不成正果,一辈子出不了山洞。"陆万修也说马之骅。

吴依桐和陆万修那么说,她带来的那位男子知趣,礼貌地退到众人身后——人还坐在吴依桐身边,但显然有能力做到不抢关注,让自己隐身在众人的视线外。

大家看出陆万修今天心思有点重,确实中标害怕了,纷纷安慰他。不过陆万修怼马之骅也不是没有一点道理。他们这几个入行时间早晚差不太多，马之骅晚几年，他学历高，当年在著名的短翅缩脖鸟大厂做技术，对摄像头和指纹解锁有研究，磕碰过的手机彩笔一涂什么痕迹都看不出来，少不了仗着这点儿手艺去华强北UFC混场子，找人摆擂台。马之骅帮助李荐和宋南柳搞过机，俩人惜才，把他带进朋友圈，帮他攒活赚点外快。陆万修那时候想给吴依桐的男朋友戴西瓜帽，防着马之骅，后来发现马之骅眼里只有技术，不入女色，这才放了心。

众人热闹地见面时，领班就带着传菜生布好凉菜，腊八件、麻酱鸡丝蛋卷、野菜腐皮卷、醋浸百叶、野蘑陈皮葛根粉、剐河鱼生。定菜时李荐就打过招呼，宴席要清静，"六炖四""四炖八""三滴水"和"倒宴"的排场坚决不要。李荐在几个人中是老大，举起手中的熟普示意大家动筷子。没上酒，大伙谈资依然旺盛，上海、新疆、贵州、云南、东北，各地信息记忆犹新，足以佐菜。沈绿夏和安晴两位不认生，带来些圈子里没有的跨界资讯，虽然日子还没出腊月，屋里温暖，大伙儿感到了客家菜南渡以来最具温情的气息。

三轮茶后，热菜上来，大伙儿对白鱼头尾羹和白南瓜酿红小豆赞不绝口。没见面时群里谈的全是疫情，如今大家见了面，晦气的事不肯继续，说了会儿各自准备复出遇到的困境。他们当中没受影响反而是因祸得福的宋南柳，他做PPP时在群里张罗过，没人信他，结果蓝色王冠病毒一来，市场掉头比谁都快，PPP风头看好，这点大家没有预料到，问能不能追投，宋南柳说种子轮和天使轮叫过你们，如今D轮都过了，本人现在当不了家，请你们去迪拜阿拉伯塔吃潜艇海鲜大餐吧。李荐和吴依桐这几年趁市场疲软攒了点物业，疫情管理放开后遇到些麻烦，倒也不伤筋动骨，主要看能拿到多少政府扶植政策。马之骅反正躺平了，借疫情跟着高人上了两年传统文化课，人文精神课和自然精神课结业了，正在奇偶精神课和会通精神的道路上跋涉，困境只当是修行。影响大的是陆万修，北美退市背上高压债务，港股上市程序刚刚走完聆讯，卡在推广期持续不断的尽职调查和验证上，再拖几个月肯定完蛋，所以他不止受病毒惊吓，大家说些天助他找平衡的好听话，要他稳稳接住福祉，别犯焦躁病就好。

这样说着，就从当下劫数说到当年友谊。他们混迹华强北那些年，空气中金属成分重，可真正赚到大钱还是仿机时代。之前不是没有仿过别的，服装、手表、电器元件都仿过，不成气候而已，等到美国次贷危机爆发那年，全国百分之八十的手机厂家汇聚特区，华强北成了亚洲手机交易中心，他们的时代到来了。李荐和宋南柳入行前就是朋友，走得近，他俩最先做大，出资盘下曼哈数码广场东边居民楼几套民宅，建了简陋工厂赶活，顺带帮陆万修、吴依桐和丛丹带活，那一年他们赚了不少。第二年夏天媒体曝光了华强北黑色产业链内幕，没想到反而刺激了华强北产业链扩张。有天凌晨，李荐和宋南柳结束了手头的活，约在柏宁啤酒坊喝黑啤，俩人分析，网络手机销售全面铺开，价格完全透明，线下交易被逼着跳水，往前走不知道底还有多深。他俩借着啤酒劲分别给兄弟姐妹打电话，要大家小心。吴依桐白天刚经历了一件莫须有的事，她和男友去民政局登记结婚，走到门口俩人突然觉得没意思，决定分手，接到李荐电话时还没看透人生，懒无心肠地说不会有问题吧，我看新闻里，联合国教科文组织还授予咱们设计之都称号耶，你俩别糟蹋这份殊荣，喝酒喝成神经病。李荐说吴依桐，万浪不摧小心舟，总之你多个心眼，别赌得太大，赌到拔不出来，谁都保不了你。

就这样，大伙衔着苦胆又抢了两三年钱，到了2011年。那年也怪，好像死神约好了要练黑翅膀，不吉的消息接踵而来，先是福岛核电站泄漏，接着拉登被活活爆头，然后是邋遢男乔布斯去世，卡扎菲死于非命……那年的山寨机越来越不好做，市场出现了几次心搏骤停信号。有一天李荐和宋南柳在嘉华酒楼请人吃饭，碰到莱茵集团和深石化几位高管在那儿喝酒，俩人过去打招呼，高管们带着不怀好意的笑容和他俩握手，手沾一下就缩回去，怕烫着似的，他俩就知道事情不妙。也是那天，吴依桐一位内地同学签证出了问题，不能出境去香港，在口岸大哭一场。吴依桐把同学老公放在铜锣湾百货"老公寄存处"，丢了部新上线的手机让他刷剧，带同学去格兰云天裙楼免税商场买了满满一箱梦特娇内衣、进口药品和烟酒，假装完成了香港行。送走同学后，有跳舞草和猪笼草气质的吴依桐鬼使神差给李荐打电话，说市场像是疯了似的，分销商拼命抢货，她舍不得那么好的机会，可眼皮子又跳得厉害，问要怎么小心，小心到什么时候。李荐正四面八方摸情况，说他也看不准，让吴依佴准备好随时能撤的那种后路就是。

到了夏天，第26届世界大学生运动会在特区举办，152个国家和地区近万名年轻运动员乌泱泱到来，山寨机时代也到了最后时刻。中国代表队拿下第75金那天，宋南柳急匆匆给在新加坡为儿子办寄宿的李荐打电话，通报刚刚发生的事，有人从赛格大厦18层楼窗口倾泻下数千部苹果和诺基亚手机，地面一片手机碎片，汽车被砸出无数坑洼。李荐说，不好，让宋南柳立刻给几个哥姐打电话，通知他们收手离场。李荐匆匆赶回国，领着兄弟姐妹们开始逃亡。陆万修、吴依桐和丛丹手里压机不多，很快离了场。宋南柳摊子大，一时割不干净关系，被扣押了一大批货，担心债务冲突，索性跑路躲去了国外。反倒是李荐自己，压货多，退场程序需要时间,来不及出手,市场塌方时损失惨重。

悲剧出在朱远辰身上。因为贪心,朱远辰在大逃亡前筹资抢低水,结果被套牢,债主天天上门讨债,讨不回债就在幼儿园门口绑架了他女儿。朱远辰四处筹钱还债,几个朋友尽自己能力凑了笔款子,也只是杯水车薪,债主寄了孩子的一只小指头给朱远辰,他一急,跳楼了。这事给大家冲击很大,以后谁也不提朱远辰,本来群名改前改后都是忌讳,但这会儿大家突然觉得,其实也没有那么不堪回首,也许经历了过去的几年,大家都变了,承受力强了。

众人聊天,没忘了和马之骅带来的两位可爱女士闲聊几句。沈绿夏没带作画工具,问了服务生,餐厅投屏有爱思助手,于是放了一段手机里的沙画表演视频,果然惊艳,大家给她鼓掌,争着看她神奇的手指是怎么长的。安晴没法把她的 Thoroughbred 纯血马牵进餐厅,讲了个笑话。有一年,她在瓦尔肯斯沃德的托普斯国际马术中心参加环球冠军赛,遇见一位意大利帅哥,迷上了,打算下手,可她发现这位帅哥连续三天认错坐骑,自己的坐骑丢在那里,把一位德国骑手的坐骑牵走。事发后意大利帅哥礼貌地向德国同行道歉,说也不能怪他,都是荷尔斯泰因马,模样个头差不多。德国同行气急败坏地说,你的马是红色,我的马是橙黄色,你会把赤郡奶酪当成一分熟的奎宁牛排吃掉?意大利帅哥说,亲爱的，这正是不能怪我的地方，我是色盲。

大家被安晴的笑话逗得哈哈大笑。丛丹关心安晴最后有没有对可怜的意大利帅哥下手，答案是没有。安晴一想到七彩的自己在对方眼里只是一片灰暗人形，就了无兴趣了。

最先是陆万修注意到吴依桐身边的老男人，他始终没有说话，安静地听大伙儿聊天，偶尔若有所思地喝一口普洱，基本不怎么动筷子，好像不太习惯客家菜。大盆菜上来时，转到他面前，感觉他对裹满豉油冰糖的烧鹅和鲜鲍蚝干不感兴趣，用公筷在菜钵里搛了块萝卜和一截粉葛，就结束了对这道客家人无上荣耀的菜式的膜拜。陆万修心想，刚才吴依桐是怎么介绍老男人来着？他掉过头看其他人，发现李荐和宋南柳也注意到老男人了。

"先生……"李荐关切地问老男人，"您不喜欢盆菜？"

"我们胡聊，钟先生别在意。"宋南柳也说。

两个人和钟先生说话，钟先生微笑着冲两人点头，没有开口，吴依桐把话接了过去。

"他姓钟，叫他老钟好了。"吴依桐从包里取出一支沉香烟，她另一边坐着的陆万修立刻打燃火机为她点上。

"大家都是朋友，依桐的朋友和之骅的朋友也是朋友，"丛丹热情地说，明显有点热情过了，"钟先生，您也说点什么吧。"

"他和你们谈不到一块。"吴依桐一副故意气大伙的口气，一边说一边翘着观音指，贴了贴钟先生的肩膀，咯咯笑得花枝乱颤，"胡说啦，老钟这两天犯声带炎，说不了话，你们让他安静待着，别为难他。"

陆万修见吴依桐和老钟的亲热劲，脸色不好看。李荐和马之骅神秘地对视一眼，傻瓜都能看出吴依桐眸子里那点内容，陆万修要不继续往她茶场和书院砸钱，这戏她还会演下去。不过礼节讲了，人家有充分理由不开口，大家也不强求，换了话题。

之前都说了自己的事，剩下马之骅，大家就问马之骅何时出山。用大家的话说，鸡本来在天上飞，后来贪图丛林生活，活成了刀下客，现在局势不好，丛林着火了，再不飞就成烤鸡了。马之骅用湿巾擦了擦手，不说烤鸡的事，问大伙儿还记不记得洛班。大伙儿记得，马之骅当年的异国搭档，吴依桐还和洛班认了姐弟。马之骅就说了洛班的事，他前两天看 OpenAI 发布会，看见西装革履的洛班站在 YCombinator 总裁阿尔特曼身后，不再是当年那个眼里汪着两眼清泉的少年，成熟多了。

传奇时代最后的疯狂中，有人逃离，也有人闯入，马之骅就是闯入者，他的故事是勇者的故事。华强北摆擂台那些年，马之骅遇上了俄罗斯背包客洛班，那会儿洛班不到二十岁，有个像他诨名一样又高又宽的额头，在硬件上身怀绝技，无论电脑还是手机，任何问题他都能解决。马之骅和洛班交了手，那两次过手华强北的人记忆犹新。马之骅英雄惜英雄，带洛班去群星迪斯科蹦迪，去柏宁球馆打保龄球，去航都大厦二十一世纪演艺中心看港台明星演出，后来知道洛班是伊尔库茨克人，在新西伯利亚读大一那年替黑帮组织"战斧"洗钱失手，跑来中国。这一说，马之骅更是加倍对洛班好，让他搬进自己公寓，每天给他打包斋肠粉，以后俩人联手搭档，洛班收拾软件，马之骅对付硬件，一时虐杀华强北，大批年轻人前赴后继来找两人拜师学艺，有路上拦住双膝一折头磕下不起来的。洛班惊讶得合不上嘴，说他当苏-30战斗机设计师的父亲都没有这个待遇。马之骅操着蹩脚英语告诉他，中国人的习惯，没事我给你读几段金庸你就知道了。

那会儿就吴依桐支持马之骅，她喜欢有着泉水般眼睛的洛班，豪气干云地转给他俩一个柜台。马之骅和洛班很快从帮人翻机测验干到供应商，收入可观。山寨机塌方时，两人没来得及混成大主，没受什么损失，苦熬着没撤，可华强北元气大伤，没过两年又封街改造，珠三角手机代工厂跟着经历了一场生死劫。没过多久，洛班的老东家追查到洛班的ID，胁迫他去日本参与和雅库扎合作的市场开拓计划。马之骅把流水全凑齐，硬塞进洛班双肩包里，俩人依依不舍分手。谁知洛班离去不久，矿机被币圈带火，接踵而至的攒矿机浪潮中，华强北死灰复燃，成了全球最大的矿机集散地。马之骅很快在矿圈赢得了名声，成为比特币界和以太币界说得上话的极客，不光矿机走得顺溜，还瞅准时机倒卖电价差收取托管费，日进斗金，遗憾的是，有着又高又宽额头的洛班没赶上辉煌日子，马之骅一提起这事就觉得对不起小伙伴。

那几年，躲过山寨机塌方的大伙儿都看不懂形势了，不是看不懂未来，是早上看不懂下午的事。到底是有家底的人，输不起，大伙儿一商量，决定撤出华强北。吴依桐和丛丹事先找好了路子，第一批清柜撤离。接着是陆万修，他投了两家壳公司，转身做起了上市辅导。剩下李荐、宋南柳和马之骅三人。李宋二人在华强北混了上十年，深知时代已变，自己只能在矿圈混混，进不了币圈，更别说链圈，这条路到头了，俩人靠给新疆和内蒙矿场倒机最后捞了一把，摊子转手卖掉，割清干系离场，带着家人飞去牙买加，在尼格瑞尔海滩晒太阳。

一天，李荐在海滩上刷手机，刷到比特币创下19850美元的历史高价，一些不甘寂寞的商家纷纷入场，就知道海啸来了，立刻拨通马之骅的电话，警告他这妥妥的是回光返照，这道收魂大菜会害死很多人，让他赶紧跑人。马之骅甘蔗刚啃到甜口，不肯松牙，在电话里说，老大，这是我最后的机会，闯过去了就继续跟着你们混，闯不过去，总喝你们酒也没意思。几天后，李荐接到陆万修的信息，说马之骅破了戒，仗着手头有一批ASIC芯片的超级版图服务器，自己下了矿池。李荐一听急了，家小丢给宋南柳照顾，自己飞回国，下飞机就赶到赛格广场。他看到大楼里人头攒动，根本下不了脚，一半以上商铺都在改卖矿机，马之骅身后跟着几个两眼发直，嚼着槟榔的助手和保镖，办公室里坐着几个打游戏的银行信贷员，就知道完了。马之骅一见李荐就把他拉到一旁，嘴里填一把复方丹参片，悲壮地问李荐，老大，你觉得我现在还走得掉吗？李荐哭的心思都有，反问马之骅，你觉得呢？两个月后，币价崩盘，马之骅手下数千经销商在惨烈的"矿难"中团灭，他自己也一头栽进币圈坟墓。

大家你一句我一句关心马之骅，马之骅反倒心态好，回大家说他已经能看到血色灵光了，金色灵光做不到，怎么也要修到黑光能量，那会儿再说出山的事。

这样边吃边聊，时间过得很快，大家吃得差不多了。这期间老钟接了几次短信，手机上写了话悄悄给吴依桐看，然后悄无声息地离开了。李荐和宋南柳注意到，俩人以目光罩住吴依桐。吴依桐示意一会儿再说。

等马之骅说完十九等灵光的事,李荐再看吴依桐。

"他有点急事,怕打断大伙儿聊天,让我代为告假,一会儿再来接我。"吴依桐解释。

"没冷落他吧?"李荐问。

"他在国外待久了,没那么拘谨,"吴依桐说,"没事,你们聊你们的。"

丛丹接过话头,说前些日子关在家里,在微信上和政协文史委主任尹博士聊口述史的事,不知怎么就说到华强北如今的萧条。尹博士的观点是,风云激荡的三十年过去了,那个英雄不问出处的时代有很多珍贵的历史资料应该记下来,怂恿她做个口述。丛丹不能回想那段青春岁月,拒绝自投罗网,只是前段时间去了一次华强北,觉得那里和她一样人老色衰,心里不是滋味,到底她对它的感情超过两任前夫和所有前男友。

吴依桐不知意味什么地笑了笑,说萧条倒不一定,死而未僵是真的,故事没结束。丛丹问,怎么知道?吴依桐说,老钟前天一过境就要去华强北,我陪着去的,在那儿泡了一天。客家人还在修手机,暗中运作庞大的手机翻新市场,潮汕人还在做电器,不过是换了Kinghelm(金航标)北斗天线连接器和Slkor(萨科微)元器件,进出都是大单;那里密密麻麻的银行网点没拆,现金流仍然巨大,三百家物流营业点的两千多个快递小哥,每天往外发送二十万件包裹,这个巨兽没有死,还活着。

"活着也好,死了也罢,对在座的不过一段野蛮生长的日子,你我生生死蹚过几年,不都出来了,能戒掉还是戒掉吧。"宋南柳劝大伙。

"老大,你怎么看?"陆万修心有纠结地问李荐,毕竟那段历史对他不只是打拼,还有一份未竟情感。

"我比你们简单,听老孔的。"李荐慢条斯理地说,"老孔说,富而可求,虽执鞭之士,吾亦为之,如不可求,从吾所好。我听这个。"

李荐当年挫败于教书育人事业,华强北打拼十年,以资方身份做回教育,到底把自己洗出水头了,说什么都往教育上扯。他引用孔子的话,意思说赚钱是因为无路可走,回头还得当老师,逝者如斯,不说也罢。这个成王败寇的态度把吴依桐得罪了,吴依桐平时很服李荐,这会儿偏要唱反调。

吴依桐说,吃得也差不多了,反正没安排余兴节目,大伙要不想散,她给大伙说个故事,是关于华强北的。大伙儿先有些沉默,一年多没见,确实不想散,但不知道该不该听华强北的故事,都拿眼看李荐。李荐一向照顾人,尤其他们当中年龄最小的吴依桐,猜出大伙儿看他一眼,其实是在想听和怕听的心态中纠结,就做主说,吃的是客家菜,擂茶麻烦,换大茶药吧,茶喝透,人见透,该断的念头断透,依桐你讲,我们听。宋南柳示意领班到身边,小声叮嘱,桌上碗碟清掉,换大茶药,服务生退下,他们自己泡茶。一会儿茶上来,领班带着服务生退出房间,掩上门。大伙儿喝着俗称断肠草的大茶药,以毒攻毒,吴依桐点上一支烟,开始讲故事。

故事从1979年开始。那年发生了多少大事啊,中国颁布了《中华人民共和国刑法》和《中华人民共和国刑事诉讼法》,对某国进行反击战,给右派平反,和美国建交,知青纷纷返城,中断了三十年的穗港铁路通车,说起来哪件事情都不得了。相比较,那年三家兵工厂从粤北大山里迁来宝安,改制成公司,取名华强公司,就真不算什么大事了。第二年,特区成立,兵器工业部和电子工业部众多企业南下找出路,需要地方落脚,一位高官站在华强公司工棚外,随手拔了根脚边的杂草赶扑脸的蚊虫,赶完用杂草在眼前画了个圈,说就是它了。华强路由此诞生。

三家兵工厂中有位子弟跟着父母来到特区,在第二中学读高一。少年听说,父母的新单位华强公司盖了特区第一座二十层高楼后,一些香港人在落马洲用望远镜往这边看,猜测这边发生了什么大事。粤北山区长大的少年没见过香港人,从父亲抽屉里偷了四片式物镜和普罗目镜,找来卡纸和胶水,做了副简易望远镜,偷偷跑到深圳河边铁网后看香港人长什么样。望远镜中,那些香港人长得和少年没啥区别,其中一个看见少年,犹豫地举手冲少年挥了挥,少年也高兴地冲对方挥手。这事少年没告诉父母,免得父母大惊失色,那是"通敌行为"。事情过去五年后,邓小平在华强北观看几位小学生和电脑下棋,看完对身边人说,电脑要从娃娃抓起。当年冲香港人挥手的少年已是广东工业大学大二学生,作为娃娃选手的助教正好在现场,回到学校后他就申请了几乎没有人报名的计算机应用专业课程。

"同行啊。"马之骅打断吴依桐的故事说。

"你说的这位是从书上看来的吧?"李荐问,"书上人物大多不可信。"

大家都听懂了李荐的意思。前面丛丹提到口述史,说不自投罗网,真实原因大家心里有数。论财富名气和贡献,他们当中谁也进不了华强北史,现在吴依桐上来就讲华强北襁褓之年的故事,往后当然会讲到孩提之年和垂髫之年,就是说,她讲的是他们心心念念错过了的那段往事,这多少让人有些醋意。

"不,一个活生生的人,书上没有他的故事。"吴依桐说,"我继续讲,还是停下来,你们把醋吃够我再讲?"

"讲讲讲,你们别打搅依桐。"陆万修替吴依桐维持秩序。

"我先问你们,1998年你们在干什么?"见大家都闭了嘴，吴依桐反而让他们开口。

"我最郁闷的时候，"李荐想了想，"从惠州调到新安职业技术学院第二年，试讲评分低，没拿到讲台，学校待不下去，找人做工作抽调到史志办做助理，编纂第一套《深圳市志》。"

"那年我科员转正。我这人没官运，只能做协理。"宋南柳接着李荐说，"也不是我争，那年市里实现医疗用血全部无偿捐献，卖血成为历史，上面一高兴，给了我们血站几个职数，我算同喜之获。"

"说起来就我亏，那年我负责的深港超大规模集成电路生产线投产，作为科委最年轻的副处，怎么说都是有功之臣，没想到踩到狗屎，不说也罢。"陆万修感慨万千。

"那年我研三，"马之骅说，"导师推荐我去润讯通讯发展有限公司实习，做传呼系统开发，主管是学长小马哥。他成立自己的公司，要我跟他一起走，我说行，就这么进了新公司。"

"那年我俩还在读中学。"丛丹轻声叹了口气，"你说，时间怎么过得这么快？"

"有意思。"李荐若有所思，"依桐这么一提，我倒是想，那一年移动、电信、联通，三大运营商影子都没有，'风清扬'还在杭州湖畔花园风荷苑16幢1单元202室苦劝他的合作伙伴省下一半饭钱投进公司续楼租。"

"那年大强子刚拿下海龙大厦一个三平方米柜台，带着十几个员工帮助人家刻光盘，"陆万修抢话说，"我跟科委头儿去中关村考察，就没注意到他的柜台。"

"那年我和小马哥在南山一间发潮的小屋子里处理千年虫病毒引发的 OICQ 危机，同事给我俩带猪脚饭回来，我那盒比他那盒少两块猪脯，我硬从他盒里找补回来。"马之骅哈哈大笑。

"依桐，你到底想说什么？"陆万修问吴依桐。

"问多余了。"宋南柳替吴依桐回答，"想想那两年的两件大事：1998年，一百五十年未遇的特大洪灾冲走了 1660 个亿；在这之前的 1997 年，东南亚金融危机，半数以上产业过剩，百分之四十国企亏损，国有银行不良资产达三分之一，八千万职员下岗，谁的日子都不好过。"

"再想想你是怎么离开官场的，"李荐补充说，"大部制改革，政企分离，你上司拿这个做了处理你的理由。老孔说，乱世四辟，可依桐说的那位老兄肯定没那么做。依桐，我没说错吧？"

"嗯。"吴依桐笑着点头，从唇间挪开香烟，继续讲她的故事，"我就叫他老 A 吧。"

那一年，国家盯住香港国际贸易口岸的地利，指示工业部与有电子产品先发优势的特区合作发展电子工业，华强北街从工厂向电子市场转型。老Ａ大学毕业后分配到邮政局工作，听父亲说了华强北公司转型的事，找来一堆《人民日报》和新华社通讯研究了两天，辞职创办了一家小公司，第一笔活是替塞班系统和诺基亚3310功能机做代工业务，结果没经验，质量不过关，货交不出去，好容易积攒下来的一点资本亏进去了，邮政局也回不去了，又不敢告诉家里，只好找哥哥借了点钱，在万佳百货和曼哈商场中间过道上租了两平方米柜台，安了两部公用电话，卖矿泉水、香烟、凉茶和煮玉米。

"卖水收入不少，一个月怎么也有几万，比我们刚开始强多了。"陆万修说。

"陆董，看来你错过了真正的生意。我前面说的事，可不是随便说的，那和我们后来的疯狂时代不一样，是一切皆有可能的时代。"吴依桐安慰地看了陆万修一眼，"老Ａ月营收超九十万，光两部电话就能收回二十万，所以他两年后重新站回内场，帮人山寨限量版世界名表。"

"朱远辰也仿过表，拉我一起做，我没答应。"陆万修跌在历史盲区上，不甘心，找补说。

"真讨厌，别打断依桐，让她讲行不行？"丛丹不满意地看了陆万修一眼。他犯了忌，提了不该提的人。

故事继续。千禧年后，华强北快速形成元件到成品全供应链，不足千米的一条街，年交易额达到3000多亿，打个喷嚏亚洲电子市场都要感冒。老A决定不再做A货，他把仿表的活盘给别人，在明通数码城拿下两个商铺，开始做高速公路用灯和高保真音响，同时盯着电子研发市场。闹非典那年，联发科突破诺基亚和摩托罗拉垄断的芯片技术，推出第一款具备通信基带、蓝牙和摄像头模块的单芯片机解决方案，老A终于等来机会。他去深纺大厦二楼人头攒动的人才市场转了一圈，把山本培训的宋三木约到华富路的狼堡酒吧，那时宋三木还没有成为"春晚最牛粉丝"。老A把一箱现钞推给宋三木，让他十天内在那些排队交简历的人里为自己挑选和培训五百名技术工。然后老A飞去新竹，找到联发科一位执行长，凭三寸不烂之舌接下一笔大单，以极快的速度整合出一条产业链，生产出成品手机发往全国市场。他遇到了对手。市场上有人跟单，全是价格低廉的B货和C货，老A的原单货发不出去，会计告诉他，公司流水只能撑几天，不想办法就只能面对联发科的高额罚单和索赔。老A没有选择空间，一咬牙下令原单尾货QC（质量控制）环节采用A货标准生产，成本压到竞争者没法做到的低廉价全面铺货，不到一周时间就打垮对手，占据了手机供货渠道，以后客户几次推出迭代机都必经老A之手，他就这样回归了自己的专业。

"我刚进场时听人说起过联发科那件奇事，我和李荐想见见这位神秘人物，不得其法，原来是他。"宋南柳插话说。

"等等。"李荐终于找到机会，问吴依桐，"高人不语，不像我等意马四驰，你说的这个人，我见过？"

"嗯。"吴依桐笑了笑，重新点燃一支烟，"不过，你想继续听故事呢，还是咱们打住话题，去找故事中那位？"

李荐不置可否地笑笑，示意吴依桐继续讲她的故事。

中国科考队找到南极风陆冰盖最高点那年，手机生产由审批制改为核准制，此时老A已经拥有完备的产业链，成了华强北第一代分销王，每天流水过百万，多的时候上千万，每天拥进华强北的五十万供应商，不少是冲着他来的，银行主管副行长们每周排着队请他喝工夫茶。华强北商圈的赛格广场、华强电子、华强广场，三十万一平方米的柜台或明或暗都由他控制着，包括在座几位后来入场时求爷爷告奶奶拿到的那几个柜台。

"说柜台干什么，说老A就好了。"丛丹眼神里本来是满满的敬佩，这会儿不高兴了。当年她等不及李荐使手段托人搞柜台，懵懵懂懂跑去和人家睡觉抢下一个柜台，回来高兴地告诉吴依桐，被吴依桐骂得狗血淋头，这事大家都知道，只是不能说破。

吴依桐没有理会丛丹，继续讲故事。她有讲故事的才华，不然也办不下三家书院。

继高仿名牌服装、手表和电子元件之后，华强北终于被仿机钉在了山寨街的恶名上。老A对此耿耿于怀，他大学毕业后不久就结了婚，很少回父母家，父亲知道儿子在外面做得很成功，不知道他靠什么成功的，担心地问过儿子。老A回答不了，他和多数头部大鳄一样，不愿意抛头露面，躲在西装革履的总经理背后做着隐身事主。他一直想改变自己的身份，他做过努力。有一段时间，他和几位头部大佬私下密谋，华强北是一头市场经济野兽，让它活成食草动物没有可能，大家能不能联合起来，改变低端卖场形态，促使它发展成国际电子物流中心和高新技术研发中心，撕掉大家身上山寨佬的标签。可是，大家又为市场规划升级的责任主体吵得不可开交，谁也不愿意做冤大头。

老A入场的第十二年，苹果发布了iPhone 4，小米和华为也推出了廉价智能机，线上手机销售把市场价格压到最低，实体店销量严重下降。因为利润空间被压缩到喘不过气，"李荐们"忙着把柜台销货转移到线上销货。短裤佬的他们在华强北街头冲来冲去的时候，老A也在为零售行业改变后的消费格局巨变而煎熬着，他站在赛格大厦76层办公室落地窗前发呆时，也许在脚下蚂蚁似的跑来跑去的人群中看到过"李荐们"，但他想要转型已经来不及了。不久后，京东和阿里巴巴先后在美国上市，互联网电商的崛起给了老A最后一击，他眼睁睁看着自己的产业链帝国被毫无抵抗力地冲垮，最糟糕的时候，几十万部手机压在仓库里，宋南柳看到的那几千部从楼上倾泻下的手机就是他的积压货。阿里巴巴在纳斯达克敲钟那天，老A的一批芯片在香港因涉嫌走私被扣押，他正焦头烂额地处理事情的时候，哥哥给他打来电话，说父亲问了几次，他是不是在干脏活，偷人家东西。老A回答说，是，但不是他一个人在偷，他不过是其中一个。哥哥在电话里说，我给老窦说，你是最大的那个贼，还是不提这话？老A沉默了一会儿，挂断了电话。几小时后，老A叫来律师，交代了后事。他决定守住最后属于他的家人，带着一个永远摘不掉的符号离开少年和青年时代的生活地。

"我是在布里斯班姐姐家认识他的。"吴依桐没说她是怎么认识老A的，"那是一座阳光城，年轻，活力四射，人们非常放松，可他却像一块沉默的石头，冷漠，没有温度，像个局外人，和环境格格不入。他知道我在华强北干过几年，老向我打听华强北的消息。直到我第三次去澳洲，他带我去汉密尔顿岛看袋鼠，那天凌晨他来我的帐篷，把我从睡袋里拍醒。他说别急，袋鼠还没出来觅食，他就给我讲了华强北的故事。他说他看着那条不足千米的街道在稻田中建立起来，最终成为全球最大的电子元器件集散地，同时也成为垃圾食物的聚集地，美味，却没有尊严。他在这条街上见证了摩托罗拉和诺基亚的鼎盛和衰落、国产手机的兴起和拼杀、山寨机的疯狂和集体死亡、芯片走私和全球金融危机，最终目睹了一场噩梦。"

大家都安静，他们面前的茶盅七分处泛着白光的茶水也一样安静，看不出以毒攻毒的断肠茶对遭遇过一场深刻疫情后的他们是否有帮助。

"老 A 没有回避这场噩梦的始作俑者中有他。"吴依桐继续说，"他说他一直想回到华强北，做个老而弥强的创客，洗去 A 货王的耻辱。不过他后来安静下来，不再想这件事。我告诉他，那座城市正在努力撕下山寨之都的标签，争取创客和极客之都的未来，他和城市的想法一致，为什么不回去？他断然说，不可能，山寨不是一种模仿行为，而是一种基因本能，它会以文化习惯的方式遗传下去，如果它曾经辉煌过，那它的遗传力量就非常强大，他身体里的毒素太重，回不去了，最好死在外面。"她停了一会儿，说，"他说这句话的时候，一只袋鼠顶开帐篷门帘探进脑袋来看我俩，是只母袋鼠，它大大的眼睛里流露出的询问给我留下了非常深的印象。"

吴依桐结束了她的故事，餐厅里很安静，有一阵大家都不说话，觉得自己在这个故事面前显得相当平庸，就像 2017 年以后安静下来的华强北，当它不再容纳冒险者和疯子的时候，它开始变得平庸。

"你刚才说,他会回来接你?"李荐打破沉寂问吴依桐。他没提名字,但大家都知道他在说谁。

"他是那么说的。"吴依桐说着伸手去拿烟,发现沉香烟盒里已经空了。她四顾张望,像在找命根子。

"他还能开口说话吗?"宋南柳问。

"至少短时间不能。"吴依桐本来打算把空烟盒丢掉,不知想到什么,改变了主意,把空烟盒装进手袋里,停了一会儿说,"这么多年了,他从没回来过,但一直活在离开的地方。我们也一样,取了群名,又改了群名,兜兜转转,还是没能忘记那个改掉的名字。你们不觉得,有时候我们想戒掉什么,只是一个托词?"

不知道是不是服务员没把门关好,大伙儿感到一股凉风从背后吹来,不由得打了个寒战,连同两位群外女士,大伙儿集体沉默了。

2023 年 7 月 29 日

于深圳蜓篱居